传世励志经典

志节者万世之业

孙中山励志文选

孙中山 著 穆 洛 编

中华工商联合出版社

图书在版编目（CIP）数据

志节者万世之业：孙中山励志文选 / 孙中山著；

穆洛编. --北京：中华工商联合出版社，2014.10

ISBN 978-7-5158-1081-2

Ⅰ．①志… Ⅱ．①孙… ②穆… Ⅲ．①散文集－中国
－现代 Ⅳ．①I266

中国版本图书馆 CIP 数据核字（2014）第 213483 号

志节者万世之业

——孙中山励志文选

作　　者：孙中山

出 品 人：徐　潜

策划编辑：魏鸿鸣

责任编辑：林　立　崔红亮

封面设计：周　源

责任审读：李　征

责任印制：迈致红

出版发行：中华工商联合出版社有限责任公司

印　　刷：天津旭丰源印刷有限公司

版　　次：2014 年 12 月第 1 版

印　　次：2023 年 4 月第 4 次印刷

开　　本：710mm×1020mm　1/16

字　　数：200 千字

印　　张：16.25

书　　号：ISBN 978-7-5158-1081-2

定　　价：59.80元

服务热线：010－58301130

销售热线：010－58302813

地址邮编：北京市西城区西环广场 A 座
　　　　　　19－20 层，100044

http://www.chgslcbs.cn

E-mail：cicap1202@sina.com（营销中心）

E-mail：gslzbs@sina.com（总编室）

序

　　为了给《传世励志经典》写几句话，我翻阅了手边几种常见的古今中外圣贤大师关于人生的书，大致统计了一下，励志类的比例，确为首屈一指。其实古往今来，所有的成功者，他们的人生和他们所激赏的人生，不外是：有志者，事竟成。

　　励志是动宾结构的词，励是磨砺，志是志向，放在一起就是磨砺志向。所以说，励志不是简单的立志，是要像把刀放在石头上磨才能锋利一样，这个磨砺，也不是轻而易举地摩擦一下，而是要下力气的，对刀来说，不仅要把自身的锈磨掉，还要把多余的部分都要毫不留情地磨掉，这简直是一场磨难。所有绚丽的人生都是用艰难磨砺成的，砥砺生命放光华。可见，励志至少有三层意思：

　　一是立志。国人都崇拜的一本书叫《易经》，那里面有一句话说：天行健，君子以自强不息。这是一种天人合一的理念，它揭示了自然界和人类发展演化的基本规律，所以一切圣贤伟人无不遵循此道。当然，这里还有一个立什么样的志的问题，孔子说：士不可以不弘毅，任重而道远。古往今来，凡志士仁人立的都是天下家国之志。李白说：大丈夫必有四方之志，白居易有诗曰：丈夫贵兼济，岂独善一身，讲的都是这个道理。

二是励志。有了志向不一定就能成事，《礼记》里说：玉不琢，不成器。因为从理想到现实还有很大的距离。志向须在现实的困境中反复历练，不断考验才能变得坚韧弘毅，才能一步一个脚印地逐步实现。所以拿破仑说：真正之才智乃刚毅之志向。孟子则把天将降大任于斯人描述得如此艰难困苦。我们看看历代圣贤，从三大宗的创始人耶稣、默哈穆德、释迦牟尼到孔夫子、司马迁、孙中山，直至各行各业的精英，哪一个不是历经磨难终成大业，哪一个不是砥砺生命放射出人生的光芒。

三是守志。无论立志还是励志都不是一朝一夕、一蹴而就的，它贯穿了人的一生，无论生命之火是绚丽还是暗淡，都将到它熄灭的最后一刻。所以真正的有志者，一方面存矢志不渝之德，另一方面有不为穷变节、不为贱易志之气。像孟子说的那样：富贵不能淫、贫贱不能移、威武不能屈。明代有位首辅大臣叫刘吉，他说过：有志者立长志，无志者常立志，这话是很有道理的。

话说回来，励志并非粘贴在生命上的标签，而是融汇于人生中一点一滴的气蕴，最后成长为人的格调和气质，成就人生的梦想。不管你做哪一行，有志不论年少，无志空活百年。

这套《传世励志经典》共收辑了100部图书，包括传记、文集、选辑。为励志者满足心灵的渴望，有的像心灵鸡汤，营养而鲜美；有的就是萝卜白菜或粗茶淡饭，却是生命之必需。无论直接或间接，先贤们的追求和感悟，一定会给我们带来生命的惊喜。

徐　潜

2014 年 5 月 16 日

前　言

　　孙中山，生于 1866 年，本名孙文，号逸仙，旅居日本时曾化名中山樵，"中山"因而得名。他是中国民主革命的伟大先驱、"国父"，医师，三民主义思想的创建者。著有《中山全书》、《总理全集》、《孙中山全集》。1925 年，因肝癌去世，终年 59 岁。

　　本书选取了孙中山在不同时期的演讲和著述美文，再现了他投身民主革命、为推翻封建帝制、振兴中华民族而不屈不挠的奋斗历程，言论中尽显振奋人心的远大抱负和雄才大略，时至今日，依然会给后人巨大的思想启示和精神力量。阅读它不仅可以领略伟人的人格魅力和风采，同时可以提高我们的精神品质和修养。

　　有人说："当一个民族具有强大的凝聚力、向心力和进取心的时候，她对自己艰苦卓绝的奋斗传统一定会充满光荣感和敬畏心，并会带着崇高的历史责任感将这种传统发扬光大、代代相传。"历史在发展，社会在进步，孙中山那天下为公，为国为民奋斗不止的进取和牺牲精神却历久而弥新。他的精神永远值得我们继承和发扬。因为在今天，尤其在青年知识分子中，学习和继承孙中山的精神显得更为意义深远。

　　孙中山的精神无法用几篇文章可以说明和展现出来，但最有营养最能励志的有三个方面：他心存祖国和人民，终生革命，不计个人名利；无惧于任何艰难险阻，在挫折中奋进，永不言败；热爱学习，与时俱进，勇于探索。而对青年的鼓舞和激励是孙中山精神的现实价值。孙中山将毕生精力投入到国家民族的解放和振兴的事业中，他还把中国未来的改变寄托在后来者身上。他曾寄语后辈："我辈既以担当中国改革发展为己任，虽石烂海枯，而此身尚存，此心不死。既不可以失败而灰心，亦不能以困难而缩步。精神贯注，猛力向前，应付世界进步之潮流，合乎善长恶消之天理，则终有最后成功之一日。"

　　孙中山的这种精神给后人的不仅仅是精神营养，更是一种强大的动力和不竭的启示。在选编时，旨在为青年提供励志佳作，但因篇幅所限，只能选取小部分励志美文。希望读者能喜欢，并能从中受到鼓舞和激励。

编　者

目　录

致郑藻如书[①]

　　窃维立身当推己以及人，行道贵由近而致远。某留心经济之学十有余年矣，远至欧洲时局之变迁，上至历朝制度之沿革，大则两间之天道人事，小则泰西之格致语言，多有旁及。方今国家风气大开，此材当不沦落。某之翘首以期用世者非一日矣，每欲上书总署，以陈时势之得失。第以所学虽有师承，而见闻半资典籍；运筹纵悉于胸中，而决策未尝施诸实事：则坐而言者，未必可起而行。此其力学十余年，而犹踌躇审慎，未敢遽求知于当道者，恐躬之不逮也。

　　某今年二十有四矣，生而贫，既不能学八股以博科名，又无力纳粟以登仕版，而得之于赋畀者；又不敢自弃于盛世。今欲以平时所学，小以试之一邑，以验其无谬，然后仿贾生之《至言》、杜牧之《罪言》，而别为孙某《策略》，质之当世，未为迟也。伏以台驾为一邑物望所归，闻于乡间，无善不举，兴蚕桑之利，除

---

　　① 郑藻如曾任清朝津海关道和出使美国、日斯巴尼亚（西班牙）、秘鲁三国大臣等职，一八八六年后病休故里香山县濠头乡，当时孙中山是香港西医书院学生。据学者推断，此文为一八九〇所作。

鸦片之害，俱著成效。倘从此推而广之，直可风行天下，利百世，岂惟一乡一邑之沾其利而已哉?!

呜呼！今天下农桑之不振，鸦片之为害，亦已甚矣！远者无论矣，试观吾邑东南一带之山，秃然不毛，本可植果以收利，蓄木以为薪，而无人兴之。农民只知斩伐，而不知种植，此安得其不胜用耶？蚕桑则向无闻焉，询之老农，每谓土地薄，间见园中偶植一桑，未尝不滂勃而生，想亦无人为之倡者，而遂因之不广耳。不然，地之生物岂有异哉？纵无彼土之盛，亦可以人事培之。道在鼓励农民，如泰西兴农之会，为之先导。此实事之欲试者一。

古者圣人为民驱其虫蛇禽兽而处之中土，而民乃得安熙于无事。今夫鸦片，物非虫蛇，而为祸尤烈，举天下皆被其灾，此而不除，民奚以生？然议焚议辟，既无补于时艰；言禁言种，亦何益于国计。事机一错，贻祸无穷，未尝不咎当时主持之失计也。今英都人士倡禁鸦片贸易于中国，时贤兴敌烟会于内，印度教士又有遏种、遏卖、遏吸，俱有其人，想烟害之灭当不越于斯时矣。然而懦夫劣士，惯恋烟霞，虽禁令已申，犹不能一时折枪碎斗。此吾邑立会以劝戒，设局以助戒，当不容缓；推贵乡已获之效，仿沪上戒烟之规。此实事之欲试者二。

远观历代，横览九洲，人才之盛衰，风俗之淳靡，实关教化。教之有道，则人才济济，风俗丕丕，而国以强；否则反此。呜呼！今天下之失教亦已久矣，古之庠序无闻焉，综人数而核之，不识丁者十有七八，妇女识字者百中无一。此人才安得不乏，风俗安得不颓，国家安得不弱？此所谓弃天生之材而自安于弱，虽多置铁甲、广购军装，亦莫能强也！必也多设学校，使天下无不学之人，无不学之地。则智者不致失学而嬉；而愚者亦赖学以知理，不致流于颓悍；妇孺亦皆晓诗书。如是，则人才安得不盛，风俗安得不良，国家安得而不强哉！然则学校之设，遍周于一国则不易，而举之于一邑亦无难。先立一兴学之会，以总理其事。每户百家，设男女蒙馆各一所，其费随地筹之，不给则总会捐助。又于邑城设大学馆一所，选蒙馆聪颖子弟入之，其费通邑合筹。以吾富庶之众，筹此二款，当无难事。此实事之欲试者三。

之斯三者，有关于天下国家甚大，倘能举而行之，必有他邑起而效者。将见一倡百和，利以此兴，害以此除，而人才亦以此辈出，未始非吾邑之大幸，而吾国之大幸也。某甚望于台驾有以提倡之，台驾其有意乎？兹谨拟创办节略，另缮呈览，恳为斧裁而督教之，幸甚。

一八九〇年

上李鸿章书

宫太傅爵中堂钧座：

敬禀者：窃文籍隶粤东，世居香邑，曾于香港考授英国医士。幼尝游学外洋，于泰西之语言文字，政治礼俗，与夫天算地舆之学，格物化学之理，皆略有所窥；而尤留心于其富国强兵之道，化民成俗之规；至于时局变迁之故，睦邻交际之宜，辄能洞其阃奥。当今风气日开，四方毕集，正值国家励精图治之时，朝廷勤求政理之日，每欲以管见所知，指陈时事，上诸当道，以备刍荛之采。嗣以人微言轻，未敢遽达。比见国家奋筹富强之术，月异日新，不遗余力，骎骎乎将与欧洲并驾矣。快舰、飞车、电邮、火械，昔日西人之所恃以凌我者，我今亦已有之，其他新法亦接踵举行。则凡所以安内攘外之大经，富国强兵之远略，在当局诸公已筹之稔矣。又有轺车四出，则外国之一举一动，亦无不周知。草野小民，生逢盛世，惟有逖听欢呼、闻风鼓舞而已，夫复何所指陈？然而犹有所言者，正欲于乘可为之时，以竭其愚夫之千虑，仰赞高深于万一也。

窃尝深维欧洲富强之本，不尽在于船坚炮利、垒固兵强，而在于人能尽其才，地能尽其利，物能尽其用，货能畅其流——此四事者，富强之大经，治国之大本也。我国家欲恢扩宏图，勤求远略，仿行西法以筹自强，而不急于此四者，徒惟坚船利炮之是务，是舍本而图末也。

所谓人能尽其才者，在教养有道，鼓励有方，任使得法也。

夫人不能生而知，必待学而后知，人不能皆好学，必待教而后学，故作之君，作之师，所以教养之也。自古教养之道，莫备于中华；惜日久废弛，庠序亦仅存其名而已。泰西诸邦崛起近世，深得三代之遗风，庠序学校遍布国中，人无贵贱皆奋于学。凡天地万物之理，人生日用之事，皆列于学之中，使通国之人童而习之，各就性质之所近而肆力焉。又各设有专师，津津启导，虽理至幽微，事至奥妙，皆能有法以晓喻之，有器以窥测之。其所学由浅而深，自简及繁，故人之灵明日廓，智慧日积也。质有愚智，非学无以别其才，才有全偏，非学无以成其用，有学校以陶冶之，则智者进焉，愚者止焉，偏才者专焉，全才者普焉。盖贤才之生，或千百里而见一，或千万人而有一，若非随地随人而施教之，则贤才亦以无学而自废，以至于湮没而不彰。泰西人才之众多者，有此教养之道也。

且人之才志不一，其上焉者，有不徒苟生于世之心，则虽处布衣而以天下为己任，此其人必能发奋为雄，卓异自立，无待乎勉勖也，所谓"豪杰之士不待文王而后兴也"。至中焉者，端赖乎鼓励以方，故泰西之士，虽一才一艺之微，而国家必宠以科名，是故人能自奋，士不虚生。逮至学成名立之余，出而用世，则又有学会以资其博，学报以进其益，萃全国学者之能，日稽考于古人之所已知，推求乎今人之所不逮，翻陈出新，开世人无限之灵机，阐天地无穷之奥理，则士处其间，岂复有孤陋寡闻者哉？又学者倘能穷一新理，创一新器，必邀国家之上赏，则其国之士，岂有不专心致志者哉？此泰西各种学问所以日新月异而岁不同，几于夺造化而疑鬼神者，有此鼓励之方也。

今使人于所习非所用，所用非所长，则虽智者无以称其职，而巧者易以饰其非。如此用人，必致野有遗贤，朝多倖进。泰西治国之规，大有唐虞之用意。其用人也，务取所长而久其职。故为文官者，其途必由仕学院，为武官者，其途必由武学堂，若其他，文学渊博者为士师，农学熟悉者为农长，工程达练者为监工，商情谙习者为商董，皆就少年所学而任其职。总之，凡学堂课此一业，则国家有此一官，幼而学者即壮之所行，其学而优者则能仕。且恒守一途，有升迁而无更调。夫久任则阅历深，习惯则智巧出，加之厚其养廉，永其俸禄，则无瞻顾之心，而能专一其志。此泰西之官无苟且、吏尽勤劳者，有此任使之法也。

故教养有道，则天无枉生之才；鼓励以方，则野无郁抑之士；任使得法，则朝无倖进之徒。斯三者不失其序，则人能尽其才矣；人既尽其才，则百事俱举；百事举矣，则富强不足谋也。秉国钧者，盍于此留意哉！

所谓地能尽其利者，在农政有官，农务有学，耕耨有器也。

夫地利者，生民之命脉。自后稷教民稼穑，我中国之农政古有专官。乃后世之为民牧者，以为三代以上民间养生之事未备，故能生民能养民者为善政；三代以下民间养生之事已备，故听民自生自养而不再扰之，便为善政——此中国今日农政之所以日就废弛也。农民只知恒守古法，不思变通，垦荒不力，水利不修，遂致劳多而获少，民食日艰。水道河渠，昔之所以利农田者，今转而为农田之害矣。如北之黄河固无论矣，即如广东之东、西、北三江，于古未尝有患，今则为患年甚一年；推之他省，亦比比如是。此由于无专责之农官以理之，农民虽患之而无如何，欲修之而力不逮，不得不付之于茫茫之定数而已。年中失时伤稼，通国计之，其数不知几千亿兆，此其耗于水者固如此其多矣。其他荒地之不辟，山泽之不治，每年遗利又不知凡几。所谓地有遗利，民有余力，生谷之土未尽垦，山泽之利未尽出也，如此而欲致富不亦难乎！泰西国家深明致富之大源，在于无遗地利，无失农时，故特设专官经略其事，凡有利于农田者无不兴，有害于农田者无不除。如印度之恒河，美国之密士，其昔泛滥之患亦不亚于黄河，而卒能平治之者，人事未始不可以补天工也。有国家者，可不急设农官以劝其民哉！

水患平矣，水利兴矣，荒土辟矣，而犹不能谓之地无遗利而生民养民之事备也，盖人民则日有加多，而土地不能以日广也。倘不日求进益，日出新法，则荒土既垦之后，人民之溢于地者，不将又有饥馑之患乎？是在急兴农学，讲求树畜，速其长植，倍其繁衍，以弥此憾也。顾天生人为万物之灵，故备万物为之用，而万物固无穷也，在人之灵能取之用之而已。夫人不能以土养，而土可生五谷百果以养人；人不能以草食，而草可长六畜以为人食。夫土也，草也，固取不尽而用不竭者也，是在人能考土性之所宜，别土质之美劣而已。倘若明其理法，则能反硗土为沃壤，化瘠土为良田，此农家之地学、化学也。别种类之生机，分结实之厚薄，察草木之性质，明六畜之生理，则繁衍可期而人事得操其权，此农家之植物学、动物学也。日光能助物之生长，电力能速物之成熟，此农家之格物学也。蠹蚀宜防，疫疬宜避，此又农家之医学也。农学既明，则能使同等之田产数倍之物，是无异将一亩之田变为数亩之用，即无异将一国之地广为数国之大也。如此，则民虽增数倍，可无饥馑之忧矣。此农政学堂所宜亟设也。

　　农官既设，农学既兴，则非有巧机无以节其劳，非有灵器无以速其事，此农器宜讲求也。自古深耕易耨，皆藉牛马之劳，乃近世制器日精，多以器代牛马之用，以其费力少而成功多也。如犁田，则一器能作数百牛马之工；起水，则一器能溉千顷之稻；收获，则一器能当数百人之刈。他如凿井浚河，非机无以济其事；垦荒伐木，有器易以收其功。机器之于农，其用亦大矣哉。故泰西创器之家，日竭灵思，孜孜不已，则异日农器之精，当又有过于此时者矣。我中国宜购其器而仿制之。

　　故农政有官则百姓勤，农务有学则树畜精，耕耨有器则人力省，此三者，我国所当仿行以收其地利者也。

　　所谓物能尽其用者，在穷理日精，机器日巧，不作无益以害有益也。

　　泰西之儒以格致为生民根本之务，舍此则无以兴物利民，由是孜孜然日以穷理致用为事。如化学精，则凡动植矿质之物，昔人已知其用者，固能广而用之，昔人未知其用者，今亦考出以为用。火油也，昔日弃置如遗，今为日用之要需，每年人口为洋货之一大宗。煤液也，昔日视为无用，今可炼为药品，炼为颜料。又煮沙以作玻器，化土以取矾精，煅石以为田料，诸如此类，不胜缕书。此皆从化学之理而得收物之用，年中不知裕几许财源，我国倘能推而仿之，亦致富之一大经也。格致之学明，则电风水火皆为我用。以风动轮而代人工，以水冲机而省煤力，压力相吸而升水，电性相感而生光，此犹其小焉者也。至于火作汽以运舟车，虽万马所不能及，风潮所不能当；电气传邮，顷刻万里，此其用为何如哉！然而物之用更有不止于此者，在人能穷求其理，理愈明而用愈广。如电，无形无质，似物非物，其气付于万物之中，运乎六合之内；其为用较万物为最广而又最灵，可以作烛，可以传邮，可以运机，可以毓物，可以开矿。顾作烛、传邮已大行于宇内，而运机之用近始知之，将来必尽弃其煤机而用电力也。毓物开矿之功，尚未大明，将来亦必有智者究其理，则生五谷，长万物，取五金，不待天工而由人事也。然而取电必资乎力，而发力必藉乎煤，近又有人想出新法，用瀑布之水力以生电，以器蓄之，可待不时之用，可供随地之需，此又取之无禁，用之不竭者也。由此而推，物用愈求则人力愈省，将来必至人只用心，不事劳人力而全役物力矣。此理有固然，事所必至也。

机器巧，则百艺兴，制作盛，上而军国要需，下而民生日用，皆能日就精良而省财力，故作人力所不作之工，成人事所不成之物。如五金之矿，有机器以开，则碎坚石如齑粉，透深井以吸泉，得以辟天地之宝藏矣。织造有机，则千万人所作之工，半日可就；至缫废丝，织绒呢，则化无用为有用矣。机器之大用不能遍举。我中国地大物博，无所不具，倘能推广机器之用，则开矿治河，易收成效，纺纱织布，有以裕民。不然，则大地之宝藏，全国之材物，多有废弃于无用者，每年之耗不知凡几。如是，而国安得不贫，而民安得不瘁哉！谋富国者，可不讲求机器之用欤。

物理讲矣，机器精矣，若不节惜物力，亦无以固国本而裕民生也。故泰西之民，鲜作无益。我中国之民，俗尚鬼神，年中迎神赛会之举，化帛烧纸之资，全国计之每年当在数千万。此以有用之财作无益之事，以有用之物作无用之施，此冥冥一大漏卮，其数较鸦为尤甚，亦有国者所当并禁也。

夫物也者，有天生之物，有地产之物，有人成之物。天生之物如光、热、电者，各国之所共，在穷理之浅深以为取用之多少。地产者如五金、百谷，各国所自有，在能善取而善用之也。

人成之物，则系于机器之灵笨与人力之勤惰。故穷理日精则物用呈，机器日巧则成物多，不作无益则物力节，是亦开财源节财流之一大端也。

所谓货能畅其流者，在关卡之无阻难，保商之有善法，多轮船铁道之载运也。

夫百货者，成之农工而运于商旅，以此地之赢余济彼方之不足，其功亦不亚于生物成物也。故泰西各国体恤商情，只抽海口之税，只设入国之关，货之为民生日用所不急者重其税，货之为民生日用所必需者轻其敛。人口抽税之外，则全国运行，无所阻滞，无再纳之征，无再过之卡。此其百货畅流，商贾云集，财源日裕，国势日强也。中国则不然。过省有关，越境有卡，海口完纳，又有补抽，处处敛征，节节阻滞。是奚异遍地风波，满天荆棘。商贾为之裹足，负贩从而怨嗟。如此而欲百货畅流也，岂不难乎？夫贩运者亦百姓生财之一大道也，百姓足，君孰与不足；百姓不足，君孰与足？以今日关卡之滥征，吏胥之多弊，商贾之怨毒，诚不能以此终古也。徒削平民之脂膏，于国计民生初无所裨。谋富强者，宜急为留意于斯，则天下幸甚！

夫商贾逐什一之利，别父母，离乡井，多为饥寒所驱，经商异地，情至苦，事至艰也。若国家不为体恤，不为保护，则小者无以觅蝇头微利，大者无以展鸿业远图。故泰西之民出外经商，国家必设兵船、领事为之护卫，而商亦自设保局银行，与相倚恃。国政与商政并兴，兵饷以商财为表里。故英之能倾印度，扼南洋，夺非洲，并澳土者，商力为之也。盖兵无饷则不行，饷非商则不集。西人之虎视寰区，凭凌中夏者，亦商为之也。是故商者，亦一国富强之所关也。我中国自与西人互市以来，利权皆为所夺者，其故何哉？以彼能保商，我不能保商，而反剥损遏抑之也。商不见保则货物不流，货物不流则财源不聚，是虽地大物博，无益也。以其以天生之材为废材，人成之物为废物，则更何贵于多也。数百年前，美洲之地犹今日之地，何以今富而昔贫？是贵有商焉为之经营，为之转运也；商之能转运者，有国家为之维持保护也。谋富强者，可不急于保商哉！

夫商务之能兴，又全恃舟车之利便。故西人于水，则轮船无所不通，五洋四海恍若户庭，万国九洲俨同阛阓。辟穷荒之绝岛以立商廛，求上国之名都以为租界，集殊方之货实，聚列国之商氓。此通商之埠所以贸易繁兴、财货山积者，有轮船为之运载也。于陆，则铁道纵横，四通八达，凡轮船所不至，有轮车以济之。其利较轮船为尤溥，以无波涛之险，无礁石之虞。数十年来，泰西各国虽山僻之区亦行铁轨，故其货物能转输利便，运接灵速；遇一方困乏，四境济之，虽有荒旱之灾，而无饥馑之患。故凡有铁路之邦，则全国四通八达，流行无滞；无铁路之国，动辄掣肘，比之瘫痪不仁。地球各邦今已视铁路为命脉矣，岂特便商贾之载运而已哉。今我国家亦恍然于轮船铁路之益矣，故沿海则设招商之轮船，于陆则兴官商之铁路。但轮船只行于沿海大江，虽足与西人颉颃而收我利权，然不多设于支河内港，亦不能畅我货流，便我商运也。铁路先通于关外，而不急于繁富之区，则无以收一时之利。而为后日推广之图，必也先设于繁富之区，如粤港、苏沪、津通等处，路一成而效立见，可以利转输，可以励富户，则继之以推广者，商股必多，而国家亦易为力。试观南洋英属诸埠，其筑路之资大半为华商集股，利之所在，人共趋之。华商何厚于英属而薄于宗邦？是在谋国者有以乘势而利导之而已。此招商兴路之扼要也。

故无关卡之阻难，则商贾愿出于其市；有保商之善法，则股富亦乐于贸迁；多轮船铁路之载运，则货物之盘费轻。如此，而货有不畅其流者乎？货流既畅，则财源自足矣。筹富国者，当以商务收其效也。不然，徒以聚敛为工，捐纳为计，吾未见其能富也。

夫人能尽其才则百事兴，地能尽其利则民食足，物能尽其用则材力丰，货能畅其流则财源裕。故曰：此四者，富强之大经，治国之大本也。四者既得，然后修我政理，宏我规模，治我军实，保我藩邦，欧洲其能匹哉！

顾我中国仿效西法，于今已三十余年。育人才则有同文、方言各馆，水师、武备诸学堂；裕财源则辟煤金之矿，立纺织制造之局；兴商务则招商轮船、开平铁路，已后先辉映矣。而犹不能与欧洲颉颃者，其故何哉？以不能举此四大纲，而举国并行之也。间尝统筹全局，窃以中国之人民材力，而能步武泰西，参行新法，其时不过二十年，必能驾欧洲而上之，盖谓此也。试观日本一国，与西人通商后于我，仿效西方亦后于我，其维新之政为日几何，而今日成效已大有可观，以能举此四大纲而举国行之，而无一人阻之。夫天下之事，不患不能行，而患无行之之人。方今中国之不振，固患于能行之人少，而尤患于不知之人多。夫能行之人少，尚可借材异国以代为之行；不知之人多，则虽有人能代行，而不知之辈必竭力以阻挠。此昔日国家每举一事，非格于成例，辄阻于群议者。此中国之极大病源也。

窃尝闻之，昔我中堂经营乎海军、铁路也，尝唇为之焦，舌为之敝，苦心劳虑数十余年，然后成此北洋之一军、津关之一路。夫以中堂之勋名功业，任寄股肱，而又和易同众，行之尚如此其艰，其他可知矣。中国有此膏肓之病而不能除，则虽尧舜复生，禹皋佐治，无能为也，更何期其效于二十年哉？此志士之所以灰心，豪杰之所以扼腕，文昔日所欲捐其学而匿迹于医术者，殆为此也。然而天道循环，无往不复，人事否泰，穷极则通，猛剂遽投，膏肓渐愈。逮乎法衅告平之后，士大夫多喜谈洋务矣，而拘迂自囿之辈亦颇欲驰域外之观，此风气之变革，亦强弱之转机。近年以来，一切新政次第施行，虽所谓四大之纲不能齐举，然而为之以渐，其发轫于斯乎？此文今日之所以望风而兴起也。

窃维我中堂自中兴而后，经略南北洋，孜孜然以培育人才为急务。建学堂，招俊秀，聘西师而督课之，费巨款而不惜。遇有一艺之成，一技之巧，则奖励倍加，如获异宝。诚以治国经邦，人才为急，心至苦而事至盛也。尝以无缘沾雨露之濡，叨桃李之植，深用为憾。顾文之生二十有八年矣，自成童就傅以至于今，未尝离学，虽未能为八股以博科名，工章句以邀时誉，然于圣贤六经之旨，国家治乱之源，生民根本之计，则无时不往复于胸中；于今之所谓西学者概已有所涉猎，而所谓专门之学亦已穷求其一矣。推中堂育才爱士之心，揆国家时势当务之急，如文者亦当在陶冶而收用之列，故不自知其驽下而敢求知于左右者，盖有慨乎大局，蒿目时艰，而不敢以岩穴自居也。所谓乘可为之时，以竭愚夫之千虑，用以仰赞高深，非欲徒撰空言以渎清听，自附于干谒者流，盖欲躬行而实践之，必求泽沛乎万民也。

窃维今日之急务，固无逾于此四大端，然而条目工夫不能造次，举措施布各有缓急。虽首在陶冶人才，而举国并兴学校非十年无以致其功，时势之危急恐不能少须。何也？盖今日之中国已大有人满之患矣，其势已岌岌不可终日。上则仕途壅塞，下则游手而嬉，嗷嗷之众，何以安此？明之闯贼，近之发匪，皆乘饥馑之余，因人满之势，遂至溃裂四出，为毒天下。方今伏莽时闻，灾荒频见，完善之地已形觅食之艰，凶裰之区难免流离之祸，是丰年不免于冻馁，而荒岁必至于死亡。由斯而往，其势必至日甚一日，不急挽救，岂能无忧？夫国以民为本，民以食为天，不足食胡以养民？不养民胡以立国？是在先养而后教，此农政之兴尤为今日之急务也。且农为我中国自古之大政，故天子有亲耕之典以劝万民，今欲振兴农务，亦不过广我故规，参行新法而已。民习于所知，虽有更革，必无倾骇，成效一见，争相乐从，虽举国遍行，为力尚易，为时亦速也。且令天下之人皆知新法之益，如此则踵行他政，必无挠格之虞，其益固不止一端也。

窃以我国家自欲行西法以来，惟农政一事未闻仿效，派往外洋肄业学生亦未闻有入农政学堂者，而所聘西儒亦未见有一农学之师，此亦筹富强之一憾事也。文游学之余，兼涉树艺，泰西农学之书间尝观览，于考地质、察物理之法略有所知。每与乡间老农谈论耕植，尝教之选种之理、粪溉之法，多有成效。文乡居香山之东，负山濒海，地多砂碛，土质硗劣，不宜于耕；故乡之人多游贾于四方，通商之后颇称富饶。近年以美洲逐客，檀岛禁工，各口茶商又多亏折，乡间景况大逊前时，觅食农民尤为不易。文思所以广其农利，欲去禾而树桑，迨为考核地质，知其颇不宜于种桑，而甚宜于波毕。近以愤于英人禁烟之议难成，遂劝农人栽鸦片，旧岁于农隙试之，其浆果与印度公土无异，每亩可获利数十金。现已群相仿效，户户欲栽，今冬农隙所种必广。此无碍于农田而有补于漏卮，亦一时权宜之计也。他日盛行，必能尽夺印烟之利，盖其气味较公土为尤佳，迥非川滇各土之可比。去冬所产数斤，凡嗜阿芙蓉之癖者争相购吸，以此决其能夺印烟之利也必矣。印烟之利既夺，英人可不勉而自禁，英人既禁，我可不栽，此时而申禁吸之令，则百年大患可崇朝而灭矣。劝种罂粟，实禁鸦片之权舆也。由栽烟一事观之，则知农民之见利必趋，群相仿效，到处皆然，是则农政之兴，甚易措手。其法先设农师学堂一所，选好学博物之士课之，三年有成，然后派往各省分设学堂，以课农家聪颖子弟。又每省设立农艺博览会一所，与学堂相表里，广集各方之物产，时与老农互相考证。此办法之纲领也，至其详细节目，当另著他编，条分缕晰，可以坐言而起行，所谓非欲徒托空言者此也。

文之先人躬耕数代，文于树艺牧畜诸端，耳濡目染，洞悉奥窔；泰西理法亦颇有心得。至各国土地之所宜，种类之佳劣，非遍历其境，未易周知。文今年拟有法国之行，从游其国之蚕学名家，考究蚕桑新法，医治蚕病，并拟顺道往游环球各邦，观其农事。如中堂有意以兴农政，则文于回华后可再行游历内地、新疆、关外等处，察看情形，何处宜耕，何处宜牧，何处宜蚕，详明利益，尽仿西法，招民开垦，集商举办，此于国计民生大有裨益。所谓欲躬行实践，必求泽之沾沛乎民人者此也，惟深望于我中堂有以玉成其志而已。

伏维我中堂佐治以来，无利不兴，无弊不革，艰巨险阻犹所不辞。如筹海军、铁路之难尚毅然而成之，况于农桑之大政，为生民命脉之所关，且无行之之难，又有行之之人，岂尚有不为者乎？用敢不辞冒昧，侃侃而谈，为生民请命，伏祈采择施行，天下幸甚。

肃此具禀，恭叩钧绥。伏维垂鉴。

文谨禀

一八九四年六月

中国的现在和未来①

——革新党呼吁英国保持善意的中立

人们都承认中国的现况和未来的情势，是很难令人满意的。但是我敢于设想，欧洲人并没有充分认识到腐败势力所造成的中国在国际间的耻辱和危险的程度，也没有认识到中国潜在的恢复力量和她的自力更生的各种可能性。

我想引证一些事实。这些事实只有中国人才能充分知道和完全理解，这些事实的全部意义只有经过详细的描写才能明白。中国天然灾祸的发生，也是由于人为的原因。中国人对于开发广大的国内资源和制止外患，似乎是无能力或者是不愿意这样做；但这也并不是出于中国人的天性，而是由于人为的原因和人工导致的倾向引起的。革新党的存在，正是为了除去和反抗这些原因和倾向。

大家经常忘记了中国人和中国政府并不是同义语词。帝位和清朝的一切高级文武职位，都是外国人②占据着的。在对于中国

---

① 原文是英文，由孙中山陈述事实和见解，英国人柯林斯整理。孙逸仙署名，发表于是日出版的伦敦《双周论坛》（*Fortnightly Review*）。

② 外国人：指满族统治者。

人的行为和性格（这是满族统治者所造成的）作批评的时候，尤其是在估计到内部改良的机会的时候（假设我们革新党人所希望的根本改革政府是可能的话），便应当对于上面所说的事实给予应有的重视。这一点只是在这里提一提，但是在对于我所要描绘的中国官僚生活的性质加以考虑的时候是值得记住的。

不完全打倒目前极其腐败的统治而建立一个贤良政府，由道地的中国人（一开始用欧洲人作顾问并在几年内取得欧洲人行政上的援助）来建立起纯洁的政治，那么，实现任何改进就完全不可能的。仅仅只是铁路，或是任何这类欧洲物质文明的应用品的输入（就是这种输入如那些相信李鸿章的人所想象的那样可行的话），就会使得事情越来越坏，因为这就为勒索、诈骗、盗用公款开辟了新的方便的门路。当我引用过去这样腐败的具体事件作为例子，并根据我个人的知识和经验，为了揭发这种骇人听闻的、几乎难以置信的事情的本质，用一些也许会引起人厌倦的详情细节来写出中国大众和官场的生活的时候，才会明白革新党的言论，对于这种情况是丝毫没有夸张。

由于中国的成文法还算好，同时绝大多数违法的事情都被曲解得符合于死的字眼，因此短时期住在中国的英国官员，既然他们大半只能用那些利于掩盖真实情况的人作为他们的通讯员，对于事情的真象只能得到极不完备的知识，就不足为怪了。的确，知道真象的英国人是有的，但是他们绝大部分实际上已经变成中国贪污官僚阶层的成员，象许多我能够指名道姓的说出来的人，他们与中国官僚一模一样，比起来还可能超过。至于我本人，在我决定学医以前，我早就和中国官僚阶层有密切的往还，我的朋友们也曾急于劝我捐个一官半职走入官场，就象在最近十年内我认识的很多人所做的一样，这就足够说明我具备了充分的机会和客观的条件来研究我正在写出的这些题目。

中国人民遭到四种巨大的长久的苦难：饥荒、水患、疫病、生命和财产的毫无保障。这已经是常识中的事了。说到这些困难，就是前三种，在很大的程度上都是完全可以预防的，即是就产生苦难说，它们本身也只是些次要的原因，这一点还有许多人不很清楚。其实，中国所有一切的灾难只有一个原因，那就是普遍的又是有系统的贪污。这种贪污是产生饥荒、水灾、疫病的主要原因，同时也是武装盗匪常年猖獗的主要原因。

官吏贪污和疫病、粮食缺乏、洪水横流等等自然灾害间的关系，可能不是明显的，但是它很实在，确有因果关系。这些事情决不是中国的自然状况或气候性质的产物，也不是群众懒惰和无知的后果。坚持这说法，绝不过分。这些事情主要是官吏贪污的结果。懒惰和无知也是促进这些事情的原因之一，但是，懒惰和无知本身在很大的程度上也是官吏贪污所造成的结果。

首先拿由于黄河泛滥引起的洪水一事来看。有个官叫做河道总督（黄河的管理人），他下面有一大群属员，他们的特定职务就是查看堤防是否适当和坚固，保护和修整两边堤岸，抓紧时间来防止灾难事故。但是实际上这些官吏没有薪金，并且曾经花了很大一笔钱买来他们的职位，因此他们必然要贪污。当河堤决口不得不修补的时候，就有许多搞钱的方法。这样洪汛水灾的到来，就是他们经常的心愿。他们不但不注意来防止这些可怕的、使得很多省份全部荒芜和数以千计的生命损失的灾难的来临，还有为了他们无情贪欲的需要，在自然灾害来慢了的时候，甚至不惜用人为的方法来造成洪水的灾害。当雨量还不够使河水多得冲决河堤的时候，他们会派遣一些人去损坏河堤，造成"一个不幸事件"，这是十分寻常的事。这就是各色各样谋利的方法中的一个法子。首先，为了修整河堤，他们会收到一笔费用，再从克扣工人的工资，使用比起定额的人数较少的人，骗取金钱。另外，还在材料的价值上作贪污的打算，等等。这样，稻田被破毁了，造成粮食缺乏，就导致了大面积的灾荒。这样，救济费就从政府和慈善人士两方面不断交来，救命钱绝不是用十足的数目到达渴求救济的老百姓手中的。最后，经常用"公务酬劳"的名义来一个提升，藉以奖励这些雇工修补了一段堤岸的官吏们。

从下文就可知道，几乎中国所有的官员都晓得最好是完全不支取他们那少量的薪金，只是让它存在政府里，作为抵销罚薪的用途。这一切事情可能非常难于令人相信，但是在中国，这是人人都知道的。人民有这样的谣谚："治河有上计，防洪有绝策，那就是斩了治河官吏的头颅，让黄河自生自灭。"

就中国的灾难原因来说，既不可指责是由于人口过多，也不可说成是自然原因所引起的任何粮食恐慌；那是由于缺点很多与不适当的交通方法，再加上铁路、公路稀少，不完善的、阻塞的水道，更由于在这些上面还有额外地方税（厘金）无限榨取人民的结果。所有这些原因应当首先理解为都是由于贪污所造成，我们官僚生活中的乌烟瘴气犹如死海上的浓雾一样，唯有它那微弱的磷光才把笼罩在阴暗中的北京清廷衬托出来。

现在广西是荒年。过去广西是中国产米粮最多的省份，有些别的省份都从它那里得到支援。现在，这里产大米的田地已经变得不能耕种了。这样，因为租税过高，以致使得农民久已感到除了生产出他们自己实际需要的消费量和应付地方上的直接需要以外，再多产就不合算了。甚至连"自由贸易"，虽然只是局部的，而且是由外面加来的，在这种情况下，它的目的也被破坏了。因为在外国通商谈判，允许暹罗和安南大米免税进口以前，广东的米是完全由广西供给的。现在外米免税进口，而广西米必须要付出一笔巨额的厘金，它就在市场上站不住了，就造成了肥沃的土地荒芜到成为没有耕种的价值。实际上土产稻米的成本比洋米贱得多，那么，使得广西农民破产流离死亡的就是厘金。饥饿的原因应当也是厘金，不是别的。

再就是有一个地方发生了饥荒，可是离这里不远的地方粮食却丰收，这又是常有的事。就因为缺少铁路或适当的道路，饥民就得不到别的地方多余的食物来维持生命。虽然在下面另外一处我还要把这件事加以详细的讨论，但在这里我可以说，妨碍着铁路线应有的发展的，不是象一般人所设想那样，由于群众间有土生土长的迷信，实在的是由于官吏的贪污，以及清朝人怕革命，加上投资不安全，是大家都知道的。那么，为什么水道运输和交通上极其良好的天然有利条件并没有得到更多的改进，在实际上废置无用呢？这个原因可以从下面一些事情中来推论，下面我亲身经历的事只是一个典型例子吧了。

当我正在广东北江上韶关城里，要乘船到离城三十英里到四十英里的英德去，船费通常大约是五到六两银子（十五到十八先令），但是由于船夫们高明的预见，害怕水警强收贿赂、非法拘禁，无一例外地，全体船夫都不肯搭载我，纵使出到二十两银子（三镑）也是这样。要理解这一点，必须说明，一切船夫都有依法帮助政府沿河一镇又一镇地同警卫在一起解送囚人的义务，他们也受到等待囚人和押送者随时动身的约束。这种官司，经常是造成讹诈中最令人难于辩解的藉口。警察并不说要钱，他们只是来到港口命令船夫："候着！因为有个囚犯要带回。"可是终究没有什么囚犯，但是这有什么要紧呢？除非船夫们为了得着允许开回去，那就要送上足够大的一笔贿赂，否则他们就会一直等候一月还多的时间，直到真有一个囚犯要送时为止。对于这种现象的害怕，是船夫们拒绝我的原因。还可以用这样的事实来证明：一经我说服他们，我是英德知县的亲信并且可以保证免于水警的勒索时，立即有只船，只要四两银子（十二先令）的微小船费就把我载去了。

有一些已经对海关行了贿赂的商人租用货船（海关下才是河警），他们是免了这种勒索的。但是他们不得不付出极高的关税和贿款，合起来的总负担，能够使一切贸易——对外来的和本地的——完全瘫痪。

依法定来看，税额并不太高，但是一想到同一制品必须要上很多次的税，每个税关都是一个繁杂的贿赂中心时，就不难想象在物品还没有到达消费者面前时，物价是怎样的增长了！在路程很近，例如从佛山到广州（大约十二英里）的两地中间，按规定有一个税关和至少有四个到五个搜查站。这样，除非付足贿款，否则在检查过程中货物会遭到故意的毁坏，而且会被延误拘留和受到难于忍受的指责，使得商人生活非常痛苦，赚钱的生意成为不可能。例如查到一个已经完税的盛着油的瓶子，若是税单上只提到油没有说瓶子，这个业主就要遭到"企图偷运玻璃器具"的责罚，并且认为欺骗海关，受到监禁，直到付足了贿赂为止。

河道商业和内地交通的这种干扰，不仅仅在中国国内带来灾难，就是对欧洲的贸易影响实在也是很大的。目前中国在她的海岸和扬子江通商口岸上多有商业，但这些商业仅仅及于这些口岸附近的狭小地带，外国货很少达到内地。倘若从伦敦到布来顿送货，不只是要上很多次税，而且拖累到这些商人有坐监牢的危险，并且在四五个中间站上还要受到各种非法的敲诈。试想一下，这对于英国贸易效果又是怎样呢？由于内地苛捐杂税制度的实行，对英国在中国商业所产生的影响，可以从广州到韶关距离大约二百哩地运送英国货物的遭遇来看。在进入广州以前，他们要上百分之五十的海关税，从广州出城以前不得不先给广州当局付出一笔厘金，在佛山（出城十二英里）他就必须纳税，再过去约三十里在西南（广东一地名）要上税，以后再过三十里或四十里进入北江的芦苞要纳税，再到达韶关又要纳税（落地税）。除了这五个为了搜集税款而设的正规站外，还有很多个"检查站"，有如上述，这些地方也要逼交贿赂的。自然，货物到达内地后，它的价格显然要超过百分之百，除了生活上绝对需要的工业制造品外，实在就是卖不出去，这也是自然的。

就是在这种情况下，中国还被看成是英国货物的好市场，设若这些过度的税收和贿赂制度一齐消灭了，这对于英国贸易的利益岂不是更好了吗？

如果说水患和饥荒都是人为的原因，而不是由于自然的原因，疫病也同样可以证明是人为的。近来中国疫病流行，不应当比任何其他地方更为普遍。中国气候是很合卫生的，无论如何，对本地人来说是这样，而且在乡村里人民一般地都是很健康的。疫病的发生只是在城镇里，由于这些城镇中完全缺乏卫生组织和官办的防疫组织所引起的。清帝国乡区的每一部分几乎都完全免于疫病流行，有的这些乡村的疫病，是从那些人烟过于稠密、污秽到极点、难以言语形容的污水供应的城市中传入的。

从水的供应的情况来说，很容易了解，官吏贪污对城镇这种不良的卫生条件是唯一的原因。按欧洲人用这个词的意义来讲，可以说在整个清帝国里就没有水的供应。例如在某些事情上比另外的地方较好些的广州和上海。沟内污水直接流入河里，而人民就从这些污水的河里提取他们的饮用水！十年以前广州要修水道，想用清洁的水来供应城市，曾经发起过一个中国人组织的公司，对于这样一个计划，至少应当得到当局的默许，但是官吏们的贪欲并没有因疫病的可怕而放松一点。一个著名的官员，在他允许开工以前要索很大一项贿赂，使得公司无力支付，不得不放弃了这项事业。几年以前广州本地商人又组织了另外一个公司，叫做"肥料公司"，承包市内街道的打扫和清洁工作，把所得的渣子变成肥料。这个计划使得民众非常喜悦，他们召开了行业公会的会议，并且通过他们的代表表示愿意为倡议的清扫工作出资，公司也将要从销售肥料中赚得一笔利润，无疑地，这当是一项兴旺的事业了。但是在这里，官吏又出来干涉并且索取巨额贿赂，这样一来，这项事业又不得不停止了。

为公共卫生服务大于为股东利润服务而兴办的金融和工业企业，尚且还是要因为地方当局的贪污使得流产，纯商务性质的经营必然会遭到同样的命运，就不足为奇了。未来资本家们不愿冒险在这样的国家里把他们的金钱拿来投资，这也就更不足奇了。在这个国家里，财产和生命以及公共卫生同样是为行政当局所漠不关心的，但是这些正是应当受到这些当局的保障的。

通过上文提到的盗匪的产生，可以更直接地感觉到，在全国每个角落里贪污都使得生命财产毫无安全保障。这些盗匪大多数是解散了的士兵，武装着留下来，并且饥饿着，离他们的家常常是几千里。不错，政府是允许给每个兵一定的回家路费的，但是这项钱一般都由官吏来掌管，官吏们却把士兵解散了事，任其自行设法，自行设法便意味着对群众的掠夺。但是也有另外一种盗匪，如果一般只在县长治埋境域以外去掠夺，就受到县长的保护。要是篇幅允许，我能举出若干奇怪的细节来作为这种情况的例证。但我不得不转到另外的事情上去，这里只要简单提一下：

这些最坏的盗匪中有些人还是在皇家服现役的兵士，他们把军服翻转来干他们的掠夺的勾当，当其受到追捕的时候又把衣翻过一面，以便躲在制服内没有人敢于干涉他们。在城市，在乡村，有钱的人都自有护卫，同时大工厂和农庄的主人、客船等等不仅要对政府纳税，又要给匪首们缴纳一种例规年金，作掠夺的防御和保护的报酬。被认为从事警务工作的人员警察，甚至于那些城镇士兵，往往就是勇敢而广大的盗掠的组织者。

最近广州发生了这样一类事件：当时警察局长和他的属下抢劫了地方上的蚕丝制造厂，抢走了他们可以拿走的东西，在要求赔偿的时候，总督处罚了祸首，这祸首并不是匪首，就是向他提出请愿书的人。

这些罪恶的来源是贪污，而这种贪污又是根深蒂固遍及于全国的，所以除非在行政的体系中造成一个根本的改变，局部的和逐步的改革都是无望的。在现在的统治下，任何一个要想诚实的官吏，都不得不跟着那些不诚实的人的足印走，不然就得完全脱离官场的生活退休下来。他必须接受贿赂，才能支付他上级对他索取的贿赂，而且必然要纵容两种贪污：在他的下属们中间的，以及比他的职位或官阶更高的那些人中间的。

当我把进入官僚生活的道路以及升官的各种方法作一些介绍的时候，那就自然明白，这一切是怎样地不可避免的了。

在中国有四种进入官场和获得提升的途径：科场出身；兵弁出身；保荐贤才；捐班出身。

这些作官的道路，第一项是最古老的，而且无论如何也是最纯正和最好的。在多年以前，就是从清朝开国以来，科场考试都是老老实实地实行着的，而读书人在他学习终了考试成功以前总是不会开始他的贪污事业的。但是近年来即使在这些地方，贪污也偷偷地爬进去了。因此现在由有学问而诡诈的老师冒充"学生"下场顶替考试，已经全然不是什么不平常的事了。这些老师们在各色各样的化名下，一次又一次地去经过考试赚钱来生活。主考官们受贿的事也不少见。

当学生在本乡考上秀才（初级学位），每隔三年期间为了第二级和第三级学位，他必须到省会和首都受试。在给他第三级学位时，这个学生就成为一个候补的官员了。就在这个时候，行贿的行为每每就开始了。没有这种行为，就是最出色的应试生员，那怕是很卑贱的职位也得不到，只好当一个白丁闲在家里。得到了第三级学位后，还有一次考试在北京举行，这就是殿试。殿试的结果，清帝把应试员生分为三等：一是当翰林院学士，留在北京；二是给官职；三是清帝所不取的。这第三类人要是不退休回家生活，就得采取上面所指出的许多贿赂途径之一，才能去作官。在北京以外的地方行政长官和一切地方官吏，按照被录取的程度，都从第二类来抽调。这些人中每个人就立即送赴某一省的省会，接受知县的官职，还有资格得到省当局给他适合于他的任何委任。

一到省里，他们就得马上向省督抚以及他的僚属行贿，因为一次可以把若干的候补人送到同一个区域内，少数的官缺自然就只能给能出最高贿赂的人了。即使这里没有竞争职位的人，候补的人也必得要对巡抚行贿，因为只要他拒绝行贿，巡抚就无限期地把任用他的事情搁置起来。就是清帝的特令派他一个特殊的地区，也不能挽救他的命运。一个很有家庭声势的候补官虽然可以要求北京吏部提出抗议，但就是在这种情况下，巡抚只要回答"某某太年青"或"太无经验"，和"已经派员暂行代理（意即无完期的代理），以便该员对于官厅和行政事务多加学习"。要是他即刻赢得一个官职，到三年终了自然要升迁，那在每一省又有一连串的"功过考核"，这样就可能使刚上任一二年的人也有获得升迁的机会。这个三年一次的功过考核，对巡抚说来是很有利的差事。他领导下的官吏们有功与否，是要看他们给他行贿的多少来判定的。而任何一个拒绝对巡抚行贿的人，就注定会被判决为"不合连任"，受到解职处分，何况对巡抚的决定是没有诉愿反对权的。在这种情况之下，一个诚实的人鄙视官场的贪污，必然会引退；一个坏人就会用购买的办法再去作官，直接打开一个新的贪污门路。

在每次升任之前，官员必须受到清帝的召见，但这是一个费用很大的事。因为一个人奉召到京是先要去登记的，一直要等到他对守门人行了贿赂才能正式报到，才认为他已经到了北京，依照手续报了到。就是在李鸿章进京朝见时，他也不得不付出巨额的门包和贿赂，数逾百万两，这是大家都知道的事情。我用直接注意到的两件事例来说明，或者可以使英国的读者更深切地感到，贪污恶习是怎样冷酷地、无耻地公开着的。

一个江苏的巡抚，他是恭王的密友，凭藉他的巨大声势不给守门人的贿赂就进了北京城。当他见到他的皇族朋友时，恭王叫喊道："什么时候你来了的？我不能承认你的来到，因为我不曾在崇文门报告上见有你的名字。"这样他就只好退回，并且照常例加倍给了守门人的贿赂，然后恭王才接见了他。更显著的是左宗棠的事情。他是清朝大将军中大的一个，他曾经在新疆镇压了回民武装暴动（就是战败了回族人民的反抗清朝的革命运动），他为清朝皇帝取得了约有中国一半大的土地。清帝对他很尊重，因此清帝要见他，就传下一道特诏，召他到北京进见。当他来到城区，守门的人要八万两银子的贿赂，他完全拒绝支付。就是他也因此便没有得到合法的通传。他在北京候召见，等了几个月过后，清帝传另外一道命令问他何以还没有来。左宗棠说明了这回事，并附带说，因为他把自己的财产和家财都充着兵费了，他实无法支付这笔贿款，他恳求皇帝大恩免除他的负担。在回文里，清帝说："这个（门上的贿赂）是惯常古制，总督、大将军和其他员工一样必须服从。"后来因为左宗棠实在没有钱，他的朋友发起了一次认捐，清皇太后还也亲自捐出总额中的半数。

为了使读者可以更明白清帝对于贪污的态度，我想读者会原谅我这段冗长的插话的。

自然，从此就没有一个新升任的地方首长想到逃避支付这笔贿赂！这种贿赂是进见清帝的不二法门，对清廷大送门包和贿赂之后，他才会得到召见并且取得新的官职——例如道台和知府。每次提升，要取得委派的人，都必须通过和上文所述相似的过程，只有每一次比前一次都要付更大的代价，而这些委派实际上却是无薪给的。依法规，每个委任状都带有薪给，这是的确的事。但是这些薪给，不仅比维持公务所必需的支出要少得多，又为了种种理由也很少有人依照规定去领取，这些理由的有力也就不难体会了。任何官吏的薪金，在从省库支出以前，必须经过很多人的手，并且对每一个人都必须付一定的手续费，使得受领人只能收到原薪的百分之三十到四十。官吏受罚全年薪俸是十分平常的事，除非他能证明不曾领取薪金，还存在省库内，他就不得不十足支付罚款。因此每年可以收入百镑的官员，如罚薪一年，因为提取了他的薪给，就要损失百分之六十到七十的没有收入过的款项。

因此，虽然一切国家的官职，无论是文是武，都定有薪给和开支用款，这叫做"养廉金"。可以说，无一例外地，一切官吏所处的境况在某些程度上有点象英国饭店中的工作人员，他们慷慨地付出代价而且无偿地工作着，只是为了享有特权，可以收受小费。这样说丝毫不夸张。

不难理解，新道台一回到他的管理地区，必然开始压榨他管理下的所有人员，这不仅是为了弥补他自己的开销和生活费用，还要支助他的亲戚族人和下属，也要为了再过三年后他提升时付贿款的需要。

就是这些通过勤修苦炼，虽然似乎无用却是诚实钻研的科考，窄狭而比较还算干净的作官的道路的这部分人尚且如此，那么，那些通过其他不正当的门路而求得官职的人，所要花的费用多得就更不用说了。

由军功的提升也许是最快的。

李鸿章就是由这一条道路走上官位的。在他第三场考试及格后，他既不"外放"（地方官）也不"留京"（北京翰林院的成员），立即回家，凭着曾国藩的父亲的势力参加军队，在几个月中就提升作福建的道台，依提升的常法要达到这个位置须得六年的时间。他就连福建也始终没有去过，在大约不到一个月他又被提升了，这回是江苏的抚台（巡抚）。当他作曾国藩的军事顾问或秘书时，前江苏巡抚被杀了，李鸿章有了自荐候补的机会。曾国藩本是喜欢和赏识他的，发出了一封奏折到清帝那里去恳求任命他。但是一经考虑，曾国藩就认识到这样做未免过于偏私，因为他想，这意味着使一个道台直接提升到抚台，这个经历在乎常情况下至少应当要九年时间。因此他派遣了第二个使者去抽回这封奏折，但是迟了，因为李鸿章早预见到有这种事情，先就注意关说第一个送文的人急速投交。

凭着戈登将军和其他外国人的帮助，李鸿章从太平天国的手中夺回了地盘。不久，他就被提升为总督。李曾经累积了怎样大量的财富是远近皆知的，就用不着在这里多提了。正在中日战争开始以前，我在天津，有很好的机会看到他发财致富的方法之一，就是各级文武官员从整个国家各部分成群而来请求任命，但是就在他们的呈文到达李鸿章以前，他们必须支付大量的贿赂给李的随员。

在军职分配以后，发出任命状，这是由衙门的书办掌握的，受任官员对于这个任命，必须要支出一笔价值和任命相当的款项。官员取得任命状，就立即开始对下属作出出卖委任状的勾当。但是在军队里，只有那些有某种军职的人才能收买委任状，但是我们立刻会看到，军职也能用很多奇怪的方法来取得。例如，一个平生从来没有参加过战争的提升为上校，是毫不罕见的。我要从我亲身观察到的一些事例中直接引证出一个来，作为这种迁升的可能性的最好的解释。

从我的家乡出来一个青年去投了军，凭着他的苦战和真正的功绩，升到了准将的职位。但是每次升迁，都有他的兄弟随他一道提升，我姑且称他的兄弟为 X，这位兄弟和他已数年不见面，而且是在远远的一个鸦片窟里平平安安地充任着厨司的职务。事情是这样的：在每次有他立功的战役后，他报告了一些臆造的勇敢事迹，说是由这位兄弟完成的，而且他的报告被信以为真。有一天，这个从来没有见过一次战争的鸦片窟的厨司，从公报上读到他的名字，并且使他惊讶的是发现他已经在清帝国军队里得到了上校的军级。

从各方面看来，兵役对于官员是很有利的。他们召募任何他们喜爱的人，而且他们经常谎报比起实在在军队里的人要多得多的名额来吃缺额。就是在李鸿章的比较诚实的官员之下，也对于额定的在役人员抽提缺额，大约额定在役人员的百分之七十，才是各部队的实力平均数。而在别的地方，书面上号称百人的，往往意味着实际只有四十到五十个人。在检阅的日期里，军官们在白天雇用足数的闲人来充当，使得军队看起来完全是正常的。但是除了伪造士兵的办法以外，进款还有另外来源，就是这些活着的士兵必须穿着制服和吃饭食，而粮食和衣服都是由军官用扣克的方法供给的，以致于政府每月给每个士兵五两银子，大约只有一两五钱或者少于一两五钱送到士兵的荷包里。这一切都是关于"勇士"们的。他们在战争时只是受雇，在战斗时刻一过就遭到遗弃，不论他们在什么地方，而且几乎常常没有路费回家，这样就使得武装强盗的补充人员在整个清帝国中随处都是。至于在和平时候的常备军，除了满人守备队外，都是受着非常恶劣的待遇，所以他们的力量只存在于公文中。这些人人伍了，按常规取得他们的供给，大约是每月三先令，就和兵役没有任何更多的关系了。那几个在城上执行职务的兵士，是完全依靠贿赂为生的。另一方面，满人军队在满人的领导下给养是好的，但是这些军队却不作战，他们只是守护城市，防止中国人"反叛"（防止革命）。他们居住在从中国人住居的城市中分划出来的角落里，他们常常无故欺压这些中国人，因此在中国人和满人士兵之间，战斗是经常发生的。又因为这些满兵不受民律审判，他们的暴行就经常受不到惩罚。自然，驻防兵和道地的中国人之间是不和气的。

在中国军职的迁升，只意味着买官职和买肥缺，这大概已经是够明白的了。但是另外一件事情，还可以帮助我们把它弄得更清楚一些。中国军队里的将军们惯于讲到要提升大量士兵，但这些士兵只存在于他们的想象中。他们弄出一大批提升的名册，上面写着一些最通用的中国人的名字，但这些人实际上都是不存在的。文书里的伍长李四或兵卒张三，继续按规定晋级。所以将军就拥有一整套，具备各种军职、各种军阶的空头任命状，以备卖给新来谋事的人，假如他们的姓氏就是李或张，并且愿意照市价付款，这笔买卖就成功了。也有愿意得钱而不愿提升的兵卒，惯于改换他们的名字和出卖他们的任命状给市民，这些平民渴望取得军阶，于是就用收买和冒充的两种方法达到他们的目的。"兵役升迁"和第四种进入官场生活的途径（单纯购买），实际上并没有多大分别。

进入官场的第三个方法"保荐贤才"是更糟的了，几乎没有单独考虑的必要，因为"保荐贤才"必须要有官员的记录，这些官员是毫无例外地贪污，靠行贿收贿为生的。所以除了他们推荐他们自己的家属和族人外，他们只能从那些用黄金打开了他们的眼睛的人当中来挑选"贤才"。

第四个作官的道路，就是纯粹的购买，这是完全受到法律认可的，并且一年比一年更普及。即使如张某①前驻美公使那样地位的高官，也没有通过考试，而他的第一次官简直就是买到手的。在政府财政困难和为了特殊目的而需要资金的任何时候，就推行"捐例"，来出卖给那些捐了一定数额金钱的人一个官品。常常还有人组织专门为购买官职而支付贿赂和别的费用为目的的公司，这就是县官制造有限公司（或叫打屁股公司，这是指未来的官员们用以向老百姓榨取金钱的方法说的），它的成员之一取得了任命，其余的伙伴和他分享公务上的贪污战利品。另外一些不曾加入公司的未来的官员们，可以向公司借钱去买官，数年内还清本钱和利息。

———————

① 张某：张荫桓。

要买通一条作中国文官的职务的路，比起从考试进身花费要更大得多，在其他方面这两类候补官员获得晋升的机会实际上是相等的。当某个知县品级以及委任状一经买成了便层层升迁，随着规定一样办理，正如上文已经叙述过的一样。

我努力说明白这件事情：贪污行贿，任用私人，以及毫不知耻地对于权势地位的买卖，在中国并不是偶然的个人贪欲、环境或诱惑所产生的结果，而是普遍的，是在目前政权下取得或保持文武公职的唯一的可能条件。在中国要作一个公务人员，无论官阶高低如何，就意味着不可救药的贪污，并且意味着放弃实际贪污就是完全放弃公务人员的生活。

因此把新血液注入官僚阶层并不能使情况好转，因为官僚存在的条件就是不要有诚实的可能性。也不能希望从普及教育着手来改良，因为人民无知，不仅是官僚阶层公认的利益，而且官僚自己也是绝对无知的。他们之中有些人甚且不能书写和阅读。即使是经过考场考试的，也是受到了一些毫无实益的"文学和文学上的文章格式"的训练的人，也完全没有世界情况的知识。他们甚至不知道他们自己国家的需要和希望；连由受到可怜待遇的书记用这些官员自己的名义执行的法规，他们也不知道。

由于上面已经说过，关于军队及军职任命和得官的情况，似乎无须解释就会明白。在土生土长的中国人中，并不缺少身强体壮、勇敢而忠心爱国的人，只是因为无可救药的贪污制度的风行，这个制度受到他们满人统治者的保护，使得中国变成任何国家毫不费力的战利品，并且给我们何以很容易地败于日本人的手中作了解释。我在这里可以略提一下在英国海军朗司令领导下，海军的重新建立受到打击一事。他失败的唯一原因，是由于中国海军中不能容忍一个不贪污的官吏存在，因他遭到了阴谋和一连串的侮辱，实际上逼迫他不能不辞去职位。从中日战争爆发以前不久发生的一件事中，可以看到官吏贪污是怎样地影响了中国抵御外侮的准备工作。一个青年海军军官，我的密友之一，他在不久气愤辞职了，告诉我说，他不得不签署一个几吨煤灰的受货单，是作为火药来付款和订约的！我可以补充一点说，炮舰的官员们实际上享有偷关越境的专利权，在这里面他们在作一个巨大而且有利的生意；又海军南方舰队是完全并且专门用来担任运送清朝官吏和他们的眷属的，他们要到什么地方就可以到什么地方，另外一个用途就是走私。

在英国，有人以为只要能说服李鸿章等人，使他们相信铁路，电话、欧洲陆军和海军组织等的效用，启发中国人民，并设法把整套文明机器输入中国，那么中国的新生就会开始，这真是和使吃人的野兽改用银制餐具，想藉此把它们改变成素食者是同样的荒唐！

两个具体的例子比起论证也许更能使人信服。

三十年来，欧洲的新发明创造品曾经输入中国。我们在天津、福州和上海，都有兵工厂和船码头的开设，在天津和南京有军事和海军专门学校，现在电报遍于全国，天津、山海关中间有铁路，在沿海和沿江都有属于官办和商办的汽船。但是从具备这些近代的设备中，没有得到一点进步的效果或是希望。在兵工厂里没有完成过实际工作，只是曾经产生了一大批派用人员和"散工"（临时工作人员）。各部门常设的专家首长、工程师等等待遇很不好，而且在他们通晓的工作的处理上，也绝对没有发言权，只是完全由上级官员统治着。这些官员不仅是完全无知，在他们迁调离开以前连学习的时间也没有，他们的职位就被别人来代替了。这些暂时的官员们发出矛盾的命令，熟练的工头必须遵守，以致于无论任何产品的制造和设计，唯一的结果只是浪费材料而已。但这还不是常有的事，因为武器和军火的输入可以使官吏们获利更厚，他们既可赚钱，又可以得手续费。

电报起初是由清政府允许商人经营，但是后来落入清政府手中，从那个时候起，一切地方局长的任命都是通过亲属关系或"势力"，而且从来也没有制过年终结算表。和河道的情况一样，藉口整修也是生意中很有利可图的一部分。但是当某一新站成立时，因为材料是由中央当局供应的，所以几乎没有利润可图。在这里有一个使外国人惊异的奇怪现象，在供应时虽然一切规格相同，但乡村电报杆要比城镇上的电报杆短矮得多。我曾亲眼看到过一个足以解释这个短矮电杆的事例：主管人在建立电线杆以前，就把每根电杆锯下几尺，并且把材料卖给地方上的木匠。有人想是土人的迷信和保守主义造成了铁路和电报企业的最大障碍，但是其实不是这样。当电报线路初次在湖南架设起时，电线杆和电线立刻被百姓拉倒。公开的报道说：人民群众的心情上过于排外，以致不能容忍这样一种革新。私下而真正的原因完全不是这样，主管人没有给够工人的钱就是一个原因，工人群众发动了叛变，毁坏他们没有受到报酬的工作成果。排外的人是官吏而不是群众，是清朝人而不是乡下的中国人；而且就是这些官吏，英国曾保护过他们不曾落在太平天国的手中，他们搞起了反基督教的叛乱和屠杀，事后把一切责任归罪于人民。周汉，著名的排外煽动家，是一个道台，在中国受着官府的重视有如伟大的英雄一般。天津铁路局是受人民重视的，并且运输量也很大，可是它破产了。因为它在任意胡行的官吏掌握之下，行政人员也争着去拿钱贪污，其结果自然是铁路局破产。并且中国的资本家，他们懂得其中的道理是怎样的，就不轻易对任何同类的经营投资了。

既然目前计划中的铁道是完全由中俄联合投资的，就不难预见，那些偿付并控制这条路线的人将是哪国的人了！

招商局原来是著名商人唐廷枢（景星）建立的，起初没有让官吏参加。本来，业务好象有希望成功似的。但正如一切民间事业一样，在露出有利可图的苗头时，那清政府就要接收管理起来了。自然，这个招商局目前是和其他清政府部门一样地腐败了。而每位船长必得要购买他们的任命状。这样就证明了，用输入物质文明的方法不能改良中国，只有用根绝官吏贪污的办法才行。这种官吏贪污，越来越坏，十年以前被认为骇人听闻的事，目前是十分平常。在最近以前还没有为出卖官职而制定一个固定的价目表的事情，现在当局的大官变得这样无耻，就是前任总督李瀚章——李鸿章的兄弟——对于两广（广西、广东）的每个官职曾定下一个正规的价格表。

全体人民正准备着要迎接一个变革。有大多数的诚实的人们，准备着而且决心要进入公共民主的生活。军队是这样的腐败，即使不是大部分受到了同情革新党的感染，政府也不可能依靠它了。只有从清朝的士兵，或者从鼠目寸光的、自私自利的外国干涉者看来，革新党才会是任何可怕的东西。我写这篇文章的一个主要目的，实在就是要向英国人民证明，让我们成功，这也是为了欧洲的利益而特别是为了英国的利益；并且也说明，例如本论坛八月号Z君文中所建议的，保护现在政府的政策是完全错误的。该文作者说，英国应当保卫中国现有的政权，使其免受本国人和外国人的打击。可惜有件事情他没有认识到，那就是只有清朝和仰赖现有制度维持生活的官吏，是敌视其他种族的。并且他又没有认识到，如果是由真正的中国人自治，他们就会和外国人和平相处，并且也将和世界人民建立起友好关系。

要适当地写出革新党的目的和观点，单单这件事就需一篇专论文章。这里只须要说，目前我们所需要的援助仅是英帝国以及其他列强善意的中立，就可使得目前的制度让位于一个不贪污的制度了。纵使贸易暂时停顿，但不久也必会大有进展。同时，中国天然富源的开发，会增加整个世界的财富。中国政府的行政和军事的改革，会使它对于外来的打击（或是从帝俄来）成为不可战胜的力量。中国如能免于分裂，那么，象由于土耳其的分裂而引起的欧洲的严重纷扰，也就可以避免了。

一八九七年三月一日

中国问题的真解决

——向美国人民的呼吁

    全世界的注意力现在都集中在远东，这不仅是由于俄国与日本间正在进行着的战争，而且也由于这样的事实，即：中国终究要成为那些争夺亚洲霸权的国家之间的主要斗争场所。欧洲人在非洲的属地——迄今为止，这一直是欧洲列强之间斗争的焦点——现在大体上已经划定了，因而必须寻找一块新的地方，以供增大领土和扩展殖民地；长期以来被认为是"东亚病夫"的中国，自然而然地就成了这样一块用以满足欧洲野心的地方。美国在国际政治中虽然有其传统的孤立政策，但它在这方面绝不会漠不关心，虽则在方式上与其他各国多少有些不同。首先，菲律宾群岛转到美国的控制之下，就使美国成了中国最近的邻邦之一，因之它不可能对中国的情况闭目不理；其次，中国是美国货物的一个巨大市场，如果美国要把它的商业与工业活动扩展到世界其他各地，中国就是它必须注目的第一个国家。由此看来，所谓"远东问题"，对这个国家是具有特殊的重要性的。

    这个问题是重要的，同时又不易解决，因为其中牵涉到许多互相冲突的利害关系。已经有很多人认为，此次俄日战争的最后结局，可能使这个问题得到解决。但是，从中国的立场看来，这次战争所引起的纠纷，要多于其所解决的纠纷；假如这次战争果真能解决任何问题的话，充其量它只能决定俄日两国之间的霸权问题。至于英、法、德、美等国的利益怎么样呢？对这些问题，这次战争是绝对无法解决的。

为了使整个问题得到满意的解决，我们必须找出所有这些纠纷的根源。即使对亚洲事务了解得最为肤浅的人，也会深信：这个根源乃在于满清政府的衰弱与腐败，它正是由于自身的衰弱，而有扰乱世界现存政治均衡局面之势。这种说法好像是说笑话，但不是没有根据的，我们只须指出这次俄日战争就可以作为一个例证。如果不是由于满清政府完全无力保持其在满洲的势力与主权，那么这次战争是可以避免的。然而，这次战争只不过是在中国问题上利害有关各国间势将发生的一系列冲突的开端而已。

我们说满清政府，而不说中国政府，这是有意识地这样说的。中国人现在并没有自己的政府，如果以"中国政府"一名来指中国现在的政府，那么这种称法是错误的。这也许会使那些对中国事务不熟悉的人感到惊异，但这乃是一个事实，是一个历史事实。为了使你们相信这一点，让我们向你们简单地叙述一下满清王朝建立的经过吧。

满洲人在与中国人发生接触以前，本是在黑龙江地区旷野中飘泊无定的游牧部落。他们时常沿着边界侵犯并抢劫和平的中国居民。明朝末叶，中国发生大内战，满洲人利用那个千载难逢的机会，用蛮族入侵罗马帝国的同一种方式突然袭来，占领了北京。这是一六四四年的事。中国人不甘心受外族的奴役，便向侵略者进行了最顽强的反抗。满洲久为要强迫中国人屈服，残酷地屠杀了数百万人民，其中有战斗人员与非战斗人员、青年与老人、妇女与儿童，焚烧了他们的住所，劫掠了他们的家室，并迫使他们采用满洲人的服饰。据估计，有数万人因不服从留发辫的命令而被杀戮。几经大规模流血与惨遭虐杀之后，中国人才终于屈服在满清的统治之下。

满洲人所采取的另一个措施，就是把所有涉及他们的对华关系与侵华事实的书籍文献加以焚烧销毁，藉以尽其可能地使被征服了的人民愚昧无知。他们又禁止人民结社集会以讨论公共事务。其目的乃是要扑灭中国人的爱国精神，从而使中国人经过一定时间之后，不再知道自己是处在异族的统治之下。现在，满洲人为数不过五百万，而中国人口则不下四万万，因此，他们经常害怕中国人有一天会奋起并恢复其祖国。为了防范这一点，已经采取了而且还正在采取着许多戒备手段。这一直是满洲人对中国人的政策。

西方人中有一种普遍的误会，以为中国人本性上是闭关自守的民族，不愿意与外界的人有所往来，只是在武力压迫之下，才在沿海开放了几个对外贸易的口岸。这种误会的主要原因，是由于对中国历史缺乏了解。历史可以提供充分的证据，证明从远古直到清朝的建立，中国人一直与邻国保有密切的关系，对于外国商人与教士从没有丝毫恶意歧视。西安府的景教碑提供我们一个绝妙的记录，说明早在公元第七世纪外国传教士在当地人民间所进行的传播福音的工作。再者，佛教乃是汉朝皇帝传入中国的，人民以很大的热情欢迎这个新宗教，此后它便日渐繁盛，现在已成为中国三大主要宗教中的一种。不仅教士，而且商人也被许可在帝国内部自由地纵横游历。甚至晚至明朝时，中国人中还没有丝毫排外精神的迹象，当时的大学士徐光启，其本人皈依了天主教，而他的密友、即在北京传教的耶稣会教士利玛窦，曾深得人民的尊敬。

随着满清王朝的建立，政策便逐渐改变：全国禁止对外贸易；驱除传教士；屠杀本国教民；不许中国人向国外移民，违者即予处死。这是什么缘故呢？这只是因为满洲人立意要由其管辖范围内将外国人排斥出去，并唆使中国人憎恨外国人，以免中国人因与外国人接触而受其启迪并唤醒自己的民族意识。满洲人所扶育起来的排外精神，终于在一九〇〇年的义和团骚动中达到最高峰。现在大家都知道了，义和团运动的首领不是别人，而正是皇室中的分子。由此就可以看出，中国的闭关自守政策，乃是满洲人自私自利的结果，并不能代表大多数中国人民的意志。在中国游历的外国人常可以看到这样的事实，即：凡受官方影响愈小的人民，比之那些受影响较大的人民，总是对外国人愈为友善。

自义和团战争以来，许多人为满清政府偶而发布的改革诏旨所迷惑，便相信那个政府已开始看到时代的征兆，其本身已开始改革以使国家进步。他们不知道，那些诏旨只不过是专门用以缓和民众骚动情绪的具文而已。由满洲人来将国家加以改革，那是绝对不可能的，因为改革意味着给他们以损害。实行改革，那他们就会被中国人民所吞没，就会丧失他们现在所享受的各种特权。若把官僚们的愚昧与腐化予以揭露出来，就会看到政府更为黑暗的一面。这些僵化了的、腐朽了的、毫无用处的官僚们，只知道怎样向满洲人谄媚行贿，藉以保全其地位去进行敲榨搜刮。下面就是一个非常显著的例证：中国驻华盛顿公使最近发布了一个布告，禁止住在这个国家之内的中国人与反满会党有任何往来，违者即将其在中国本土的家人及远族加以逮捕并处以格杀之重刑。像中国公使梁诚先生这样一个有教养的人所做的这种野蛮行为，除了可能认定他是想讨好政府以便保全其公使地位外，不能够有其他的解释。想由这样的政府及其官吏厉行改革，会有什么希望呢？

在满清二百六十年的统治之下，我们遭受到无数的虐待，举其主要者如下：

（一）满洲人的行政措施，都是为了他们的私利，并不是为了被统治者的利益。

（二）他们阻碍我们在智力方面和物质方面的发展。

（三）他们把我们作为被征服了的种族来对待，不给我们平等的权利与特权。

（四）他们侵犯我们不可让与的生存权、自由权和财产权。

（五）他们自己从事于、或纵容官场中的贪污与行贿。

（六）他们压制言论自由。

（七）他们禁止结社自由。

（八）他们不经我们的同意而向我们征收沉重的苛捐杂税。

（九）在审讯被指控为犯罪之人时，他们使用最野蛮的酷刑拷打，逼取口供。

（十）他们不依照适当的法律程序而剥夺我们的各种权利。

（十一）他们不能依责保护其管辖范围内所有居民的生命与财产。

虽然有这样多的痛苦，但我们曾用了一切方法以求与他们和好相安，结果却是徒劳无效。在这种情况之下，我们中国人民为了解除自己的痛苦，为了普遍地奠定远东与世界和平，业已下定决心，采取适当的手段以求达到那些日标，"可用和平手段即用和平手段，必须用强力时即以强力临之"。

全国革命的时机，现已成熟。我们可以看到，一九〇〇年有惠州起义，一九〇二年在广州曾图谋举义，而广西的运动现在犹以日益增大的威力与勇气在进行着。中国的报纸与近来出版的书刊中也都充满着民主思想。再者，还有致公堂（中国的反满会党）的存在，这个国家内一般都称之为中国共济会，其宗旨乃是"反清（满洲）复明（中国）"。这个政治团体已存在了二百多年，有数千万会员散布在整个华南；侨居这个国家之内的中国人中，约有百分之八十都属于这个会党。所有抱着革命思想的中国人，约略可分为三类：第一类人数最多，包括那些因官吏的勒索敲榨而无力谋生的人；第二类为愤于种族偏见而反对满清的人；第三类则为具有崇高思想与高超见识的人。这三种人殊途同归，终将以日益增大的威力与速度，达到预期的结果。由此显然可以看到，满清政府的垮台只是一个时间问题而已。

有人时常提出这样一种在表面上似乎有道理的论调，他们说：中国拥有众多的人口与丰厚的资源，如果它觉醒起来并采用西方方式与思想，就会是对全世界的一个威胁；如果外国帮助中国人民提高和开明起来，则这些国家将由此而自食恶果；对其他各国来说，他们所应遵循的最明智的政策，就是尽其可能地压抑阻碍中国人。一言以蔽之，这种论调的实质就是所谓"黄祸"论。这种论调似乎很动听，然而一加考察就会发现，不论从任何观点去衡量，它都是站不住脚的。这个问题除了道德的一面，即一国是否应该希望另一国衰亡之外，还有其政治的一面。中国人的本性就是一个勤劳的、和平的、守法的民族，而绝不是好侵略的种族，如果他们确曾进行过战争，那只是为了自卫。只有当中国人被某一外国加以适当训练并被利用来作为满足该国本身野心的工具时，中国人才会成为对世界和平的威胁。如果中国人能够自主，他们即会证明是世界上最爱好和平的民族。再就经济的观点来看，中国的觉醒以及开明的政府之建立，不但对中国人、而且对全世界都有好处。全国即可开放对外贸易，铁路即可修建，天然资源即可开发，人民即可日渐富裕，他们的生活水准即可逐步提高，对外国货物的需求即可增多，而国际商务即可较现在增加百倍。能说这是灾祸吗？国家与国家的关系，正像个人与个人的关系。从经济上看，一个人有一个穷苦愚昧的邻居还能比他有一个富裕聪明的邻居合算吗？由此看来，上述的论调立即破产，我们可以确有把握地说：黄祸毕竟还可以变成黄福。

列强各国对中国有两种互相冲突的政策：一种是主张瓜分中国，开拓殖民地；另一种是拥护中国的完整与独立。对于固守前一种政策的人，我们无需乎去提醒他们那种政策是潜伏着危险与灾难的，俄国在满洲殖民的情况已表明了这一点。对于执行后一种政策的人。我们敢大胆预言：只要现政府存在，他们的目标便不可能实现。满清王朝可以比作一座即将倒塌的房屋，整个结构已从根本上彻底地腐朽了，难道有人只要用几根小柱子斜撑住外墙就能够使那座房屋免于倾倒吗？我们恐怕这种支撑行为的本身反要加速其颠覆。历史表明，在中国，朝代的生命正像个人的生命一样，有其诞生、长大、成熟、衰老和死亡；当前的满清统治自十九世纪初叶即已开始衰微，现在则正迅速地走向死亡。因此我们认为，即使是维护中国的完整与独立的善意与义侠行为，如果像我们所了解的那样是指对目前摇摇欲坠的满清王室的支持，那么注定是要失败的。

显而易见，要想解决这个紧急的问题，消除妨害世界和平的根源，必须以一个新的、开明的、进步的政府来代替旧政府。这样一来，中国不但会自力更生，而且也就能解除其他国家维护中国的独立与完整的麻烦。在中国人民中有许多极有教养的能干人物，他们能够担当起组织新政府的任务；把过时的满清君主政体改变为"中华民国"的计划，经慎重考虑之后，早就制订出来了。广大的人民群众也都甘愿接受新秩序，渴望着情况改善，把他们从现在悲惨的生活境遇中解救出来。中国现今正处在一次伟大的民族运动的前夕，只要星星之火就能在政治上造成燎原之势，将满洲鞑子从我们的国土上驱逐出去。我们的任务确实是巨大的，但并不是无法实现。一九〇〇年义和团战争时，联军只需为数不足两万的军队就能击溃满清的抵抗，进军北京并夺取北京城；我们以两倍或者三倍于这个数目的人力，毫无疑义地也可以做到这一点，而且我们能够轻而易举地从我们的爱国分子中征募百倍千倍的更多的人。从最近的经验中可清楚地看到，满清军队在任何战场上都不足与我们匹敌，目前爱国分子在广西的起义就是一个明显的例证。他们距海岸非常遥远，武器弹药的供应没有任何来源，他们得到这些物资的惟一方法乃是完全依靠于从敌人方面去俘获；即使如此，他们业已连续进行了三年的战斗，并且一再打败由全国各地调来的官军对他们的屡次征讨。他们既然有出奇的战斗力，那末，如果给以足够的供应，谁还能说他们无法从中国消灭满清的势力呢？一旦我们革新中国的伟大目标得以完成，不但在我们的美丽的国家将会出现新纪元的曙光，整个人类也将得以共享更为光明的前景。普遍和平必将随中国的新生接踵而至，一个从来也梦想不到的宏伟场所，将要向文明世界的社会经济活动而敞开。

拯救中国完完全全是我们自己的责任，但由于这个问题近来已涉及全世界的利害关系，因此，为了确保我们的成功、便利我们的运动、避免不必要的牺牲、防止列强各国的误解与干涉，我们必须普遍地向文明世界的人民、特别是向美国的人民呼吁，要求你们在道义上与物质上给以同情和支援。因为你们是西方文明在日本的开拓者，因为你们是基督教的民族，因为我们要仿照你们的政府而缔造我们的新政府，尤其因为你们是自由与民主的战士。我们希望能在你们中间找到许多的辣斐德。

一九〇四年八月三十一日

在东京中国留学生欢迎大会上的演说

　　兄弟此次东来，蒙诸君如此热心欢迎，兄弟实感佩莫名。窃恐无以副诸君欢迎之盛意，然不得不献兄弟见闻所及，与诸君商定救国之方针，当亦诸君所乐闻者。兄弟由西至东，中间至米国圣路易斯观博览会，此会为新球开辟以来的一大会。后又由米至英、至德、至法，乃至日本。离东二年，论时不久，见东方一切事皆大变局，兄弟料不到如此，又料不到今日与诸君相会于此。近来我中国人的思想议论，都是大声疾呼，怕中国沦为非、澳。前两年还没有这等的风潮，从此看来，我们中国不是亡国了。这都由我国民文明的进步日进一日，民族的思想日长一日，所以有这样的影响。从此看来，我们中国一定没有沦亡的道理。

　　今日试就我历过各国的情形，与诸君言之。

　　日本与中国不同者有二件：第一件是日本的旧文明皆由中国输入。五十年前，维新诸豪杰沉醉于中国哲学大家王阳明知行合一的学说，故皆具有独立尚武的精神，以成此拯救四千五百万人于水火中之大功。我中国人则反抱其素养的实力，以赴媚异种，故中国的文明遂至落于日本之后。第二件如日本衣、食、住的文明用由中国输入者，我中国已改从满制，则是我中国的文明已失之日本了。后来又有种种的文明由西洋输入。是中国文明的开化虽先于日本，究竟无大裨益于我同胞。

渡太平洋而东至米国，见米国之人物皆新。论米人不过由四百年前哥仑布开辟以来，世人渐知有米国；而于今的文明，即欧洲列强亦不能及。去年圣路易斯的博览会为世界最盛之会，盖自法人手中将圣路易斯买来之后，特以此会为纪念。米国从前乃一片洪荒之土，于今四十余州的盛况，皆非中国所能及。兄弟又由米至英、至法、至德，见各洲从前极文明者，如罗马、埃及、希腊、雅典等皆败，极野蛮者如条顿民族等皆兴。中国的文明已有数千年，西人不过数百年，中国人又不能由过代之文明变而为近世的文明；所以人皆说中国最守旧，其积弱的缘由也在于此。殊不知不然。不过我们中国现在的人物皆无用，将来取法西人的文明而用之，亦不难转弱为强，易旧为新。盖兄弟自至西方则见新物，至东方则见旧物，我们中国若能渐渐发明，则一切旧物又何难均变为新物。如英国伦敦，先无电车而用马车，百年后方用自行车而仍不用电车。日本去年尚无电车，至今而始盛。中国不过误于从前不变，若如现在的一切思想议论，其进步又何可思议！又皆说中国为幼稚时代，殊不知不然。中国盖实当老迈时代。中国从前之不变，因人皆不知改革之幸福，以为我中国的文明极盛，如斯已足，他何所求。于今因游学志士见各国种种的文明，渐觉得自己的太旧了，故改革的风潮日烈，思想日高，文明的进步日速。如此看来，将来我中国的国力能凌驾全球，也是不可预料的。所以各志士知道我们中国不得了，人家要瓜分中国，日日言救中国。倘若是中国人如此能将一切野蛮的法制改变起来，比米国还要强几分的。何以见之？米国无此好基础。虽西欧英、法、德、意皆不能及。我们试与诸君就各国与中国比较而言之：

日本不过我中国四川一省之大，至今一跃而为头等强国；

米国土地虽有清国版图之大，而人口不过八千万，于今米人极强，即欧人亦畏之；

英国不过区区海上三岛，其余都是星散的属地；

德、法、意诸国虽称强于欧西，土地人口均不如我中国；

俄现被挫于日本，土地虽大于我，人口终不如我。

则是中国土地人口，世界莫及。我们生在中国，实为幸福。各国贤豪皆羡慕此英雄用武之地，而不可得。我们生在中国，正是英雄用武之时。反都是沉沉默默，让异族儿据我上游，而不知利用此一片好山河，鼓吹民族主义，建一头等民主大共和国，以执全球的牛耳，实为可叹！

所以西人知中国不能利用此土地也，于是占旅顺、占大连、占九龙等处，谓中国人怕他。殊不知我们自己能立志恢复，他还是要怕我的。即现在中国与米国禁约的风潮起，不独米国人心惶恐，欧西各国亦莫不震惊。此不过我国民小举动耳，各国则震动若是，倘有什么大举动，则各国还了得吗？

所以现在中国要由我们四万万国民兴起。今天我们是最先兴起一日，从今后要用尽我们的力量，提起这件改革的事情来。我们放下精神说要中国兴，中国断断乎没有不兴的道理。

即如日本，当维新时代，志士很少，国民尚未大醒，他们人人担当国家义务，所以不到三十年，能把他的国家弄到为全球六大强国之一。若是我们人人担当国家义务，将中国强起来，虽地球上六个强国，我们比他还要大一倍。所以我们万不可存一点退志。日本维新须经营三十余年，我们中国不过二十年就可以。盖日本维新的时候，各国的文物，他们国人一点都不知道；我们中国此时，人家的好处人人皆知道，我们可以择而用之。他们不过是天然的进步，我们这方才是人力的进步。

又有说中国此时的政治幼稚、思想幼稚、学术幼稚，不能猝学极等文明。殊不知又不然。他们不过见中国此时器物皆旧，盖此等功夫，如欧洲著名各大家用数十余年之功发明一机器，而后世学者不过学数年即能造作，不能谓其躐等也。

又有说欧米共和的政治，我们中国此时尚不能合用的。盖由野蛮而专制，由专制而立宪，由立宪而共和，这是天然的顺序，不可躁进的；我们中国的改革最宜于君主立宪，万不能共和。殊不知此说大谬。我们中国的前途如修铁路，然此时若修铁路，还是用最初发明的汽车，还是用近日改良最利便之汽车，此虽妇孺亦明其利钝。所以君主立宪之不合用于中国，不待智者而后决。

又有说中国人民的程度，此时还不能共和。殊不知又不然。我们人民的程度比各国还要高些。兄弟由日本过太平洋到米国，路经檀香山，此地百年前不过一野蛮地方，有一英人至此，土人还要食他，后来与外人交通，由野蛮一跃而为共和。我们中国人的程度岂反比不上檀香山的土民吗？后至米国的南七省，此地因养黑奴，北米人心不服，势颇骚然，因而交战五六年，南败北胜，放黑奴二百万为自由民。我们中国人的程度又反不如米国的黑奴吗？我们清夜自思，不把我们中国造起一个二十世纪头等的共和国来，是将自己连檀香山的土民、南米的黑奴都看做不如了，这岂是我们同志诸君所期望的吗?!

所以我们决不能说我们同胞不能共和，如说不能，是不知世界的进步，不知世界的真文明，不知享这共和幸福的蠢动物了。

若使我们中国人人已能知此，大家已担承这个责任起来，我们这一份人还稍可以安乐。若今日之中国，我们是万不能安乐的，是一定要劳苦代我四万万同胞求这共和幸福的。

若创造这立宪共和二等的政体，不是在别的缘故上分判，总在志士的经营。百姓无所知，要在志士的提倡；志士的思想高，则百姓的程度高。所以我们为志士的，总要择地球上最文明的政治法律来救我们中国，最优等的人格来待我们四万万同胞。

若单说立宪，此时全国的大权都落在人家手里，我们要立宪，也是要从人家手里夺来。与其能夺来成立宪国，又何必不夺来成共和国呢？

又有人说，中国此时改革事事取法于人，自己无一点独立的学说，事先不能培养起国民独立的性根来，后来还望国民有独立的资格吗？此说诚然。但是此时异族政府禁端百出，又从何处发行这独立的学说？又从何处培养起国民独立的性根？盖一变则全国人心动摇，动摇则进化自速，不过十数年后，这"独立"两字自然印入国民的脑中。所以中国此时的改革，虽事事取法于人，将来他们各国定要在中国来取法的。如米国之文明仅百年耳，先皆由英国取法去的，于今为世界共和的祖国；倘是仍旧不变，于今能享这地球上最优的幸福不能呢？

若我们今日改革的思想不取法乎上，则不过徒救一时，是万不能永久太平的。盖这一变更是很不容易的。

我们中国先是误于说我中国四千年来的文明很好，不肯改革，于今也都晓得不能用，定要取法于人。若此时不取法他现世最文明的，还取法他那文明过渡时代以前的吗？我们决不要随天演的变更，定要为人事的变更，其进步方速。兄弟愿诸君救中国，要从高尚的下手，万莫取法乎中，以贻我四万万同胞子子孙孙的后祸。

（一九〇五年八月十三日）

《民报》发刊词

近时杂志之作者亦夥矣。娇词以为美，嚣听而无所终，摘埴索涂不获，则反覆其词而自惑。求其斟时弊以立言，如古人所谓对症发药者，已不可见，而况夫孤怀宏识、远瞩将来者乎？夫缮群之道，与群俱进，而择别取舍，惟其最宜。此群之历史既与彼群殊，则所以披而进之之阶级，不无后先进止之别。由之不贰，此所以为舆论之母也。

余维欧美之进化，凡以三大主义：曰民族，曰民权，曰民生。罗马之亡，民族主义兴，而欧洲各国以独立。洎自帝其国，威行专制，在下者不堪其苦，则民权主义起。十八世纪之末，十九世纪之初，专制仆而立宪政体殖焉。世界开化，人智益蒸，物质发舒，百年锐于千载，经济问题继政治问题之后，则民生主义跃跃然动，二十世纪不得不为民生主义之擅场时代也。是三大主义皆基本于民，递嬗变易，而欧美之人种胥冶化焉。其他旋维于小己大群之间而成为故说者，皆此三者之充满发挥而旁及者耳。

今者中国以千年专制之毒而不解，异种残之，外邦逼之，民族主义、民权主义殆不可以须臾缓。而民生主义，欧美所虑积重难返者，中国独受病未深，而去之易。是故或于人为既往之陈迹，或于我为方来之大患，要为缮吾群所有事，则不可不并时而弛张之。嗟夫！所陜卑者其所视不远，游五都之市，见美服而求之，忘其身之未称也，又但以当前者为至美。近时志士舌敝唇枯，惟企强中国以比欧美。然而欧美强矣，其民实困，观大同盟罢工与无政府党、社会党之日炽，社会革命其将不远。吾国纵能媲迹于欧美，犹不能免于第二次之革命，而况追逐于人已然之末轨者之终无成耶！夫欧美社会之祸，伏之数十年，及今而后发见之，又不能使之遽去。吾国治民生主义者，发达最先，睹其祸害于未萌，诚可举政治革命、社会革命毕其功于一役。还视欧美，彼且瞠乎后也。

翳我祖国，以最大之民族，聪明强力，超绝等伦，而沉梦不起，万事堕坏；幸为风潮所激，醒其渴睡，旦夕之间，奋发振强，励精不已，则半事倍功，良非夸嫚。惟夫一群之中，有少数最良之心理能策其群而进之，使最宜之治法适应于吾群，吾群之进步适应于世界，此先知先觉之天职，而吾《民报》所为作也。抑非常革新之学说，其理想输灌于人心而化为常识，则其去实行也近。吾于《民报》之出世觇之。

一九〇五年十月二十日

在旧金山丽蝉戏院的演说

今日所欲与诸君研究者，为革命问题。"革命"二字，近日已成为普通名词，第恐诸君以为革命为不切于一己之事而忽略之，而不知革命为吾人今日保身家、救性命之唯一法门。诸君今日之在美者，曾备受凌虐之苦，故人人愤激，前有抵制美货之举，今有争烟治埃仑之事①，皆欲挽我利权、图我幸福耳。而不知一种族与他种族之争，必有国力为之后援，乃能有济。我中国已被灭于满洲二百六十余年，我华人今日乃亡国遗民，无国家之保护，到处受人苛待。同胞之在南洋荷属者，受荷人之苛待，比诸君在此之受美人苛待尤甚百倍。故今日欲保身家性命，非实行革命，废灭鞑虏清朝，光复我中华祖国，建立一汉人民族的国家不可也。故曰革命为吾人今日保身家性命之唯一法门，而最关切于人人一己之事也。

---

① 烟治埃仑：英文 Angel Island 音译，又译作安琪岛、天使岛、仙人岛，位于旧金山海湾内。1909 年起美国当局在该岛设立"移民检疫站"，作为迫害入境华人的拘留所，引起了旅美华侨的愤慨和抗议。

乃在美华侨多有不解革命之义者，动以"革命"二字为不美之名称，口不敢道之，耳不敢闻之，而不知革命者乃圣人之事业也。孔子曰："汤武革命，顺乎天而应乎人。"此其证也。某英人博士曰："中国人数千年来惯受专制君主之治，其人民无参政权，无立法权，只有革命权。他国人民遇有不善之政，可由议院立法改良之；中国人民遇有不善之政，则必以革命更易之。"由此观之，革命者乃神圣之事业、天赋之人权，而最美之名辞也！

中国今日何以必需乎革命？因中国今日已为满洲人所据，而满清之政治腐败已极，遂至中国之国势亦危险已极，瓜分之祸已岌岌不可终日，非革命无以救重亡，非革命无以图光复也。

然有卑劣无耻、甘为人奴隶之徒，犹欲倚满洲为冰山，排革命为职志，倡为邪说，曰"保皇可以救国"，曰"立宪可以图强"。数年前诸君多有为其所惑者，幸今已大醒悟。惟于根本问题尚未见到，故仍以满洲政府为可靠，而欲枝枝节节以补救之，曰"倡教育"、"兴实业"，以为此亦救国图强之一道。而不知于光复之先而言此，则所救为非我之国，所图者乃他族之强也。况以满洲政体之腐败已成不可救药，正如破屋漏舟，必难补治，必当破除而从新建设也。

所以今日之热心革命者，多在官场及陆军中人，以其日日亲见满洲政府之种种腐败，而确知其无可救药，故身虽食虏朝之禄，而心则不忍见神明种族与虏皆亡也。其已见于事实者，则有徐锡麟、熊成基，其隐而未发者在在皆是。惜乎美洲华侨去国太远，不知祖国之近情，故犹以为革命不过为小人之思想，而不知实为全国之风潮也。

又有明知革命乃应为之事，惟畏其难，故不敢言者。此真苟且偷安之凉血动物，而非人也！若人者，必不畏难者也。如诸君之来美，所志则在发财也，然则天下之事，更有何事难过于发财乎？然诸君无所畏也，不远数万里，离乡别井而来此地，必求目的之达而后已。今试以革命之难与发财之难而比较之，便知发财之难，必难过于革命者数千万倍也。何以言之？以立志来美发财者，前后不下百数十万人也，然其真能发财者有几人乎？在美发财过百万者，至今尚无一人也。而立志革命之民族，近百余年来如美、如法、如意大利、希腊、土耳其、波斯并无数之小国，皆无不一一成功。如是，凡一民族立志革命者则无不成功，而凡一人立志发财则未必成功，是故曰革命易而发财难也。又一民族立志革命，则一民族之革命成功，而千万人立志发财，则几无一人能达发财之目的，故曰发财之难过于革命者有千万倍也。以有千万倍之难之发财，而诸君尚不畏，今何独畏革命之难哉！

今日有志革命而尚未成功者，只有俄罗斯耳。然此亦不过一迟早问题，其卒必能抵于成，则不待智者始知也。今又以俄国革命之难，与中国革命之难而比较之：俄帝为本种之人，无民族问题之分；且俄帝为希腊教之教主，故尚多奴隶于专制、迷信于宗教者，奉之为帝天。又俄国政府有练军五百万为之护卫，此革命党未易与之抗衡也。俄民之志于革命者，只苦专制之毒耳。中国今日受满政府之专制甚于俄，而清政之腐败甚于俄，国势之弱甚于俄，此其易于俄者一。清帝为异种，汉人一明种族之辨，必无认贼作父之理，此其易于俄者二。中国人向薄于宗教之迷信心，清帝不能以其佛爷、拉麻①等名词而系中国人之信仰，此其易于俄者三。又无军力之护卫，此其易于俄者四。俄人革命虽有种种之难，然俄国志士决百折不回之志，欲以百年之时期而摧倒俄国

---

① 拉麻：今称喇嘛。

之专制政体，而达政治、社会两革命之目的；中国之革命有此种种之易，革命直一反掌之事耳。惟惜中国人民尚未有此思想，尚未发此志愿。是中国革命之难，不在清政府之强，而在吾人之志未决。望诸君速立志以实行革命，则中国可救，身家性命可保矣！

一九一〇年二月二十八日

与伦敦《滨海杂志》记者的谈话①

到一八八五年我十八岁时为止，我一直过着象我那个社会阶层一般中国青年所过的那种生活。不同的只是，由于我父亲皈依基督教并任职于伦敦布道会，我有较多的机会和广州的英美传教士接触。有一位英国女士对我发生兴趣，我终于学会了讲英语。英美布道会的嘉约翰（Kerr）博士为我找到一份工作，并且让我学得了不少医学知识。我很喜欢这门学科，相信我将会有一个为我的同胞行医的有益的职业。当我一听到香港要开办一所医学院的消息，就立刻去见教务长康德黎博士，并且注册入学。

我在那里渡过一生中欢乐的五年。一八九二年，我得到了一张准许以内外科医生行医的文凭。我多方设法寻找一个可以开业的地点，最后，决定到珠江口的葡萄牙殖民地澳门去碰碰运气。直到这个时候，还不能说我对政治有过什么特殊的兴趣。但是，正当我在澳门为开业而奋斗，而我的奋斗又由于葡萄牙医生的歧

---

① 此文为《滨海杂志》（*The Strand Magazine*）记者在伦敦访问孙中山谈话的英文记录。经该杂志整理，孙中山核阅并签名，以《我的回忆》（*My Reminiscences*）为题发表。

视而四处碰壁的时候，一天晚上，有一个岁数和我差不多的年轻商人来访，问我是否听到北京传来的消息，说日本人就要打进来了。我说我只听英国人谈过，并不很清楚。我又说："我们都被蒙在鼓里，太遗憾了。皇帝应该对人民有点信任才行。"

"天命无常。"我的朋友说。

"对，"我表示同意，并且引述一句帝舜的话："天听自我民听。"

那一晚我加入了少年中国党（Young China Party）。全世界现在都已知道困扰中国如此之久的弊端所在。但是，使我们受苦的主要祸根是愚昧。不让我们知道发生的任何情况，更不必说参加政府了。对我来说，由于经常和欧洲人交往，尝过他们那种自由的滋味，对这种状况就更加难以忍受。这时，我在澳门为谋求开业生涯而作出种种努力之后，不得不取下招牌，迁到了广州。接着是一八九四年中国败在日本手下，蒙受了奇耻大辱。我在广州建立一个哥老会的分支组织，并投身于会务工作。很快就有一批申请入会的徒众集合在我的周围。一天，有一名官员来找我，对我说：

"孙，你是个受注意的人物啦。"

"怎么？"我问。

"你的名声传到北京去了。还是小心点好。"

后来只因发生一个情况，才使我转危为安。传来的消息说，光绪皇帝已从梦中醒悟，不顾慈禧太后态度如何，有心赞助我们的革新。我立即草拟了一份请愿书，征集到数以百计的签名后，把它呈送到北京。

有一段时间，请愿书的命运和我们自身全都祸福未卜。随后发生了一件事，使朝廷把注意力集中到我们身上来。那就是，为进行对日战争而募集的广州兵勇被遣散了，他们并没有重操旧业，却跑来和我们在一起。此外，在广州的一帮巡勇中还出现了骚动不安，他们由于领不到薪饷而开始在市区劫掠财物。居民为此举行了一个群众大会，公推五百多人作为代表，前往巡抚衙门提出申诉。

"这是造反！"巡抚吼叫着，并立即下令逮捕为首分子。我逃脱了。这是我第一次脱逃，后来我又有多次类似的险遇。逃过了当局的毒手以后，我就急着去营救那些运气比我差的伙伴。我们拟订了一项大胆的计划，实行的时机似乎已经成熟。简单说来，就是要攻占广州城，并且坚持到我们的请愿被接纳，我们的冤情得到昭雪，新征的捐税被取消掉。而要做到这一点，就必须得到一大批汕头地方士兵的帮助，他们也是对现状不满的。我们的革新委员会（Reform-committee）天天开会，并积聚了大批武器弹药，其中包括有炸药。一切都准备好了，完全取决于汕头士兵能否越野行军一百五十多哩前来和我们会合，从香港来的一支特遣队又能否及时赶到。在规定的时间，我和朋友们聚集在一所房子里，外面有成百名武装人员把守。同时派了三四十个传令人员潜赴市区各处，通知我们的朋友们务必于次日凌晨准备就绪。一切似乎都在顺利进行，却突然来了一声晴天霹雳。这是汕头方面领导人拍给我的一份电报：

"官军戒备，无法前进。"

现在该怎么办？我们所依靠的正是汕头军队。我们试着召回我们的侦察人员，又给香港发了电报。但是来不及了，一支四百多人的特遣队已经带着十箱左轮手枪乘轮船出发。我们的同谋者惊慌了，接着就开始出现一阵混乱，大家都想在风暴到来之前逃走。我们焚毁了所有的文件，贮藏好军械弹药。我潜逃到珠江三角洲海盗经常出没的河网地区，躲藏了几昼夜，终于登上一艘熟人的小汽艇。刚一抵达澳门，我就荣幸地看到了一份悬赏一万两银子通缉孙汶（即本人）的告示，而且听人说，一股巡勇截获那艘香港轮船，并立即逮捕了船上所有的人。一八九五年广州之役就这样结束了。

我在澳门只停留几个小时，在那里碰到了我的老相识，他对我说："怎么，孙，你现在真干起来了。"

我答道："不错，我已开始在干。你该记得你曾说过——'天命无常'。"

在香港，我的安全并不更有保障。听从康德黎博士的建议，我去请教一位律师达尼思先生。他告诉我，最有效的安全措施是马上远走高飞。

"北京的臂膀虽然弱，但仍然是长的，"他说。"不论你走到世界哪个角落，都必须留心总理衙门的耳目。"

幸亏我有朋友们的资助。我必须在此提及这些朋友们的坚定和忠诚，他们衷诚祝愿我多年来努力倡导的伟大事业能获得成功。他们从不曾使我失望。幸亏我除了旅行所需外，别无奢求。我常常一连好几个星期只靠少量水泡饭过日子，也作过好几百哩的徒步旅行。但有的时候，却有一大笔盛情难却的捐款交给我随意支配，因为在美国，有些侨胞很富裕、慷慨而且爱国。

我从香港逃到神户以后，采取了一个重大步骤，把我从小蓄留的辫子剪掉了。有好几天不刮脸，在上嘴唇顶边留起了胡髭。随后又到服装店买了一身新式的日本和服。当我穿戴好了，往镜里一照，只见面目全变，不禁吃了一惊，但也为此而感到放心。我得天独厚，比大多数中国人的肤色黑一些，这是我的母亲遗传给我的特征，因为我父亲更接近于常见的类型。有人说我有马来血统，也有人说我出生在火奴鲁鲁，这两种说法都不确实。就我所知，我是纯粹的中国人。但在中日甲午战后，日本人开始比以往更加受人尊重，而我只要留起头发和胡髭，就会轻易地被当作是日本人。我得承认，这种情况使我受惠不浅，不然的话，在许多危险关头我是难以逃脱的。即使是日本人，也常常把我看成是他们的同胞。有一次，正当我在一处公共场所被钉上梢时，有两个横滨人走过来和我说话，遗憾的是我连一句日语也不懂，但我在好几分钟中装出一副懂得日语的样子，以便把跟踪的密探摆脱掉。

离开日本以后，我在火奴鲁鲁渡过了六个月。在那里，我也有过类似的经历。那里的侨胞很多，他们都张开双臂欢迎我。他们知道我的所有事迹，也知道清政府正悬重赏购求那个臭名昭著的"孙汶"的首级。在火奴鲁鲁时，我每天访客盈门，并且收到我的朋友们、革新党（Reform Party）党员及哥老会的信函和报告。随后我到了旧金山，并在美国各地进行一种凯旋式的旅行，间或听到消息说，驻华盛顿的中国公使正千方百计地要绑架我，将我解回中国。我深知，回国后将会有怎样的命运落到我的身上：首先他们将用老虎钳把我的踝骨夹紧，再用铁锤敲碎；接着是割掉我的眼皮；最后把我剁成碎块，使任何人都无法认出我的尸体。中国的旧刑律，对政治煽动者是从不心慈手软的。

一八九六年九月，我渡海赴英国。次月十一日，在中国使臣的指使下，我在伦敦波德兰区的中国公使馆被绑架。那次绑架事件已为举世所知，这里只须简单说几句就够了。我在严密的监视下被关在一个房间里达十二天之久，就等着把我当作精神病患者用船运回中国。如果我的良师益友康德黎博士当时不在伦敦，我是根本不可能脱险的。经过多次失败的尝试，我设法让他知道了我的情况。他把这一消息通知各家报纸，警方和沙利斯堡勋爵终于在最后时刻出面干预，并且下令将我释放。

我在伦敦和巴黎作了一段时间的游历和研究之后，觉得该是回国的时候了。我认为，我的国家正需要我。当我回到国内，发现一切都处于扰攘不安的状态。现在全世界都已知道义和团所引起的乱子。在那段可怖的日子里，我经常发表谈话、写文章和演讲，比以往任何时候都更加坚信，没有任何东西能够阻挡这一场不可避免的革命。我每天提心吊胆地过日子，因为有一些极端分子开始与我为敌，这些人憎恨欧洲人和欧洲文明，一心要把"洋鬼子"赶出中国。

那时我又碰到另外一件重要的事情。有一次，我正向一群追随我的同伴演说，看到了一个身材瘦小的年青人，他身高不够五呎，年龄和我相仿，脸色苍白，显得体格纤弱。事后他来找我，对我说：

"我愿意和你共同奋斗，我愿意帮助你。我相信你的宣传一定能够成功。"

从他的口音，我听出他是个美国人。他伸出手来，我紧紧握着向他道谢。但不知道他到底是什么样的人，我猜想他也许是个传教士或学者。我没有猜错。在他走后，我问一位朋友：

"那驼背的小个子是谁？"

"噢，"他说，"那是咸马里上校，当今世界上出色的军事天才之一——不，也许就是最出色的一个。他精通现代战争的战略战术。"

我吃惊得几乎合不拢嘴。

"正是他刚刚表示愿意和我共同奋斗。"

第二天早晨，我拜访了咸马里，现在他是将军，而且是《无知之勇》一书的著名作者。我告诉他,一旦我的革命获得成功,而我的同胞又授权于我,我将聘请他为首席军事顾问。

"不必等到你当上中国总统,"他说。"在那以前你就会需要我。没有军队,你既不可能建立也无法维持一个政权。我确信,中国人经过适当的训练就可以组成出色的军队。"

大多数经过欧式战术训练的新军,都是爱国而有志于革新,但在他们占领汉阳军火库之前,他们不会有弹药。因为发给他们的,向来都是些没有弹头和未经装药的空弹壳。

有些朋友经常为我的安全担心。而我本人,也许由于中国的宿命论还残留在我心上的原故,却把这类问题置之度外。我的死期临近时,总是要到来的。一天凌晨,当时我正在"南京"轮船上,一个人走进我的舱房。

"孙,"他说,"我是一个穷人,我有妻子儿女。"

"我明白了。你的意思是,有人出一百块大洋让你出卖我?"

"还要多些,"他说。

"那么,一千?"

"五千,孙。你只是一个人,孙,而慈禧可以要许多人的命。她恨你,她决心要砍掉你的脑袋,那时候你的头对任何人都不会有什么好处。如果你现在把它给我,就可以使我们全家富裕和幸福。"

"的确如此,"我说。"我的头对于我一文不值,但是,他对于你难道就很值钱吗?因为如果你把我出卖了,官员们不仅会从你那里把那笔钱统统夺走,而且你的孩子、还有别家的孩子会继续穷困下去,千百年如此,永远没有尽头。金(Jin),听着,我现在是你的了。我的头就是你的头。你愿意拿你自己的头去换五千大洋吗?'天命无常'。只管去报告你的主子,我就在这船上,决不会走开。"

他跪倒在我的脚下，求我宽恕。但是第二天我听说那人投水自尽了，心里非常难过。因为他说过，他为他有过想要把我出卖给敌人的可耻念头，而感到无地自容。

我能够讲出许多有关悬赏我的首级的故事。说来令人感慨，在所有谋算我的人们中间，竟再没有人象上面所说的那一位。有些人千方百计想要得到这笔赏金，但总是我的朋友们救了我。有一次，我被藏在一间屋子里，有六个星期不曾离开房门一步。又有一次我在广州郊区的一间小屋里和一个渔民住在一起，人家告诉我，有两名士兵奉命埋伏在附近的小树林里，只要一看见我就开枪射击。他们要我小心，让我在小屋里躲了两天。后来，听说那两个士兵自己被打死了。

但是我最不寻常的经历，也许要算在广州有两名年青官吏亲自来捕捉我的那一次。在一个夜晚，我只穿一件衬衣，在屋子里阅读文件。那两人推门进来，让带来的十几名士兵留在外边。当我见到他们时，就镇定地拿起一本经书，高声朗读起来。他们静听片刻，其中一人便开口问我一个问题，我回答后，他们又问了些别的。接着是一场长时间的争论，我将我的观点以及成千上万想法与我相同的人们的观点，不厌其烦地加以阐明。两小时以后，那两人走了。我听得他们在街上说："这不是我们所要抓的人。他是一个好人，致力于行医。"

据我估计，索购我的首级的赏格曾提高到七十万两（即十万英磅）。在这种情况下，有人问我为什么竟然在伦敦随意走动而不加戒备。我的回答是，我的生命现已无足轻重，因为已经有许多人可以接替我的位置。十年前，如果我被暗杀，或者被解回中国处决，事业就会遭到危害。但现在，我付出多年努力所缔造的组织已经很完善了。

拳乱结束时，我回到美国。当时我急需一种比军队和武器更为重要的东西，没有它，这两者都不会有，那就是钱。不是指我曾从各处得到的只那么多的款项，而是至少要有五十万英磅。没有这么多的钱，就会失败。于是我开始扮演一个新角色，即政治基金的募集人。我为此到过美国各埠，并访问了欧洲所有的第一流银行家。我又派遣代表前往世界各地。而有些人声称为我活动，其实是以我的名义行骗。我不愿多谈这些，尽管有一个人已被大家指责为革命的叛徒，因为他侵吞了一笔付托给他保管的巨款。他将自食其果。

全世界尤其在美国，盛传中国人自私而唯利是图，这对于一个民族是莫大的侮辱。有许多人，将他们的全部财产交给我。费城的一个洗衣工人，在一次集会后来到我住的旅馆，塞给我一个麻袋，一声没吭就走了，袋里装着他二十年的全部积蓄。

当时，我密切注视着中国，以及国内发生的各种事件。慈禧太后死后，我意识到，命运之神是在做有利于袁世凯的事情。不久，他将成为我们国家命运的主宰。不过我也知道，要是没有我，他将一事无成。

欧洲人认为，中国人不愿意与外国人往来，只有刺刀尖才能迫使中国港口向外商开放。这是完全错误的。历史已用许多事实证明，在满洲人入主中国之前，中国人曾和邻国保有密切的关系，还表明们并不厌恶外国商人和传教士。外国商人可以在全国各地自由游历。在明代，排外意识是不存在的。

满洲人到来以后，改变了传统的宽容政策。闭关锁国，不与外人通商。驱逐传教士，杀戮中国教民。禁止中国人移居海外，违者处死。这是什么缘故呢？只不过因为满洲人立意要排斥外国人，希望中国人民憎恨他们，以免因受外国人的启迪而唤醒了自己的民族意识。由满洲人所培植起来的排外精神，在一九〇〇年的拳乱中达到了高峰。谁又是那次运动的首领呢？不是别人，正是皇室中的成员。在中国游历的外国人常常说，人民对待他们，比之官吏要更为友善。

我要在这里再次列举二百六十年来鞑虏统治期间，我们所身受的主要虐政：

一、满洲人的统治是为其本族的私利，而不是为了全体国民。

二、他们反对我们在智力方面和物质方面的进步。

三、他们把我们作为被统治民族对待，否认我们各种平等的权利和特权。

四、他们侵犯我们不可让与的生存权、自由权和财产权。

五、他们纵容和鼓励贪污行贿。

六、他们压制言论自由。

七、他们未经我们的同意，不公平地向我们征收重税。

八、他们实行最野蛮的酷刑。

九、他们不经法律而剥夺我们的各种权利。

十、他们不能履行职责，以保障其辖区内居民的生命和财产。

虽然我们有理由憎恨满洲人，我们仍试图与他们和好相安，但却是徒劳的。因此，我们中国人民已经下定决心，尽可能采取和平措施，必要时诉诸暴力，以争取公平的待遇，并奠定远东和世界和平。我们将把已经开始的事业进行到底，不管会流多少血。

一个新的、开明而进步的政府必定要取代旧政府。当这一目标实现以后，中国将不仅能使自己摆脱困境，而且还有可能解救其他国家，维护其独立和领土完整。在中国人中间，有高度文化素养的大不乏人，我们相信，他们必能承担组织一个新政府的重任，为了把旧的中国君主政体改变为共和政体，思虑精到的计划早已制订出来了。

人民群众已经为迎接一个新型政权作好准备。他们希望改变政治和社会处境，以摆脱目前普遍存在的可悲的生活状况。国家正处于紧张状态，恰似一座干燥树木的丛林，只需星星之火，就能使它燃烧起来。人民已为驱除鞑虏作好准备，一旦革命势力在华南取得立足点，他们就会闻风响应。北京附近的七个镇，是袁世凯所一手建立的。由于他的被贬黜，这些军队效忠北京政府的坚定性已经大大削弱。

虽然他们与我们之间并没有作出任何安排，但我们确信，他们并不愿为满洲政府作战。而在满洲另有一个镇，是由革命将领统率的，一旦时机成熟，我们可以指望他们与我们合作，共同反对北京。

至于海军，虽然也没有为取得他们的支持而进行任何接触，但只要有足够的金钱可供使用，取得某种谅解是不困难的。中国海军只有四艘可用的巡洋舰，最大的一艘约有四千吨，其余三艘各为两千九百吨。舰上官兵许多都是革命者。

我要再说一句，整个华南全面起义的条件已经具备。除了华南所有人民都准备响应外，广东、广西、湖南等省革命志士已招募到善战的部队。这些省份，从来就是中国优秀军人的出生地。

迄今为止的发展，一切如我所料，只是事机来得稍快一点。我原以为袁世凯会坚持得更久些。我当初过分相信这种推测，以致一年前袁派人来请我时，我不敢轻信来使。我认为他在耍花招，其实他是有诚意的。他希望取消对我的通缉，并公开和我一致行动。而我却对他的使者说：

"请回禀贵主人，我艰苦奋斗十五载，历尽险阻，不是为了轻易受骗。请转告他阁下，我可以等待。'天命无常'。"

如果我相信了袁的使者，革命就会爆发得更早些，而我现在当已在北京。因为我能够倚仗我的千百万追随者。由于他们早已信从我的主义，他们将会追随我而至死不渝。

革命运动取得最大的发展，是在我们领受已故光绪帝的恩典的时期。在他未遭慈禧太后幽禁之前，曾有好几千名中国青年获准出国，周游世界，考察欧洲的制度习俗。在他们当中，有九成人感染了革命思想。无论我去到哪里，都会遇到许多这样的人。他们对我并不陌生，都急于要和我交换意见。当他们回国以后，不久就开始在全国各地发挥了酵母作用。

不论我将成为全中国名义上的元首，还是与别人或那个袁世凯合作，对我都无关紧要。我已做成了我的工作，启蒙和进步的浪潮业已成为不可阻挡的。中国，由于它的人民性格勤劳和驯良，是全世界最适宜建立共和政体的国家。在短期间内，它将跻身于世界上文明和爱好自由国家的行列。

孙逸仙（中英文签名）

一九一一年十一月中旬

在欧洲的演说

中国现时除北京及直隶一省外，均在革命军势力之下。但须联为一气，则满洲皇室早无望矣。袁世凯之君主立宪办法，决不为人民所允许。诚以君主立宪实一分别满汉之标记，汉族讵愿再留此标记乎？不特不愿再有此标记也，甚愿洗尽所有极秽恶之记念，则组织联邦共和政体尤为一定不易之理。彼将取欧美之民主以为模范，同时仍取数千年前旧有文化而融贯之。语言仍用官话，此乃统一中国之精神，无庸稍变。汉文每字一义，至为简洁，亦当保存；惟于科学研究须另有一种文字以为补助，则采用英文足矣。

武汉起事以来，各省响应，均能维持秩序，保护外人之生命财产。其在满廷一面，或欲利用暴动引起列强干涉，阻汉族之独立。若共和党，则惟利于与列强相亲，决不利于与列强相仇也。即以民间反对借款而论，亦系不信任恶政府之故，并非真与外资为难。共和成立之后，当将中国内地全行开放，对于外人不加限制，任其到中国兴办实业；但于海关税则须有自行管理之权柄，盖此乃所以保其本国实业之发达，当视中国之利益为本位。总之，新政府之政策在令中国大富。凡此以上办法，自当设法不与以前各国在中国所已得之利益相冲突也。中国人民号称四百兆，物产丰盛甲于全球，外资输入自如水之就壑，吾等当首先利用，以振兴其工商业；俟信用大著后，则投资更为稳固，外资更当大集于中国。加以中国内地，深藏固闭，其数亦决不少，倘国家能有信用，则前此藏闭之资本均将流通全国，固不虞其匮乏矣。中国共和政府定能致力平和，对于日俄亦当尊敬其已得之条约及权利。共和政府之精神，决无帝国派之野心，决不扩张军备，但欲保其独立及领土完全而已。倘此二者被侵，彼并无须军备，但以最近拒用外货办法，仅暂时牺牲其商务及经济之利益，列强无论何国早望风而靡矣！

一九一一年十一月中下旬

与西蒙的谈话①

一、借款问题与革命展望

孙：阁下能否立即或在最短期间内，贷款予革命临时政府？

西：不行，至少目前无法立刻照办。四国银行团对此态度完全一致。银行团和他们政府决定就财政观点方面严格采取中立，在目前情况下既不发行贷款，也不预付款额。他们不仅无法予临时政府以财政援助，即清廷也同样不会获得任何支援。相反的，一旦民军建立一个为全国所接受、为列强所承认之正规政府时，他们对于在财政上之帮助革命党，将不表反对。

阁下对我肯定表示，民党必可获得最后胜利。惟湖北一省所举共和义旗，是否同样为其他各省所追随响应？各省之间的歧见，是否会导致全国的分崩离析？

孙：不必担心这个可能性。由全国各地革命势力的蓬勃发展

① 西蒙（S. Simon）是法国东方汇理银行总裁。谈话用英语。

及其响应的快速看来，可以显示这不是一种局部性的叛乱，而为一种事先经过长期准备，且有完善组织，旨在建立一联邦式共和国的起义。成功是可以确定的。袁世凯的狡猾善变虽可能迟滞革命行动，但决无法阻止革命的胜利。再者，正因袁世凯手腕表现太过灵活，反而自损清望。他在革命开头的犹豫，他的坚持想维系清廷于不坠，即使削弱自己的权利至于有名无实的地步亦在所不惜，凡此均使他与中国的开明精神乖离。

二、庚款问题

孙：阁下是否同意谈判一项借款，藉使中国偿还庚子赔款？因为赔款的偿付，除了使我们蒙受兑率的损失外，又令我们回想起一段早想抹掉的屈辱历史！

西：我看不出从这样的运用，你们将会得到何种实质上的好处。但无论如何，关于这一点，我们毫无异议愿给你们以满足。当然，问题在于所提供的借款抵押条件必须完全满意！

孙：阁下本人或贵国政府是否反对以其他相当的保证，来取代目前做为借款抵押的关税？

西：你所指者是否为最近用以抵押借款的厘金？

孙：不是，我们想取消厘金。对于抵押保证的更换，以使我们的债权人充分满足这一点，我并不认为有何困难！但我要提的是海关。为俯顺全国舆情的要求，我们想重新掌握海关及其税收，并拟以其他抵押品例如矿权、土地税等取代关税。

西：这一点绝对不可能！即使有约关系之银行团和他们的政府同意遵照临时政府的办法，但大众认购债票时系基于某种契约承诺，此项承诺任何人不得随意更改。将来一旦中国的信用稳固建立，足可进行一次与其债务问题有关的谈判，届时为了偿还前述之借款或可贷予新借款，并改用关税以外的东西为抵押品，甚而呼吁大众仅以中国全国预算作为一般性抵押。但截至目前为止，对于现正进行的贷款条件，实不便做任何修正。

西蒙补充指出，孙先生对此一表示极感失望。

三、日俄同盟问题

孙：假使我能和你们政府中的阁员之一取得连系，并请你充当翻译，我将请求贵国政府尽其一切影响力，劝阻盟友俄国不与日本沆瀣一气。我们对这两个国家之结为亲密同盟深具戒心！相反的，我们深信日本目前不会找中国的麻烦。关于这一点，我们也已获得美国某种承诺。我们深信，当我们一旦与日本有纠葛时，我们可以信赖此种保证。而如果美国所面对的是一个与俄国结盟的日本，我们就无从获得类似之保证了。为此，我们希望法国的行动能够对俄国产生影响，于中国有益。我们也希望与俄人在充分了解下保持友好关系。

西：关于这点，我无法做任何答复。这完全是一件绝对超越我能力范围的问题。依个人所知，俄人由于在满洲和蒙古曾耗费大批人力与物力，目前宜于在此两地区维持现状。

孙：对此，我们不表任何异议。问题在于，俄人之野心不得逾越目前所已取得之地区。

西：在此情况下，你们非得让俄人深信，你们并无意收回俄人已取得之地位。而我也不懂阁下有何理由，可以怀疑俄人的诚意。

四、列强与中国财政

最后，中山先生表示，渠与朋友们均对未来中国借款谈判所可能引起的危险深表关注。他们担心在各国政府支持下，又出现一个如同四国银行团那样强而有力的财团，而此一财团的目的，只不过想强迫中国接受某一种已议定的财政政策，而与中国的真正利益相冲突，且可能演变成为控制中国财政和债务的工具。

西蒙回答指出，今后中国为求改善装备与整理善后所需款额，为数将甚可观，而需各国相助之处亦大；将来进行的不再是小型借款，而是规模甚大的大借款。为此，各国政府事先成立一个集团，分摊其重要性，将不足为奇。

孙中山先生听此解释，始稍释怀。临别并向西蒙表示，希望法国政府当局能撤销渠在法属安南居留的禁令。

一九一一年十一月二十三日

临时大总统宣言书

中华民国缔造之始，而文以不德，膺临时大总统之任，夙夜戒惧，虑无以副国民之望。夫中国专制政治之毒，至二百余年来而滋甚，一旦以国民之力踣而去之，起事不过数旬，光复已十余行省，自有历史以来，成功未有如是之速也。国民以为于内无统一之机关，于外无对待之主体，建设之事，更不容缓，于是以组织临时政府之责相属。自推功让能之观念以言，文所不敢任也；自服务尽责之观念以言，则文所不敢辞也。是用黾勉从国民之后，能尽扫专制之流毒，确定共和，以达革命之宗旨，完国民之志愿，端在今日。敢披沥肝胆，为国民告：

国家之本，在于人民。合汉、满、蒙、回、藏诸地为一国，即合汉、满、蒙、回、藏诸族为一人。是曰民族之统一。

武汉首义，十数行省先后独立。所谓独立，对于清廷为脱离，对于各省为联合，蒙古、西藏意亦同此。行动既一，决无歧趋，枢机成于中央，斯经纬周于四至。是曰领土之统一。

血钟一鸣，义旗四起，拥甲带戈之士遍于十余行省。虽编制或不一，号令或不齐，而目的所在则无不同。由共同之目的，以为共同之行动，整齐画一，夫岂其难。是曰军政之统一。

国家幅员辽阔，各省自有其风气所宜。前此清廷强以中央集权之法行之，遂其伪立宪之术。今者各省联合，互谋自治，此后行政期于中央政府与各省之关系，调剂得宜，大纲既挈，条目自举。是曰内治之统一。

满清时代藉立宪之名，行敛财之实，杂捐苛细，民不聊生。此后国家经费，取给于民，必期合于理财学理，而尤在改良社会经济组织，使人民知有生之乐。是曰财政之统一。

以上数者，为政务之方针，持此进行，庶无大过。若夫革命主义，为吾侪所昌言，万国所同喻。前此虽屡起屡踬，外人无不鉴其用心。八月以来，义旗飙发，诸友邦对之抱和平之望，持中立之态，而报纸及舆论尤每表其同情，邻谊之笃，良足深谢。临时政府成立以后，当尽文明国应尽之义务，以期享文明国应享之权利。满清时代辱国之举措与排外之心理，务一洗而去之；与我友邦益增睦谊，持和平主义，将使中国见重于国际社会，且将使世界渐趋于大同。循序以进，不为悻获。对外方针，实在于是。

夫民国新建，外交内政，百绪繁生。文自顾何人，而克胜此！然而临时之政府，革命时代之政府也。十余年来，从事于革命者，皆以诚挚纯洁之精神，战胜所遇之艰难。即使后此之艰难远逾于前日，而吾人惟保此革命之精神，一往而莫之能阻。必使中华民国之基础确定于大地，然后临时政府之职务始尽，而吾人始可告无罪于国民也。今以与我国民初相见之日，披布腹心，惟我四万万之同胞共鉴之。

大中华民国元年元旦

一九一二年一月一日

临时大总统对外宣言书[①]

溯自满洲入主，据无上之威权，施非理之抑勒，裁制民权，抗违公意。我中华民国之智识上、道德上、生计上种种之进步，坐是迟缓不前。识者谓非实行革命，不足以荡涤旧污，振作新机。今幸义旗轩举，大局垂定，吾中华民国全体，用敢以推倒满清专制政府、建设共和民国，布告于我诸友邦。

易君主政体以共和，此非吾人徒逞一朝之忿也。天赋自由，萦想已夙，祈悠久之幸福，扫前途之障蔽，怀此微忱，久而莫达。今日之事，盖自然发生之结果，亦即吾民国公意所由正式发表者也。

盖吾中华民族和平守法，根于天性，非出于自卫之不得已，决不肯轻启战争。故自满清盗窃中夏，于今二百六十有八年，其间虐政，罄竹难书，吾民族惟有隐忍受之。以倒悬之待解，求自由而企进步，亦尝为改革之要求，而终勉求所以和平解决之道，初不欲见流血之惨也。屡起屡蹶，卒难达吾人之目的，至于今

---

① 原文为英文，由伍廷芳奉孙中山命用英文电报通告各国。

日，实已忍无能忍。吾人鉴于天赋人权之万难放弃，神圣义务之不容不尽，是用诉之武力，冀脱吾人及世世子孙于万重羁轭。盖吾人之匍匐呻吟于此万重羁轭之下者，匪伊朝夕。今日之日，始于吾古国历史中，展光明灿烂之一页，自由幸福，照耀寰宇，不可谓非千载难得之盛会也。

满清政府之政策，质言之，一嫉视异种，自私自便，百折不变之虐政而已。吾人受之既久，迫而出于革命，亦固其所。所为摧陷旧制，建立新国，诚有所不得不然，谨为世界诸自由民族缕晰陈之。

当满清未窃神器之先，诸夏文明之邦，实许世界各国以交通往来，及宣布教旨之自由。马阁①之著述，大秦景教碑之纪载，斑斑可考也。有明失政，满夷入主，本其狭隘之心胸，自私之僻见，设为种种政令，固闭自封，不令中土文明与世界各邦相接触，遂使神明之裔，日趋僿野，天赋知能，艰于发展，愚民自锢，此不独人道之魔障，抑亦文明各国之公敌，岂非罪大恶极，万死莫赎者欤！

不特此也，满清政府欲使多数汉人，永远屈伏于其专制之下，而彼得以拥有财富，封殖蕃育于其间。遂不恤贼害吾民，以图自利，宗支近系，时拥特权，多数平民，听其支配。且即民风习尚，满汉之间，亦必严至峻之障，用示区别，逆施倒行，以迄于今。又复征苛细不法之赋税，任意取求，迹邻掳劫。商埠而外，不许邻国以通商，常税不足，更敛厘金以取益，阻国内商务之发展，妨殖产工业之繁兴。呜呼！中土繁庶之邦，谁令天然富源迟迟不发，则满洲政府不知奖护实业之过也。

———————————

① 马阁：今译马可波罗。

至于用人行政，更无大公不易之常规。严刑峻制，惨无人理。任法吏之妄为，丝毫不加限制，人命呼吸，悬于法官之意旨；问其有罪无罪也，不依法律正当之行为，侵犯吾人神圣之权利。卖官鬻爵，政以贿成。凡此种种，更仆难数。任官授职，不问其才能之何若，而问其权势之有无。以此当政事之大任，几何其不误国哉！

近年以还，人民不胜专制之苦，亦时有改革政治之要求。满政府坚执锢见，一再不许，即万不得已而暂允所请，亦仅为违心之举，初非有令出必行之意。朝颁诏旨，夕即背之，玩弄吾民，已非一次。其于本国光荣，视同秦越，未尝有丝毫为国尽力之意。是以历年种种之挠败，不足激其羞耻之心，坐令吾国吾民遭世界之轻视，而彼殆无动于衷焉。

吾人今欲涮除上述种种之罪恶，俾吾中华民国得世界各邦敦平等之睦谊，故不恤捐弃生命，以与是恶政府战，而别建一良好者以代之。犹恐世界各邦或昧于吾民睦邻之真旨，故将下列各条，披沥陈于各邦之前，我各邦尚垂鉴之。

（一）凡革命以前所有满政府与各国缔结之条约，民国均认为有效，至于条约期满而止。其缔结于革命起事以后者，则否。

（二）革命以前，满政府所借之外债及所承认之赔款，民国亦承认偿还之责，不变更其条件。其在革命军兴以后者，则否。其前经订借、事后过付者亦否认。

（三）凡革命以前满政府所让与各国国家或各国个人种种之权利，民国政府亦照旧尊重之。其在革命军兴以后者，则否。

（四）凡各国人民之生命财产，在共和政府法权所及之域内，民国当一律尊重而保护之。

（五）吾人当竭尽心力，定为一定不易之宗旨，期建吾国家于坚定永久基础之上，务求适合于国力之发展。

（六）吾人必求所以增长国民之程度，保持其秩序，当立法之际，一以国民多数幸福为标准。

（七）凡满人安居乐业于民国法权之内者，民国当一视同仁，予以保护。

（八）吾人当更张法律，改订民、刑、商法及采矿规则；改良财政，蠲除工商各业种种之限制；并许国人以信教之自由。

抑吾人更有进者，民国与世界各国政府人民之交际，此后必益求辑睦。深望各国既表同意于先，更笃友谊于后，提携亲爱，视前有加；当民国改建、一切未备之时，务守镇静之态，以俟其成，且协助吾人，俾种种大计，终得底定。盖此改建之大业，固诸友邦当日所劝告吾民，而满政府未之能用者也。

吾中华民国全体，今布此和平善意之宣言书于世界，更深望吾国得列入公法所认国家团体之内，不徒享有种种之利益与特权，亦且与各国交相提挈，勉进世界文明于无穷。盖当世最高最大之任务，实无过于此也。

中华民国临时大总统孙文（签名）

一九一二年一月五日

在南京同盟会会员饯别会上的演说

诸君：

今日同盟会会员开饯别会，得一最好机会，大家相见，诚一幸事。今日中华民国成立，兄弟解临时总统之职。解职不是不理事，解职以后，尚有比政治紧要的事待着手。自二百七十年前，中国亡于满洲，中国图光复之举，不知凡几。各处会党偏布，皆是欲实行民族主义的。五十年前，太平天国即纯为民族革命的代表。但只是民族革命，革命后仍不免为专制，此等革命，不能算成功。八九年前，少数同志在日本发起同盟会，定三大主义：一、民族主义，二、民权主义，三、民生主义。今日满清退位、中华民国成立，民族、民权两主义俱达到，唯有民生主义尚未着手，今后吾人所当致力的即在此事。社会革命为全球所提倡，中国多数人尚未曾见到，即今日许多人以为改造中国，不过想将中国弄成一个极强大的国，与欧美诸国并驾齐驱罢了。其实不然。今日最富强的莫过英、美，最文明的莫过法国。英是君主立宪，法、美皆民主共和，政体已是极美的了，但是贫富阶级相隔太远，仍不免有许多社会党要想革命。盖未经社会革命一层，人民不能全数安乐，享幸福的只有少数资本家，受痛苦的尚有多数工人，自然不能相安无事。中国民族、民权两层已达到，只民生还未做到。即本会中人亦有说种族革命、政治革命皆甚易，唯社会革命最难。因为种族革命，只要将异族除去便了，政治革命，只要将机关改良便了，唯有社会革命，必须人民有最高程度才能实行。中国虽然将民族、民权两革命成功了，社会革命只好留以有待。这句话又不然。英美诸国因文明已进步，工商已发达，故社会革命难。中国文明未进步，工商未发达，故社会革命易。英美诸国资本家已出，障碍物已多，排而去之故难。中国资本家未出，障碍物未生，因而行之故易。然行之之法如何？今试设一问，社会革命尚须用武力乎？兄弟敢断然答曰：英美诸国社会革命，或须用武力，而中国社会革命，则不必用武力。所以刚才说，英美诸国社会革命难，中国社会革命易，亦是为此。中国原是个穷国，自经此次革命，更成民穷财尽，中人之家已不可多得，如外国之资本家，更是没有。所以行社会革命是不觉痛楚的，但因此时害犹未见，便将社会革命搁置，是不可的。譬如一人医病，与其医于已发，不如防于未然。吾人眼光不可不放远大一点，当看至数十年、数百年以后，及于全世界各国方可。如以为中国资本家未出，便不理会社会革命，及至人民程度高时，贫富阶级已成，然后图之，失之晚矣。英美各国从前未尝着意此处，近来正在吃这个苦。去冬英国煤矿罢工一事，就是证据。然罢工的事，不得说是革命，不过一种暴动罢了。因英国人欲行社会革命而不能，不得已而出于暴动。然社会革命，今日虽然难行，将来总要实行。不过实行之时，用何等激烈手段，呈何等危险现象，则难于预言。吾人当此民族、民权革命成功之时，若不思患预防，后来资本家出现，其压制手段恐怕比专制君主还要甚些，那时杀人流血去争，岂不重罹其祸么！

本会从前主义，有平均地权一层。若能将平均地权做到，那么社会革命已成七八分了。推行平均地权之法，当将此主义普及全国，方可无碍。但有一事此时尤当注意者，现在旧政府已去，新政府方成，民政尚未开办。开办之时，必将各地主契约换过，此实历代鼎革时应有之事。主张社会革命，则可于换契约时少加变改，已足收效无穷。从前人民所有土地，照面积纳税，分上中下三等。以后应改一法，照价收税。因地之不同，不止三等。以南京土地较上海黄浦滩土地，其价相去不知几何，但分三等，必不能得其平。不如照价征税，贵地收税多，贱地收税少。贵地必在繁盛之处，其地多为富人所有，多取之而不为虐。贱地必在穷乡僻壤，多为贫人所有，故非轻取不可。三等之外，则无此等差别。譬如黄浦滩一亩纳税数元，乡中农民有一亩地亦纳税数元，此最不平等也。若照地价完税，则无此病。以后工商发达，土地腾贵，势所必至。上海今日之地价，与百年前相较，至少亦贵至万倍。中国五十年后，应造成数十上海。上年在英京，见一地不过略为繁盛，而其价每亩约值六百万元。中国后来亦不免到此地步。此等重利，皆为地主所得。比如在乡间有田十亩，用人耕作，不过足养一人。如发达后，可值六千万，则成一大富翁。此家资从何得来，则大抵为铁道及地业发达所坐致，而非由己力之作成。数十年之后，有田地者，皆得坐享此优先莫大之权，据地以收人民之税，就是地权不平均的说话了。求平均之法，有主张土地国有的。但由国家收买全国土地，恐无此等力量，最善者莫如完地价税一法。如地价一百元时完一元之税者，至一千万元则当完一十万元。此在富人视之仍不为重。此种地价税法，英国现已行之，经解散议会数次，始得通过。而英属地如澳洲等处，则早已通行。因其法甚美，又无他力阻碍故也。然只此一条件，不过使富人多纳数元租税而已。必须有第二条件，国家在地契之中，应批明国家当需地时，随时可照地契之价收买，方能无弊。如人民料国家将买此地，故高其价，然使国家竟不买之，年年须纳最高之税，则已负累不堪，必不敢。即欲故低其价以求少税，则又恐国家从而买收，亦必不敢。所以有此两法互相表里，则不必定价而价自定矣。在国家一方面言之，无论收税买地，皆有大益之事。中国近来患贫极了，补救之法，不但收地税，尚当收印契税。从前广东印契税，每百两取九两，今宜令全国一律改换地契，定一平价，每百两取三两至五两，逾年不换新契者，按年而递加之，则人民无敢故延。加以此后地价日昂，国家收入益多，尚何贫之足患。地为生产之原素，平均地权后，社会主义则易行。如国家欲修一铁路，人民不能抬价，则收买土地自易。于是将论资本问题矣。

国家欲兴大实业，而苦无资本，则不能不借外债。借外债以兴实业，实内外所同赞成的。前日闻唐少川先生言：京奉铁路借债，本可早还，以英人不欲收，故移此款以修京张。此可见投资实业，是外人所希望的。至中国一言及外债，便畏之如酖毒，不知借外债以营不生产之事则有害，借外债以营生产之事则有利。美洲之发达，南美、阿金滩①、日本等国之勃兴，皆得外债之力。吾国借债修路之利，如京奉以三年收入，已可还筑路之本，此后每年所进皆为纯利。如不借债，即无此项进款。美国铁道收入，岁可得七万万美金，其他附属之利，尚可养数百万工人，输送各处土货。如不早日开办，迟一年即少数万万收入。西人所谓时间

————

① 阿金滩：今译阿根廷。

即金钱，吾国人不知顾惜，殊为可叹！昔张之洞议筑芦汉铁道，不特畏借外债，且畏购用外国材料。设立汉阳铁厂，原是想自造铁轨的，孰知汉阳铁厂屡经失败，又贴了许多钱，终归盛宣怀手里，铁道又造不成功。迟了二十余年，仍由比国造成，一切材料，仍是在外国买的。即使汉阳铁厂成功，已迟二十余年，所失不知几何？中国知金钱而不知时间，顾小失大，大都如是。中国各处生产未发达，民人无工可作，即如广东一省，每年约有三十万"猪仔"输出，为人作牛马。若能输入外资，大兴工作，则华人不用出外佣工，而国中生产又不知增几倍。余旧岁经加拿大，见中国人在煤矿用机器采挖，每人日可挖十余吨，人得工资七八元，而资本家所入，至少犹可得百数十元。中国内地煤矿工人，每日所挖不足一吨，其生产力甚少。若用机器，至少可加十数倍。生产加十数倍，则财富亦加十数倍，岂不成一最富之国。能开发其生产力则富，不能开发其生产力则贫。从前为清政府所制，欲开发而不能。今日共和告成，措施自由，产业勃兴，盖可预卜。然不可不防一种流弊，则资本家将从此以出是也。

如有一工厂，佣工数百人，人可生二百元之利，而工资所得不过五元，养家餬口，犹恐不足，以此不平，遂激为罢工之事，此生产增加所不可免之阶级。故一面图国家富强，一面当防资本家垄断之流弊。此防弊之政策，无外社会主义。本会政纲中，所以采用国家社会主义政策，亦即此事。现今德国即用此等政策。国家一切大实业，如铁道、电气、水道等事务皆归国有，不使一私人独享其利。英美初未用此政策，弊害今已大见。美国现时欲收铁道为国有，但其收入过巨，买收则无此财力，已成根深不拔之势。唯德国后起，故能思患预防，全国铁道皆为国有。中国当取法于德，能令铁道延长至二十万里，则岁当可收入十万万。只此一款，已足为全国之公用而有余。尚有一层，为中国优于他国之处。英国土地多为贵族所有，美国已垦之地，大抵归人民，惟未垦者，尚未尽属私有。中国除田土房地之外，一切矿产山林，多为国有。英国矿租甚昂，每年所得甚巨，皆入于地主之手。中国矿山属官，何不可租与人民开采以求利？使中国行国家社会政策，则地税一项，可比现在收入加数十倍。至铁道收入，三十年后，归国家收回，准美国约得十四万万，矿山租款约十万万。即此三项，共为国家收入，则岁用必大有余裕。此时政府所患已不在贫。国家岁用不足，是可忧的。收入有余而无所用之，亦是可虑的。此时预筹开销之法，则莫妙于用作教育费。法定男子五六岁入小学堂，以后由国家教之养之，至二十岁为止，视为中国国民之一种权利。学校之中，备各种学问，务令学成以后，可独立为一国民，可有参政、自由、平等诸权。二十以后，自食其力，幸者为望人、为富翁，可不须他人之照顾。设有不幸者，半途蹉跎，则五十以后，由国家给予养老金。此制英国亦已行之，人约年给七八百元。中国则可给数千元。如生子多，凡无力养之者，亦可由国家资养。此时家给人乐，中国之文明，不止与欧美并驾齐驱而已。凡此所云，将来必有达此期望之日，而其事则在思患预防。采用国家社会政策，使社会不受经济阶级压迫之痛苦，而随自然必至之趋势，以为适宜之进步。所谓国利民福，莫不逾此，吾愿与我国民共勉之。

一九一二年三月三十一日

临时大总统解职辞

本总统自中华民国正月初一日，至南京受职，今日四月初一日，至贵院宣布解职。自正月初一日至四月初一日，为期适三阅月。在此三月中，均为中华民国草创之时代。当中华民国未成立以前，纯然为革命时代。

中国为何而发起革命？盖吾辈革命党之用心，以连合中国四万万人，推倒恶劣政府，造成国利民福为宗旨。自革命初起，南北界限尚未化除，不得已而有用兵之事。三月以来，南北统一，战事告终，造成完全无缺之中华民国，此皆中国国民及全国军人之力所致。在本总统受职之初，亦不料有此种之好结果，亦不料以极短之时期，而能建立如此之大事业。

今日中华民国，南北统一，五族一家，本总统已在一个月前，提辞职书于参议院，当时因统一政府未成，故辞职之后，仍由本总统代理。现在国务员已均由国务总理唐君发表，政府已宣告成立，本总统自当辞职，今日特莅贵院宣布。但趁此时间，本总统尚有数语宣告，以供贵参议员之听闻。

中华民国成立之后，凡中华民国之国民，均有国民之天职。

何谓天职？即是促进世界的和平。此促进世界的和平，即是中华民国前途之目的。依此种目的而进行，即是巩固中华民国之基础。又凡政治、法律、风俗、民智种种之事业，均须改良进步，始能与世界各国竞争。凡此种种之改良进步，均是中华民国国民之责任。人人能尽职任，人人能尽义务，凡四万万人无不如此，则中华民国之进步必速。中国人民居地球四分之一，则凡有四人之地，即有一中国人民。况交通既便，世界大同，已有中外一家之势。中华民国国民，均须知现今世界之文明程度。当民国初立时，人民颇有不知民国之为何义，文明进步之为何义，凡吾辈先知先觉之人，即须用从前革命时代之真挚心，努力进行，而后中华民国之基础始固，世界之文明始有进步，况中国人民本甚和平。现在世界上立国百有数十，雄强相处，难保不有战争发生。惟中国数千年来，即知和平为世界之真理。人人均抱有此种思想，故数千年来之中国，纯向和平以进行。中华民国有此民数，有此民习，何难登世界舞台之上与各国交际。以希望世界之和平，即是中华民国国民之天职。本总统与全国国民同此心理。用心研究，将人民之知识习俗，以及一切事业，切实进行，力谋善果，即为吾中华民国国民之本分。

本总统解职之后，即为中华民国之一国民。政府不过一极小之机关，其力量不过国民极小之一部分。其大部分之力量，则全在吾中华民国之国民。本总统今日解职，并非功成身退，实欲以中华民国国民之地位，与各国民之力量，与四万万人协力造成中华民国之巩固基础，以冀世界之和平。望贵院各位参议员与将来政府，勉励人民，同尽天职，使中华民国从今而后，得享文明之进行，使世界舞台从今而后得享和平之幸福。

（一九一二年四月一日）

在湖北军政界代表欢迎会上的演说

此次革命，乃国民的革命，乃为国民多数造幸福。凡事以人民为重，军人与官吏，不过为国家一种机关，为全国人民办事。自光复以来，共和与自由之声，甚嚣尘上，实则其中误解甚多。盖共和与自由，专为人民说法，万非为少数之军人与官吏说法。倘军人与官吏，借口于共和与自由，破坏纪律，则国家机关万不能统一。机关不统一，则执事者无专责，势如一盘散沙，又何能为国民办事。是故所贵夫机关者，全在服从纪律，如机械然，百轮相错，一丝不乱，而机械之行动，乃臻圆满。此在有形之机关为然，在无形之机关，亦何莫不然。盖在政治机关，凡百执事，按级供职，必纪律严明，然后能收身使臂、臂使指之效。必收此效，然后可以保全人民领土，与列强相竞争。由斯而谭，闻者或以为与平日所信之共和与自由主义大相冲突。其实不然。仆前言之矣，共和与自由，全为人民全体而讲。至于官吏，则不过为国民公仆，受人民供应，又安能自由！盖人民终岁勤动，以谋其生，而官吏则为人民所养，不必谋生。是人民实共出其所有之一部，供养少数人，代彼办事。于是在办事期内，此少数人者，当停止其自由，为民尽职，以答人民之供奉。是人民之供奉，实不啻为购取少数人自由之代价。倘此少数人而欲自由，非退为人民不可。自由之范围本宽，而在勤务期间则甚狭。仆为总统时，殊不能自由。今日来鄂，与诸君相见，实以国民的资格，而非以总统的资格。故仆今日所享之自由，最为完全，其所以完全者，以为国民的自由也。

仆此次解职，外间颇谓仆功成身退，此实不然，身退诚有之，功成则未也。仆之解职，有两原因：一在速享国民的自由，一在尽瘁社会上事业。吾国种族革命、政治革命俱已成功，惟社会革命尚未着手。故社会事业，在今日非常紧要。今试即中国四万万人析之，居政界者多不过五万人，居军界者多不过百万人，余者皆普通人民，是着眼于人数，已觉社会事业万万不能缓办。未统一以前，政事、军事皆极重要，而统一以后，则重心又移在社会问题。前者乃牺牲自由之事，后者乃扩张自由之事，二者并行而不悖。仆此次解职，即愿为一人民事业之发起人。盖吾人为自由民，而自由民之事业甚多。且吾人困顿于专制政体之下，人格之丧失已久，从而规复之，需力绝钜，为时亦必多。仆不敏，请担任之。同时有一语奉告诸君，则诸君如欲得完全自由，非退为人民不可。当未退为人民，而在职为军人或官吏时，则非牺牲自由、绝对服从纪律万万不可。在尽力革命诸君，必且发问曰："吾辈以血泪购得之自由，军人胡乃不得享受之？"须知军人之数少，人民之数多，吾辈服务之时短，为普通人民之时长。朝作总统，夕可解职，朝为军长，夕可归田。完全自由，吾辈自可随时享之。故人民之自由，即不啻军人之自由，此语最须牢记，惟在服务期间，则不可与普通人民一律，此其异点耳。

（一九一二年四月十日）

在广州岭南学堂的演说

仆今日得贵校诸君开会欢迎，不胜欣谢！

诸君在此，莘莘济济，有缘同学，今我见之，顿触少年时事。忆吾幼年，从学村塾，仅识之无。不数年得至檀香山，就傅西校，见其教法之善，远胜吾乡。故每课暇，辄与同国同学诸人，相谈衷曲，而改良祖国，拯救同群之愿，于是乎生。当时所怀，一若必使我国人人皆免苦难，皆享福乐而后快者。又数年即回祖国，就学于本城之博济医院，与贵校廖得山同学。仅一年，又转香港雅利士医院，凡五年，以医亦救人苦难术。然继思医术救人，所济有限，其他慈善亦然。若夫最大权力者，无如政治。政治之势力，可为大善，亦能为大恶，吾国人民之艰苦，皆不良之政治为之。若欲救国救人，非锄去此恶劣政府必不可，而革命思潮遂时时涌现于心中。惜当时附和者少，前后数年，得同心同行者不过十人。得此十人，即日日筹划，日日进行。甲午中东之役后，政学各界人人愤恚，弟等趁此潮流，遂谋举事于广州，失败后居外经营，屡蹶屡起，直至去年八月在武汉起事，不半载而大功告成。此固天之不欲绝吾中国也。然则，功既成矣，吾从前之志愿，岂遂达乎？非也，千未得一也。今日所成，只推倒一恶劣政府之障碍物而已。以后建设，万端待理。负责何人，则学生是也。

凡国强弱，以学生程度为差。仆从前以致力革命，无暇向学读书。行医日只一两时，而事革命者实七八时，而学业遂荒。沿至于今，岁不我与。今见学生，令人健羡，益见非学问无以建设也。譬诸除道，仆则披荆斩棘也，诸君则驾梁砌石者也。是诸君责任，尤重于仆也。肩责之道若何，无他，勉术学问，琢磨道德，以引进人群，愚者明之，弱者强之，苦者乐之而已。物竞争存之义，已成旧说，今则人类进化，非相匡相助，无以自存。倘诸君如有志而力行之，则仆之初志赖诸君而达，共和新国亦赖诸君而成。是则仆所厚望于诸君者。

一九一二年五月七日

在北京全国铁路协会欢迎会上的演说

现在中华民国成立，得达共和目的，人人皆志愿已足。愚则以为未也，必使中华民国立于地球上为莫大之强国而后快。特今日中国既贫且弱，曷克臻此，故欲能自立于地球上，莫如富强。富强之道，莫如扩张实行交通政策。世人皆知农、工、商、矿为富国之要图，不知无交通机关以运输之，则着着皆失败。譬如香山县，由县城至敝乡，不过五十里，舟车不通，人以肩负物，每百斤脚价约一元，以每吨计之，不下七元。若由美国经数万里运货至中国，每吨不过二元五毛。以中西同一货物，价值五元，加以水脚计之，在美来不过七元五毛，而中国自运则十二元矣。人情喜便宜，断不能舍贱而买贵，则交通不便，实业必不能发达，可以断然。前时在安南、广西，曾见农家烧毁陈谷，询之，因运道不通，无处可藏，故毁弃之，可为旁证。故今日欲谋富国之策，非扩充铁路不可。

愚见拟于十年建筑二十万里铁路，在旁人乍听之，以为诧异。若以最浅近、最简单之法言之，则人人共晓。譬如以十人一年工作筑造路工一里，以此推之则二十万人一年可筑二万里，二百万人一年可筑二十万里矣。以中国四万万人计之，能当路工者，岂止二百万人乎？特一人驾驭二百万人或不易，或以各小团分办，则规画自易。期以十年，则范围更宽，其成功可操券也。惟是此项预算，必须六十万万元。以美国铁路每年收入七万万计之，合中国币不下十五万万元。将收除支，大约盈余准在六七万万元，以十年计之，尽可还本。将来每年增加十数万万，比现在中国每年收入三万万算之，多出四倍。则民间负担之力，可以锐减，兴办各事，不必患贫矣。而鄙人尤以缩短时间为最要。以今日草创伊始，以为路之速成与否，似无关得失。由其后路溢利之日，回首当初，其时间岂止一刻千金，至为宝贵。即如美国收入十五万万，平均计之，每日四百万，若迟筑十日，则四千万矣。延误光阴，坐弃巨款，岂不可惜！故鄙人尤以迅速为要。至于藉此筑路，运输农工商之实业，其中直接间接官民受益，岂止倍蓰！故今日欲言富国，必以此始，亦舍此别无良策也。

至强国一节，譬如中国有二百万兵，分布二十余省，平均不过十万耳，人以三十万兵，可以制胜而有余。盖人以三十万兵敌十万，非敌二百万也，其制胜可断然矣。其故皆由交通不便，运兵运饷，非数月不能到，及其到时，则大事已去矣。则名为二百万兵，与无兵同。今若铁路交通，不过百万兵已足。盖运输便利，不过数日可到，分之虽少，合之则多。以百万兵敌三十万，加以主客异势，蔑不胜矣。故鄙人以为欲谋强国，亦必自扩充铁路始也。

以上各节，仅就愚见所及，布臆于诸君，祈诸君有以教之。如果诸君不河汉斯言，各出其经验及专长以经营之，鄙人可决中华民国为最富最强之国，亦可决中华民国为地球上最有名、最富强之国。民国幸甚。

（一九一二年八月二十九日）

在上海报界公会欢迎会上的演说

（一）悲观之心理为民国最危险之事

革命成功，全仗报界鼓吹之力。今民国成立，尤赖报界有言责诸君，示政府以建设之方针，促国民一致之进行，而建设始可收美满之效果。故当革命时代，报界鼓吹不可少，当建设时代，报界鼓吹更不可少，是以今日有言责诸君所荷之责任甚重。惟以仆观察社会之心理，多不免抱一种悲观，于报界尤甚。此悲观之由来，则因恐怖而起。以为民国今日外患之日逼，财政之艰困，各省秩序之不恢复，在在陷民国于极危险地位，觉大祸之将至，瓜分之不免。此悲观心理，遂酿成全国悲惨之气象。简单言之，即病在一怕字。余以为人人心理中，这一怕字，当先除去，然后才可有为。盖事事存一怕字观念，则无事能行，而建设之业，必永无进步。故吾以为外患之日逼，财政之艰困，皆不足危险，惟此人心中之悲观，最为危险。若人心中之悲观不去，则即无外患等等之危险，而民国亦必不免于灭亡。然欲全国人人心中无极端悲观之心理，首望我报界诸君先祛此足以致亡之悲观，然后始足及于全国之人心。今余有一不足存悲观心理之论据，即以革命发难、民国成立一事，即足为最强之佐证。

革命起义之时，人人心中有勇猛进取之精神，而无一丝怕念存于其间，故成功得若是之迅且速也。当革命未起之时，人人心中俱抱一极大之悲观，以为一革命，则外人必起而干涉，乘机瓜分，故虽明知满洲政府之腐败，不革命必不足巩固国基而谋自存，然以怕故，而不敢为也。幸有少数不怕者倡始，而多数怕者始恍然知不足惧，大功遂得于数日之间告成，而民国亦纵安然成立。设当时无一人能打破其心中怕之一念，则谓今日仍受制于满清专制政府之下，亦可也。故可知怕字最不足成事，欲谋进行，非去怕不可。盖最危险时期，无过于革命军起义、南京政府未成立之时。今民国已完全成立，危险之量已较曩昔锐减。吾人当革命时，有一副勇猛进取之精神，不畏不惧之气概，何至于革命底成，民国草创之后，反致消灭此种精神气概之理？故可必其不然。余深望报界诸君，将悲观之心理打除，生出一极大之希望，造成一进取之乐观，唤起国民勇猛真诚之志气，则于民国建设前途，实有莫大之利。而使全国俱焕发一种新气象，厥维报界诸君是赖！

（二）建设大业以交通政策为重要

夫人人心中既无无谓之恐慌，则建设各事，庶可依次进行。而建设之大计，当远测于十百年后，始能立国基于永久。建设最要之一件，则为交通。以今日之国势，交通最要者，则为铁路。无交通，则国家无灵活运动之机械，则建设之事，千端万绪，皆不克举。故国家之有交通，如人之有手足四肢。人有手足始可以行动，始可以作事；国家有交通，始可以收政治运用敏活之效。否则，国家有广大之土地，丰富之物产，高尚思想之人民，而无交通以贯输之，联络之，则亦有等于无。譬之人而无手足，不能行动，不能发挥，即有聪明才力，亦归无用。是以人而无手足，是为废人；国而无交通，是为废国。余现以全力筹划铁道，即为国家谋自存之策，然一言借款筑路，则反对群起，盖非自今日始矣。

人之反对借款筑路者，未必全有理由。而占反对地位者，四万万人中几有三万万五千万人。而大原因，则以未能明了其中利害关系之故。大率以筑铁路，则有碍于风水，或不利于小工。然其所凭据不坚，苟与之详言铁路种种之利益，即可恍然饮悟，而三万万五千万人之反对者，不难尽为赞成。惟于明白事理，知铁路于国有益之人，而亦反对，则其反对为有理由，于此欲使之晓然于利害之真际，颇不易能。然须知国家以交通便利而强者，随在可证。世界最小之国家，其幅圆只及中国一府之大，而强盛愈于吾者，盖以彼有交通机关，而吾无交通机关。故吾人今日亦知铁路之有益矣。知其益而不敢行者，则中于恐慌之心理。以为中国今日果兴筑铁路，必借外国资本，外国必乘以侵略中国，瓜分中国。此实大误。余谓民国苟不兴筑铁路，便利交通，虽有五百万之强兵，数百万吨斗舰，亦不能立国于此三、四十年之内。盖有铁路，则尚足以图存。而其关于国之危亡者，则纯系于兵力强弱问题，初不能与兴筑铁路并为一谈，而谓铁路之不宜筑也。外人果欲瓜分中国，则虽无铁路亦可为；外人果欲保全中国，则虽有铁路亦何害。且使中国于今后不兴筑铁路，而第扩张武备，民智不启，实业不兴，政治不能收敏活之效用，国家精神不备，亦决其难以长久而不敝。一有不幸，亦终归于覆亡之运耳。如中国昔日，亦曾有海军，且有强有力之大战斗舰，过于日本，而甲午日本海一役，乃致败挫。自此而后，益复不振。则可知国家只有强兵利舰，亦不足恃。

余主张筑二十万里铁路，为民国立国永久之计划。而筑铁路以利用外资为宜。盖瓜分之说，列国倡之有年，而未遽实行者，则以各国在中国利益，不忍破弃于一旦之故。今使彼输入中国有六万万之大资本，于兴筑铁路之上，彼欲保此资本之安全，则有投鼠忌器之思，而不甘破坏平和，是乃断然之事。反之，若全用本国资本筑路，则一年筹一千万，亦须六十年，始达六万万之数，而已精疲力尽。一切流通资本，悉归之铁路建筑之上，金融机关必全停止。则铁路告成之日，即为国家灭亡之时。且不待是，而各国羡吾以巨大之母财将筑铁路，必起而为攘夺之谋，分割之祸，必于此起，是即所谓慢藏诲盗也。盖吾国若有武力，即外资所筑之路，遇紧急时，亦可据为己有。若无兵力，本国资本所筑之路，遇紧急时，外人仍得占据。此关于武力问题，不问其属于本国资本及外国资本也。明乎此，则恐慌之念，亦可以释然矣。

（三）开放门户政策利于保障主权

利用外资，可以得外资之益，故余主张开放门户，吸收外国资本，以筑铁路、开矿山。吾国今日，若以外资筑铁路，反对者尚少，若以外资开矿山，则举国无一不持反对之议者，以为利权为外人所夺。细思之，尚不尽然。譬如外人以一千万资本开掘一矿，则必以五百万购买机器及其他器具，其余五百万，必尽分配于工人，则是采矿之成败未可知，而已散其半于中国之工人也。使其开掘亏本，彼必弃其机械而去。盖运费甚巨，彼不愿为，或只出于竞卖。则吾人于斯．时，或以数十万金钱而得其值五百万之机器。如是，则吾人承其后，成本既轻，收效自较易。若外人开矿竟至获利，然经种种消费，已复不资，而资本家所净得之赢余，为数未必过巨。若每矿以一千万资本为标准，则十矿即有一万万，而中国工人得占其五千万之巨额。社会上有此五千万之流动资本，金融机关必形活泼，直接有利于民，间接有利于国。此盖较之借款为善者也。今人犹持昔日之闭关主义，实于时势不合。

现世界各国通商，吾人正宜迎此潮流，行开放门户政策，以振兴工商业。如日本即采门户开放主义者。或以为吾国贫弱，不能与日本同日语，则请以弱小于吾国者为例。如暹罗介于英、法两大之间，而能保其独立国之资格，即以行开放门户政策故。而外人以得商业之经营，亦不过事侵略。此可见开放门户，足以保障主权。前清以闭关为事，而上海租界及青岛，我无主权，是皆外人强我开放，故有此结果。若济南商场，由我自行开放，即有完全主权。此亦自行开放门户无损主权之一证。亚洲有二完全独立国，强于中国者为日本，弱于中国者为暹罗，而中国则为半独立国，尚不得与完全独立国之列也。盖以中国现在尚未收回领事裁判权也。中国欲收回领事裁判权，若以实行门户开放为交换条件，则庶几得进于完全独立国耳。

（四）借款筑路与批给外人筑路利害之比较

今欲筑路，必用外资，用外资非全无害也。两害相权，当取其轻。故吾人欲用外资，当择一利多害少之方法实行。以愚见则批给外人包办，较之抵押借款为有利。然自余主张批给外人，而报纸反对者，以为此事丧权失利，而以抵押借款筑路办法为然。其实未明于兹二者利害之分量若何耳。余为外人言及批给办法，外人多持反对之说，而无不乐从借款抵押之办法。可见借款抵押之方法，外人所得之利多，批给包办之方法，外人所得之利少也。不利于外人，必利于吾，何以吾人亦如外人之反对乎？今请就借外款自办，与批给外人包办二法，一比较其利害，以供诸君之研究。

中国昔日铁路，多为借外款自办者，如沪宁等路是也。借款自办害处，在受种种亏损，如当借款交付时之回扣，包购种种材料，亦有回扣。而此借款，每年出五厘息。次则如铁路亏耗，则全由政府担任，至期满，其借款全额，尚须清还。故外人视此为绝良之营业。而经手此事者，多为商业性质之洋行。彼于铁路学一无所知，只求得经手回扣及购料回扣及政府担保为已足，而将来铁路之盛衰，皆非所问也。铁路修筑事宜，委之于工程师，工程师之聘定，大率五年期限，或八年期限不等。彼第于职务期中，日作其所应为之事，而不负完全之责任。则欲工事之精良，消费之节省，盖不可能之事也。如沪宁一路，其受害为最著矣。使余铁路政策，而用借款自修方法，则二十万里，须款六十万万，以最轻九五扣计算，当扣为五十七万万。常年以五厘息计算，则每年三万万，十年则三十万万，四十年则一百二十万万，至期尚须偿还原本六十万万。材料回扣，其数必巨，历年亏折，又复不资。则兴筑铁路，不待十年，而中国已有破产之祸矣。故熟思审虑，惟有批给外人承办一法，为害少而利多。较之借款自办，可免五害：一无交款回扣之害，二无购料回扣之害，三无按年出息之害，四无亏耗津贴之害，五无至期偿还原本之害。既免五害，且有二利焉：即工程坚固，筑建合法是也。

铁路批给外人包办，大约四十年可以收回，时或逾之，然终未有出六十年外者。按中国富庶状况，则四十年期限，即足抵外国六十年期限。此四十年之内，赢亏皆非我责，一俟期满，吾人可不名一钱，得二十万里铁路。盖铁路于十年之内，大概不能获利，且不免有亏赔焉，惟极迟至三十年后，亦必可以获利也。至于批给外人合同，拟由铁路公司出面协定签字。由公司购定地皮，划定路线，交外人修筑。其合同中，尚须附带条件：其一条件，此纯为商业性质，不稍含政治意味；其二条件，公司有随时监察之权；其三条件，中国可不俟期满，得备价赎回。如是，可一一按必要情形，加入条件，则不致过于失利。若路之繁盛，或关于军事重要者，得视国力之何如，付外人以代价，酌量收回，于吾人亦不算吃亏。此两善之法也。总之，批办一法，利多而害少；借款一法，利少而害多。两两相较，盖可择别矣。此愿与诸君一研究而讨论之者也。

（五）圜法之改良

至今日关于国家建设之数事，亦望报界有言责诸君，一致鼓吹。而其一，则为圜法。中国圜法之不善，不待智者而知。中国之币制，实无可言，金融界之屡屡恐慌，亦多本此原因而起。若银币，非价格之不一，即流通之不普遍。银币有市价，因地有变迁，因时而亦有变迁。甚至一地而洋价各有不同，且或此省而不能通用于他省，民间遂受种种之亏蚀，而小民蒙其害矣。其次则无汇兑机关。如以银一万，由上海汇至北京，必经外国银行之手，至北京收取此款，已不能如数。若由京、沪间往返将此款汇兑至十数次，则此款即可耗蚀净尽。此其受害为何如？外国银行在中国获大利者，即操我汇兑机关故也。至于金价、银价之高低，外人复操纵自如，任意抑扬，而吸收我之大利，我之因此为彼所侵蚀者，复不知其几何数矣。有如此次英伦一千万英镑新借款成功，六国银行团大肆破坏，将现银垄断，使麦加利金镑无从购换现银，以供中国急需。若至赔款期限，则又抑勒银价，高抬金价，故中国受金镑亏折，实以圜法不善之所致。则改良圜法，厘订金本位，实为今日不可缓之要图。设不然，则将来六十万万外资输入，何堪复受此无穷之亏耗乎？此盼望报界诸君，督促政府进行者也。

（六）地价之厘定

圜法而外，则有地价。中国地价，尚未有划一之厘定，而今日最便实行，过此则难。余对于地价之主张，在北方亦尝发表，而一般多不解其意义，致生疑虑。其实依余主张实行，于有地者绝不受损。平均地价，即厘定地价之高下，为一定准则，地主本之纳税，而国家得随时照其原价收买。今民国成立，前清土地契约，当然作废，可由政府下令各省及各府州县，令民间更易新契，并令其于易契时，报明该地现时值价若干，一一登记，收什一之税。至地价之高低，则一任民间之所报。若多报于原值，则是先负重税，且不知国家何时收买；若少报于原值，则固可减省税量，然一俟国家收买，则必受亏折。如是，以此两种心理自衡，则必能报一如原值公平之价额。国家既得地价之真数，则收买时不患民间有故意高抬价额之事。可因将来交通之便利，于其集中繁盛之区，一一收土地为国有。则将来市场发达，地租涨高，皆国家共有之利，可免为少数地棍所把持。如纽约一埠，其地租皆为美政府所有，每年收入有八万万元。例之中国，全国岁入不过仅有三万万之数。若将来交通便利，以中国之大，苟能造成如纽约者三、四处之繁盛市场，则政府收入，即地租一项，已足供支拨而有余。则民间他项税则，皆可蠲免矣。此非利国福民之大者乎？鄙意所见如是，深望诸君竭力鼓吹，俾底于成，则非第兄弟一人之幸也。

一九一二年十月十二日

敦促袁世凯辞职电

北京大总统鉴：文于去年北上，与公握手言欢，闻公谆谆以国家与人民为念，以一日在职为苦。文谓国民属望于公，不仅在临时政府而已，十年以内大总统非公莫属。此语非弟对公言之，且对国民言之。自是以来，虽激昂之士于公时有责言，文之初衷未尝少易。何图"宋案"发生，证据宣布，愕然出诸意外，不料公言与行违至于如此，既愤且憝。而公更违法借款，以作战费；无故调兵，以速战祸。异己既去，兵衅仍挑，以致东南军民荷戈而起，众口一辞，集于公之一身。意公此时必以平乱为言，姑无论东南军民未叛国家，未扰秩序，不得云乱，即使云乱，而酿乱者谁？公于天下后世亦无以自解。公之左右陷公于不义，致有今日，此时必且劝公乘此一逞，树威雪忿。此但自为计，固未为民国计，亦未为公计也。清帝辞位，公举其谋，清帝不忍人民涂炭，公宁忍之？公果欲一战成事，宜用于效忠清帝之时，不宜用于此时也。说者谓公虽欲引退，而部下牵掣，终不能决。然人各有所难。文当日辞职，推荐公于国民，固有人责言，谓文知徇北军之意，而不知顾十七省人民之付托。文于彼时迄不为动。人之进退绰有余裕，若谓为人牵掣不能自由，苟非托辞，即为自表无能，公必不尔也。为公仆者受国民反对，犹当引退，况于国民以死相拚；杀一不辜以得天下，犹不可为，况流天下之血以从一己之欲。公今日舍辞职外决无他策。昔日为任天下之重而来，今日为息天下之祸而去，出处光明，于公何憾。公能行此，文必力劝东南军民，易恶感为善意，不使公怀骑虎之虑。若公必欲残民以逞，善言不入，文不忍东南人民久困兵革，必以前此反对君主专制之决心反对公之一人。义无反顾。谨为最后之忠告，惟裁鉴之。孙文。

一九一三年七月二十二日

讨袁檄文

壬子之二月，国民悯搆兵之惨，许清室旧臣自新，竭诚志以临时政府付袁世凯，四海之内，莫不走相告曰：息兵安民，以事建设，是大仁大义举也。吾民既竭诚以望袁，今袁所报民者何如哉？辛亥之役，流血万里，人尽好生，何为而然？若知袁之暴戾更甚于清，则又何苦膏血万户，以博一人皇帝之雄哉！所以宁死而不悔者，誓与共和相始长耳。

今袁背弃前盟，暴行帝制，解散自治会，而闾阎无安民矣；解散国会，而国家无正论矣；滥用公款，谋杀人才，而陷国家于危险之地位矣；假民党狱，而良懦多为无辜矣。有此四者，国无不亡！国亡则民奴，独袁与二三附从之奸，尚可执挺衔璧以保富贵耳。呜呼！吾民何不幸，而委此国家生命于袁氏哉！自袁为总统，野有饿莩，而都下之笙歌不彻；国多忧患，而郊祀之典礼未忘。万户涕泪，一人冠冕，其心尚有"共和"二字存耶？既忘共和，即称民贼。吾侪昔以大仁大义铸此巨错，又焉敢不犯难，誓死戮此民贼，以拯吾民。

今长江大河，万里以内，武汉京津，扼要诸军，皆已暗受旗帜，磨剑以待。一旦义旗起，呼声动天地。当以秦陇一军，出关北指；川楚一军，规画中原；闽粤旌旗横海，合齐鲁以捣京左。三军既兴，我将与诸君子扼扬子江口，定苏浙，以树东南之威。犁庭扫穴，共戮国贼，期可指日待焉。书曰："民惟邦本，本固邦宁。"又曰："纣有臣亿万，惟亿万心。予有臣三千，惟一心。"正义所至，何坚不破？愿与爱国之豪俊共图之！

孙文檄文。印。

一九一四年五月

讨袁宣言

文自癸丑讨逆之师失败以还，不获亲承我父老昆弟之教诲者，于今三年矣。奸人窃柄，国论混淆，文于是时亦殊不乐以空言与国人相见。今海内喁喁有望治声矣，文虽不敏，固尝为父老昆弟所属役，复自颠沛不忘祖国者，则请继今一二为国人谈也。

文持三民主义廿有余年，先后与国人号呼奔走，期以达厥志。辛亥武昌首义，举国应之，五族共和，遂深注于四亿同胞之心目。文适被举为一时公仆，军书旁午，万端草创，文所靖献于国民者，固甚恨不能罄其悃忱。然国号改建，纪元维新，且本之真正民意，以颁布我民国约法，其基础不可谓不已大定。故清帝退位，南北统一，文乃辞职，介举袁氏于参议院。盖信其能服从大多数之民心，听义师之要求，以赞共和，则必能效忠民国，践履约法，而昭守其信誓也。当南北两方情志未孚时，文尝任调和，躬至北京，并有"愿袁氏十年为总统"之宣言。何期袁氏逆谋终不自掩，残杀善良，弁髦法律，坏社会之道德，夺人民之生计。文故主兴讨贼之师，所以维国法而伸正义，成败利钝所不计也。袁氏既挟金钱势力，肆用诈术，而逆迹未彰，国人鲜悟，以致五省挠败，而袁氏之恶乃益逞矣。

文虽蛰居海外，而忧国之志未尝少衰。以为袁氏若存，国将不保；吾人既主讨贼，而一蹶不振，非只暴弃，其于谋国亦至不忠。故亟图积极进行之计，辄与诸同志谋之。顾败丧之余，群思持重，缓进之说，十人而五。还视国中，则犹有信赖袁氏而策其后效者；有以为其锋不可犯，势惟与之委蛇而徐图补救者；有但悻目前之和平，而不欲有决裂之举者。文以为此皆有所执持，而其心理上之弱点，则袁氏皆得而利用之，以逞其欲，此文期期所不敢认以为适道者也。袁氏果于是时解散国会，公然破毁我神圣庄严之约法，诸民权制度随以俱尽。文谓袁氏已有推翻民国、及身为帝之谋，而莫之敢信。而亏节堕行、为伥为侦之败类，且稍稍出矣。文于是痛心疾首，决以一身奋斗报我国家，乃遂组织中华革命党，为最严格之约束；将尽扫政治上、社会上之恶毒瑕秽，而后复纳之约宪之治。两年以来，已集合多数之同志，其入内地经营进行者，皆屡仆屡起，不惮举其个人之自由权利、生命财产而牺牲之，以冀奠我区夏。孤行其自信力，而不敢求知于人人，犹之辛亥以前之中国同盟会也。欧战既起，袁氏以为有隙可乘，不惜暴其逆谋，托始于筹安会，伪造民意，强迫劝进，一人称帝，天下骚然。志士仁人汗喘相告，而吾同志益愈奋励，冒死以进。滇、黔独立，文意豁然。至乃昔所不知，今皆竞义，德邻之乐，讵复可已。频年主持，益审非谬。

顾独居深念，以为袁氏怙恶，不俟其帝制之昭揭；保持民国，不徒以去袁为毕事。讨贼美举，尤当视其职志之究竟为何，其所表示尊重者为何，其策诸方来与建设根本者为何，而后乃有牺牲代价之可言，民国前途，始有攸赖。今独立诸省通电，皆已揭橥民国约法以为前提，而海内有志后援、研求国是者，亦皆以约法为衡量，文殊庆幸此尊重约法之表示，足证义军之举，为出于保卫民国之诚。袁氏破坏民国，自破坏约法始；义军维持民国，固当自维持约法始。是非顺逆，区以别矣。夫约法者，民国开创时国民真意之所发表，而实赖前此优秀之士，出无量代价以购得之者也。文与袁氏，无私人之怨，违反约法，则愿与国民共弃之。与独立诸省及反袁诸君子，无私人之惠，尊重约法，则愿与国民共助之。我国民亦既一致自爱其宝，而不为独夫民贼之所左右，则除恶务尽，对于袁氏必无有所姑息。以袁氏之诈力绝人，犹不能不与帝制同尽，则天下当不复有袭用其故智之人。

至袁氏今日，势已穷蹙，而犹徘徊观望，不肯自归于司败，此固由其素性贪利怙权，至死不悟。然见乎倡义者之有派别可寻，窃疑党争未弭，觊觎其猜忌自纷，而不能用全力以讨贼。殊不知阋墙御侮，浅人审其重轻，而况昔之政争已成陈迹。今主义既合，目的不殊，本其爱国之精神，相提携于事实，见仇者虽欲有所快，无能悻也。今日为众谋救国之日，决非群雄逐鹿之时，故除以武力取彼凶残外，凡百可本之约法以为解决。共和之原，甚非野心妄人所得假借者也。文始意以为既已负完全破坏之责，故同时当负完全建设之责。今兹异情，则张皇补苴，收拾时局，当世固多贤者。苟其人依约法被举，而不由暴力诈术以攫取之，则固与国民所共承者也。民国元首，只有服务负责之可言，而非有安富尊荣之可慕，国民当共喻斯义。文之所持，凡皆以祈响真正之和平，故虽尝以身当天下之冲，而不自惜也。

文自束发受书，知忧国家，抱持民族、民权、民生三大主义，终始不替；所与游者，亦类为守死善道之士。民国成立，五族共和，方幸其目的之达。乃袁氏推翻民国，以一姓之尊而奴视五族，此所以认为公敌，义不反兵。今是非已大白于天下之人心，自宜猛厉进行，无遗一日纵敌之患，国贼既去，民国始可图安。若夫今后敷设之方，则当其事者所宜一切根据正确之民意，乃克有济。文自审立身行事，早为天下共见，末俗争夺权利之念，殆不待戒而已除。惟忠于所信之主义，则初不为生死祸福而少有屈挠。袁氏未去，当与国民共任讨贼之事；袁氏既去，当与国民共荷监督之责，决不肯使谋危民国者复生于国内。唯父老昆弟察之。

一九一六年五月九日

讨逆护法令

大元帅令

　　共和政治，以法律为纲。维民国军人，以护法为天职。故民国成立以后，至约法公布，国会成立，而国基始确定。即全国将士，亦知非拥护约法、国会，则国本动摇，险象立见。是以袁世凯蹂躏约法，毁弃国会，则国内将士群起讨之。诸叛督迫威总统，解散国会；伪政府背反约法，组织非法参议院，则国内将士又群起讨之。举凡癸丑、乙卯以逮今兹之役，转战千里，伏尸相望，前仆后继，百死不悔者，何一非为护约法护国会而战。盖以国本苟摇，则危亡可俟。军人职在卫国护法，虽蒙大难赴锋镝，而义有所不忍避也。

　　此次叛督肇变，迫胁解散国会，继之以总统迁废，民国国统于此斩焉中绝。是以西南将士扶义而起，海军舰队援袍而兴，以为非恢复约法、国会，则有死无贰，誓不解兵。议员诸君，见义帜之飞翻，知民气之可用，乃相率南来，集合国会非常会议，组织军政府。于约法效力未完全恢复以前，由大元帅执行民国之行政权。

　　文以衰迈，膺兹艰巨，甚惧力弗能胜。然一念及我义军将士，拥卫约法、国会之热忱，不得不暂统治国权，以完未尽之责。受任之始，即以攘除奸凶，恢复约法自矢。苟约法国会一日不恢复，奸宄一日不扫清，则文之任务一日未尽。

　　我义军将士，苟知军政府受国会之委托，于民国绝续之交，负维持国统之巨任，则尤不可不与军政府僇力同心，共靖国难。矧治军之道，力合则强，势涣则衰。苟当此艰难绝续之交，无同力一致之效，则号令不齐，部曲散殊，何恃以驱叛众清逆焰，而收折冲御侮之效耶！

　　今伪政府自知罪不容于民国，方百出其诡谋，冀死力抗义师，为万一之徼倖。若彼以其整，我以其散，或分树异军，矫别名号，欲自外于军政府，此则所谓欲强其支，而不惜弱其干，其极非至于自弱自杀而不已。是乃伪政府所闻之而快心，然甚非我义军将士，护约法国会之初志也。须知当此逆党方张，协以谋我之际，我义军责职未尽，艰危方殷。诸将士与军政府为同舟共济之时，非党同伐异之日，所望猛悟自觉互相告诫。军政府方与诸将士以诚信相见，共负靖国之责。

　　自今伊始，其各一德一心，合力讨逆，以克竟军政府与诸将士拥卫约法国会之大责。其犹有忘逞私图负固不率者，则是显逆义军讨逆护法之公意。军政府职权所在，亦惟有不得已垂涕征诛，与众弃之，国法所在，愿相诫以毋犯。谆谆之意，其共勉焉。此令。

大元帅（印）

中华民国六年十一月十八日

一九一七年十一月十八日

答日本《朝日新闻》记者问①

兹承贵记者问：中国人何以恨日本之深，及有何法以调和两国感情？

予当竭诚以答，并以此告吾日本之故友。予向为主张中日亲善之最力者。乃近年以日本政府每助吾国官僚，而挫民党，不禁痛之。夫中国民党者，即五十年前日本维新之志士也。日本本东方一弱国，幸得有维新之志士，始能发奋为雄，变弱而为强；吾党之士，亦欲步日本志士之后尘，而改造中国，予之主张与日本亲善者以此也。乃不图日本武人，逞其帝国主义之野心，忘其维新志士之怀抱，以中国为最少抵抗力之方向，而向之以发展其侵略政策焉，此中国与日本之立国方针，根本上不能相容者也。

乃日本人之见解则曰，中国向受列强之侵略矣，而日本较之列强无以加也，而何以独恨于日本尤深也？呜呼，是何异以少弟而与强盗为伍，以劫其长兄之家，而犹对之曰：兄不当恨乃弟过

---

① 第一次世界大战期间，日本对德宣战，出兵攻占了我国山东青岛等地。大战结束后，日本通过巴黎和会承继了德国在山东的权利。本文系孙中山就要求收回青岛和山东权利等问题答《朝日新闻》记者问。

于恨强盗，以吾二人本同血气也。此今日日本人同种同文之口调也。更有甚者：即日本对德宣战，于攻克青岛之时，则对列强宣言以青岛还我。乃于我参加欧战之日，则反与列强缔结密的，要以承继德国在山东之权利。夫中国之参战也，日本亦为劝诱者之一也，是显然故欲以中国服劳，而日本坐享其利也。此事以中国人眼光观之，为何等之事乎？即粤语所谓"卖猪仔"也。何谓"卖猪仔"？即往时秘鲁、智利、古巴等地，垦荒乏人，外洋资本家利用中国人之勤劳而佣值廉也，遂向中国招工。乃当时海禁未开，中国政府禁工出洋，西洋人只得从澳门招工，每年由澳门出洋者，以十数万计。此等工人，皆拐自内地，饵以甘言厚利，诱以发财希望，而工人一旦受欺入于澳门之猪仔馆，终身无从逃脱矣。而猪仔头（即拐卖工人者）则以高价售之洋人，转运出洋，以作苦工。工人终世辛劳，且备受种种痛苦，鞭挞残杀，视为寻常，是无异乳猪之受人宰食，故名此等被人拐卖之工人曰"猪仔"。曩者日本之劝中国参战，而同时又攫取山东权利，是何异卖中国为猪仔也。夫猪仔之地位，固比家奴为尤下也。家奴虽贱，倘服务勤劳，奉命惟谨，犹望得主人之怜顾而温饱无忧也，而猪仔则异是。是故当时澳门之为猪仔头者，无论如何贪利，断不忍卖其家奴为猪仔也；必拐诱休戚不相关之人，而卖为猪仔也。以中国视之，则日本今日尚不忍使台湾、高丽服他人之务，而己坐享其利也，是日本已处中国于台湾、高丽之下矣。是可忍孰不可忍？倘以此为先例，此后世界凡有战争，日本必使中国参加，而坐收其利矣，此直以猪仔待中国耳。尤有甚者，昔澳门之猪仔头，亦不过卖人为猪仔，而取其利于洋人而已。日本今回之令中国参战也，既以此获南洋三群岛以为酬偿矣，乃犹以为未足，而更取山东之权利，是既以中国为猪仔矣，而犹向猪仔之本身割取一脔肥肉以自享也，天下忍心害理之事，尚有过此者乎？中国人此回所以痛恨日本深入骨髓者，即在此等之行为也。而日本人有为己辩护者，则曰日本之取山东权利，乃以战胜攻取而得者也。果尔，则日本何不堂堂正正，向列强要求承继山东权利于攻克青岛之时，而乃鬼鬼祟祟于中国参加欧战之日，始向列强要求为酬偿之具也。夫中国尚未隶属于日本也，而日本政府竟已对中国擅行其决否之权，而且以行此权而得到列强酬偿矣，此非卖中国之行为而何？

夫此回欧战固分为两方面，旗帜甚为鲜明者也：其一即德、奥，土、布，乃以侵略为目的者；其一英、法、美、俄，乃以反对侵略为目的者。故英、美之军在欧洲战场战胜攻取，由德国夺回名城大邑，不啻百倍于青岛也，且其牺牲，亦万千倍于日本也，而英、美所攻克之城地，皆一一归回原主也。日本为加入反对侵略之方面者也，何得以战胜攻取而要求承继山东德国之权利耶？若日本之本意，本为侵略，则当时不应加入协商国方面，而当加入德、奥方面也。或又谓中国于参战，并未立何等功绩，不得贪日本之功也。而不知此次为反对德、奥之侵略主义而战，则百数十年为德国侵略所得之领土，皆一一归回原主也。彼波兰、捷克二族亦无赫赫之功也，而其故土皆已恢复矣；我中国之山东青岛何独不然？且丹麦犹是中立国也，于战更无可言功，而德国六十年前所夺彼之领土，今亦归还原主矣。是中国以参加战团而望得还青岛，亦固其所也。乃日本人士日倡同种同文之亲善，而其待中国则远不如欧美。是何怪中国人之恨日本而亲欧美也。

日本政府军阀以其所为，求其所欲，而犹望中国人之不生反动，举国一致，以采远交近攻之策，与尔偕亡者，何可得也？是日本今日之承继德国山东权利者，即为他年承继德国败亡之先兆而已。东邻志士，其果有同文同种之谊，宜促日本政府早日猛省，变易日本之立国方针，不向中国方面为侵略，则东亚庶有豸乎。

孙　文

一九一九年六月二十四日

中国实业如何能发展

　　吾国今日之困难，莫不知为实业不振，商战失败。二三十年以来，外货之入口超于土货之出口，每年常在二万万以上。此为中国之最大漏卮，无法弥补，遂至民穷财尽，举国枯涸，号为病夫。爱国之士，悚然忧之，莫不以发展实业为挽救之方矣。然实业当如何发展？鲜能探其本源，握其要领者。

　　美国之实业大王骆基化罗①曰："发展实业之要素有四：曰劳力也、资本也、经营之才能也、主顾之社会也。"我中国地大物博与美同，而吾国农产之富，矿质之丰，比之美国有过之无不及。彼实业大王所举之发展四要素，劳力之人工，我即四倍于美国；主顾之社会，我亦四倍于美国；我国所欠缺者，资本也、才能也。倘我能得此两要素，则我之实业发达，不特可与美国并驾，且当四倍于美国。然则欲图中国实业之发展者，所当注重之问题，即资本与人才而已。

　　何为资本？世人多以为金钱即资本也。此实大谬不然。夫资

---

①　骆基化罗：今译洛克菲勒。

本者，乃助人力以生产之机器也。今日所谓实业者，实机器毕生之事业而已。是故资本即机器，机器即资本，名异而实同也。倘金钱果为资本，则中国富室所藏之金块，与市面流用之银元，较之外国所有实不相下也，而何以尚有资本缺乏之忧耶？且此次欧战，英、法二国多输送金钱于美以易武器，国内悉用纸币，市上无一金钱，然英、法两国之资本仍多于我也。以彼生产之机器犹存也。由此观之，迷信金钱为资本者，可以返矣。倘能知此，则欲解决资本之问题，易如反掌矣。其法为何？曰欢迎外资而已，亦即欢迎机器而已。此回欧战各国以制造战用品而扩张之机器至千百倍于前时。今战争停止，其所扩张之机器已多投闲置散，无所用之。若我欢迎此种制造之利器，以发展中国之实业，正出欧美望外之喜，各国必乐成其事，此资本问题之容易解决者。

至于人才问题之解决，则有二法焉：一为多开学堂，多派留学生到各国之科学专门校肄业，毕业而后，再入各种工厂练习数年，必使所学能升堂入室，回国能独当一面以经营实业，斯为上着。然此非十余年后不能成功，而当此青黄不接之秋，急者须治标，故二为广罗各国之实业人才为我经营创造也。此种人才，经此回欧战之后，多无用武之地者，在我能罗致而善用之耳。然资本人才皆有解决之道矣，则尤有重要问题者，即在我有统筹全局之计划，以应付此战后之良机，利用交战国之所生资本，熟悉人才，以开发我之宏大实业也。此予于《建国方略》中，特先草就发展实业计划一门。我有计划，则我始能用人，而可免为人所用也。此计划已先后载于《建设》杂志第一、二、二期中，且将继续刊之，以供国人之研究。

予之计划，首先注重于铁路、道路之建筑，运河、水道之修治，商港、市街之建设。盖此皆为实业之利器，非先有此种交通、运输、屯集之利器，则虽全其发展实业之要素，而亦无由发展也。其次则注重于移民垦荒、冶铁炼钢。盖农矿二业，实为其他种种事业之母也。农、矿一兴，则凡百事业由之而兴矣。且钢铁者，实为一切实业之体质也。凡观一国之实业发达与否？观其钢铁出产之多少可知也。美国为今日世界实业最发达之国，而其所炼之钢，每年四千余万吨，所冶之铁，每年亦四千余万吨，共计所产钢铁八九千万吨。以我国较之，所产钢铁不过二十余万吨，相差远矣。我国实业欲与美国之实业并驾，实非有如现在汉冶萍之铁厂三四百所不为功。然汉冶萍一厂，成本已千余万矣，今欲多建三四百厂，非有资本三四十万万不可。如此巨资，我国万难自集，则非借之外人不可，或有疑外人又安得如许之资本？不知所谓资本者机器也。我欲设大规模之钢铁厂，所需者皆机器与建筑之物料而已。我有所需，则外国机器厂加工造作而已。如战时所需之物料每日数万万，而各国之机器厂亦能供之，如是，则我国若以战时工作以开发我国实业，所需资本材料，无论至何程度，各国之机器厂无不足以给之也。且我所需者全在机器，我只先得一批之大炼钢铸铁机器，聘就相当之人才，以人才而运用机器，则我之机器亦可以生出无量之资本也。此所谓有者益有，其机器发达国之谓欤！吾国既具有天然之富源，无量之工人，极大之市场，倘能借此时会，而利用欧美战后之机器与人才，则数年之后，吾国实业之发达，必能并驾欧美矣。

惟所防者，则私人之垄断，渐变成资本之专制，致生出社会之阶级、贫富之不均耳。防之之道为何？即凡天然之富源，如煤铁、水力、矿油等，及社会之恩惠，如城市之土地、交通之要点等，与夫一切垄断性质之事业，悉当归国家经营，以所获利益，归之国家公用。如是，则凡现行之种种苛捐杂税，概当免除。而实业陆续发达，收益日多，则教育、养老，救灾、治疗，及夫改良社会，励进文明，皆由实业发展之利益举办。以国家实业所获之利，归之国民所享，庶不致再蹈欧美今日之覆辙，甫经实业发达，即孕育社会革命也。此即吾党所主张民生主义之实业政策也。凡欲达真正国利民福之目的者，非行此不可也。

一九一九年十月十日

在上海中国国民党本部会议上的演说

本部章程是在日本东京定的。当时才经讨袁失败，大家灰心，以为革命党势力已尽，一时再难振兴了。但是我觉得事业虽然失败，一般同志依然存在，尽可再接再厉。我很怕大家冷淡下去，就要涣散了。所以我急急设法团结起来，发起这中华革命党；不过那时候都在海外亡命，和在内地办党的情形不同，所以当时章程只准着海外情形来定的。现在我们既已能够在国内立脚，打算在国内进行党务，那章程自然有多少要修改的地方。

我们要国事和党事分开来办。国事无论怎么样，这总是要办的。我们要晓得党是什么一件东西？这党的目的是要怎样的？我们造一个党，是因为要把我们的主义和目的贯彻到底。当初创造同盟会，我也就抱着三民主义。不过当时同志鼓吹革命，全凭着一腔热血，未曾计划革命成功以后怎样的继续进行，怎样的完全达到我们的目的和主义。所以武昌起义成功以后，同盟会的同志就不能再往前做去，以致失败。武昌革命成功的快，原来也是出人意外的。一般同志都匆卒跑到政界去了，所以这革命的进行就未免半途而废。距武昌革命不到三个月，我到上海，就听得一种舆论。那舆论，也就是革命党同附和革命党的人发出来的，说是："革命军起，革命党消"。我当时听了很觉奇怪，怎么革命军起，革命党就要消呢？实在不懂他们所说的意义。现在看起来，我们的失败就在这个地方。那时革命党就没有继续下去，到后来统一告成，便有许多的党纷纷起来争握政权；只有革命党迟之又久，才改做了政党，然因一时拼命去罗致人才，以致内部十分复杂，中坚人物又冷了心，原来的革命党都退缩出来，所以结果就大大的失败了！后来，我鉴于这个失败，所以就另行组织中华革命党，以便实行我们所抱负的主义。

中华革命党有几个条件，当时老同盟会中人觉得不好，很有许多反对的；卒之至于分道扬镳，不肯加入。其实他们很不了解，因为党与国原有不同之处，最要分得清楚。党所重的是有一定的主义；为要行一定的主义，就不能不重在人。本来旧国家的政治也是重人，现代新国家乃重在法。但法从何来？须要我们人去造成他。所以党的作用，也就不能不重人。党本来是人治，不是法治。我们要造法治国家，只靠我们同党人的心理。党之能够团结发达，必要有二个作用：一是感情作用，二是主义作用；至于法治作用，其效力甚小。明白这个道理，方知道我要设置那些条件的道理。譬如我有一个要服从我革命的信条，大家觉得不对。其实我要求这个条件，也有理由，请一考究第二次失败的病根，那就明白了。本来第二次革命的时候，我们这方面较袁氏地大力充，财足兵多，何以竟至失败？这个缘故，就是袁氏统一，民党不统一。要救这个弊病，自然只有也用统一的法了，所以我就要要求这一个服从的信条。但当时同志多不赞成，后来过了五六年之经验，乃知道这办法很对的。还有我党的三民主义，当初同盟会还只明白民族主义，拚命去做；至于民权、民生两主义，不很透彻，其实民族主义也还没有做完。至于我主张的五权宪法，那时不懂的更多。原来美国的三权宪法，乃是模仿英国的。当初英国没有政党，政治习惯上好象三权分立，美国模仿，乃规定在宪法上，分晰清楚。英国也有人主张四权的，但我觉得非分为五权不可。我所说的五权，也非我杜撰的，就是将三权再分出弹劾及考试两权。所谓三权者，就是将君权之行政、立法、裁判，独立起来。但中国自唐、宋以来，便有脱出君权而独立之两权：即弹劾、考试是也。现在我们主张五权，本来即是现时所说的三权，不过三权是把考试权附在行政部分、弹劾权附在立法部分。我们现将外国的规制和中国本有的规制融和起来，较为周备。外国无考试，只有英国有文官考试。英国明白说过，考试是取法中国，足见这考试制是最好。一九〇四年，我和王宠惠在纽约曾谈到五权宪法，他自赞成。后来他到耶耳大学专攻法律，反疑惑起来，说："这五权分立，各国的法律都没有这样办法，恐怕不行。"这也奇怪，中国固有的法制，他倒抛荒了。他起初很赞成，后来学了法律反不赞成，足见他的思想为一方面所锢蔽。能融通暸悟的，实在难得；现在已十余年了，还是没有什么人懂得。但我们如实行起来，后来必博法律家大大的赞成。譬如英国的政治，到了孟德斯鸠出来，才赞成他。所以我的主张，必定要做到五权宪法。否则，无论如何总要革命。这就是我党一定的目的。

民族主义，当初用以破坏满洲专制。这主义也不是新潮流才有的。向来我们要扩充起来，融化我们中国所有各族，成个中华民族。若单是做到推倒满族的专制，还是未曾完成。至于民权，现在也未做到。即使单单做到民权，不实行民生主义，也就不能使人民享受福利。象美洲等国，可谓民权发达，怎么还有革命的事发生呢？只为人民的生活太难，贫富的阶级相去太远，那社会革命的事自然就免不了。所以中国纵使做到美国民权发达的地步，也还是要革命的。不过象中国现在的情状，旧潮流还没有弄清，那新潮流更是无人注意。我们最好是把他来一次解决，以免祸乱叠生。有人说："各国百年前，只是民权革命，直到现在，乃有社会革命。我们也要分开步骤才好。"不知他们那时候还没有这个状况，到了现在，经济发达，资本制的流毒已经弥满世界，中国也感受这种恶潮。请看上海，房租日高，地价奇贵，工钱稍稍加点，贫民生活反不如从前的容易。据此看来，这恶潮不是已经到了吗？怎么还可把百年前外国的状况来比呢？所以，我们的三民主义应该一贯做去，扫除一切不平的事。如民族主义，即是扫除种族之不平；民权主义，即是扫除政治之不平；民生主义，即是扫除社会之不平。这种种的不平，既然都在眼前，所以我们同时就要解决，免得枝枝节节，而且不如是，就永远不能适应世界的潮流了。所以我党就要以三民主义为宗旨、五权宪法为目的，合拢这两条来做革命。

我们有个最好的同志，就是朱执信。他的学问是很好的，对于革命事业又非常热心。他尝问我："革命何以要服从个人？"我说："这容易解释，就是服从我的主义便了。譬如道统，也是把个人来做代表的，如说孔子之道；又如宗教亦然，如说耶苏教、佛教之类。学说也是这样，如进化学叫做达尔文学说；我中国讲良知的，也叫做阳明学。又如一种政策，也可以个人代表，如孟禄主义，即是代表防备欧洲政策的。以上都是以个人来代表的。我这三民主义、五权宪法。也可以叫做孙文革命；所以服从我，就是服从我所主张的革命；服从我的革命，自然应该服从我。"本来民国不是三民主义行不过去，只因推倒帝制以后，革命党就已消灭，没有人切实去做。所以我趁着亡命之后，把这些同志约束起来。当时许多的人反对我把个人做主义去办党，不知党本是人治，不象国家的法治。这话前头已经说过了。综而言之，党用人治的长处很多，人治力量乃大。

我们革命失败，全是日本捣鬼：起初助袁世凯以摧残民党，后来经民党多方运动，不助袁氏，乃又偏偏要抬出岑春煊来扶植官僚势力。无奈讨袁之后，我们党已解散，没有势力抵抗他。现在我们又渐渐恢复了。我们就赶紧在国内扩张起来，实行这三民主义、五权宪法。现在为便利起见，把从前的章程，大家来参酌修改。

我还将民族主义发挥一遍。有人说："清室推翻以后，民族主义可以不要。"这话实在错了。即如我们所住的租界，外国人就要把治外法权来压制中国人，这还是前清造的恶因。现在清室虽不能压制我们，但各国还是要压制的，所以我们还要积极的抵制。我看，暹罗在国际上比中国地位还高，所以我们定要积极的将我四万万民族地位抬高起来，发扬光大。现在说五族共和，实在这五族的名词很不切当。我们国内何止五族呢？我的意思，应该把我们中国所有各民族融成一个中华民族（如美国，本是欧洲许多民族合起来的，现在却只成了美国一个民族，为世界上最有光荣的民族）；并且要把中华民族造成很文明的民族，然后民族主义乃为完了。现在实还没有做到，所以我们还是三民主义缺一不可。这是确定不能改易的。所有章程，大家可以商量修改。

一九二〇年十一月四日

在桂林对滇赣粤军的演说

第一课　精神教育

今日集诸君于一堂，讲授军人精神教育，乃欲使诸君得有充分之军人精神，而共任前途非常之大业也。诸君本属军人，固曾受军人教育，亦曾受军人之精神教育。惟诸君前此所受者，不过寻常军人之教育，而非非常军人之教育也。今在诸君之目前，有非常之事业，必待非常之军人以成之，诸君欲身任非常之事业，则必受非常之教育乃可。此非常之教育为何？即军人之革命精神教育是也。此次诸君远涉桂林，渡长江而北，直捣幽燕，所为者何事？率直言之，革命而已。革命云者，扫除中国一切政治上、社会上旧染之污，而再造一庄严华丽之新民国，为民所有、为民所治、为民所享者也。此为今日顺天应人之事，志士仁人不可不勉。吾辈生在中国，丁此时艰，种族存亡，人人有责，亟应同负革命责任，以成此非常大业。惟负此责任，非有革命精神不为功。革命事业，在十年以前，虽已推倒满清，成立中华民国，然以言成功，则犹未也。武昌革命而后，所谓中华民国者，仅有其名，而无其实，一切政权，仍在腐败官僚、专横武人之手，益以兵灾、水、旱，迄无宁岁，人民痛苦，日加其焉！此即革命未竟全功，因而难收良果也。此次革命，将以补足前此未完成之事业，继续为之。故本总统此行，即与诸将士同心协力，应革命时机，建革命事业，声威所至，无不争先响应，裹粮景从，洵不待两方交绥，已可决胜，此必然之势，无可怀疑者也。诸君不信，可观各国历史及现今时势，则知革命为世界潮流，亦即为顺天应人事业，其成功之左券，有可预操者。各国中如美、如法皆为革命先河，最近如俄，其劳农政府，亦由革命造成，是其例也。

我国革命，已及十年，虽未著成效，然风气日开，民智日进，而时下之奸雄强暴，亦必假托民意，始得生存于国中，此足见潮流之猛烈，非人力可以当之者，故此时有顺天应人之必要。则当以革命事业为己任，质言之，即能负责任与否之问题也。解决此问题，先问看无革命精神，有革命精神，成功必矣！但革命精神，何自来耶？是在精神教育。诸君之所以为军人，非为有军人资格乎？非为曾受军事教育乎？否则，执途人而目之曰："军人！军人！"如何其可？今兹所述之精神教育，即欲诸君灌输此精神于脑中，须臾弗离，虽至造次颠沛之间，守而勿失，夫然后可以为军人，可以言革命，可以卜成功，反是则否。

今日之革命，与古代之革命不同。在中国古代，固已有行之者，如汤武革命，为帝王革命。今之革命，则为人民革命，此种革命，乃本总统三十年前所提倡者。此种革命主义，即三民主义：（一）民族主义，（二）民权主义，（三）民生主义。第一之主义，为种族革命，谓排除他种民族，发扬自己民族，组织一完全独立之民族国家也。第二之主义，为政治革命，谓人民直接参与政权，简言之，即如选举权、罢官权、复决权、创制权等，由人民直接行之，非代议制度下之民权也（参看本总统所著之《三民主义》及《五权宪法》）。第三之主义，为社会革命，亦即经济革命，谓社会上之财产，须平均分配，不为一般资本家所垄断也。三种主义，大要如此。若论种族革命，前此满清专制时代，四万万人民，受其压抑，莫敢谁何。苟且偷安者流，复不知民族主义，甘心俯首，乐为臣仆而不辞。自经本总统提倡革命以后，稍有知识者，虽亦知汉族不宜受治于满人，然终不免迟疑却顾，以为满人已占居优势地位，根深蒂固，论土地则有二十行省，论兵力则有海、陆各军。以身无尺土，手无寸铁之一人，纵使鼓吹革命，将操何术以胜之？是直螳臂挡车，多见其不知自量。故当时有笑余为疯汉者，谓此事绝对不可能。余则深信革命乃顺天应人之事业，其不成功者，不为也，非不能也。彼满清之于中国，以少数人之压制多数人，以野蛮人压制文明人，在理在势，均所不可，吾何惴焉？因有此决心，遂能贯彻主张，使革命思潮，渐次膨胀，终乃有武昌起义之事，民族革命，始能实现，此则由革命党人以革命精神铸成之。所惜者，推翻满清之后，革命党人以为已奏凯歌，踌躇满志，不于政治上、社会上，同时加意改良，故直至今日，建设事业尚未完成也。

　　今所述者，为精神教育。欲知精神教育，当先知精神为何物？欲知精神之为何，当先下定义。定义云者，就于一种事物，以简单之说明，能确知其为何事何物之谓也。比如，人在世界，究为何物？从哲学上解释，要确知人之所以为人的真义若何，始为圆满答复。若云人就是人，不得谓之定义。依余所见，古人固已有言，"人为万物之灵"。然则万物之灵，即为人之定义。至于精神定义若何？欲求精确之界限，固亦非易，然简括言之，第知凡非物质者，即为精神可矣。

精神之为何？须从哲学上研究之。旷观六合之内，一切现象，鳌然毕陈，种类至为繁夥。今先就其近者小者言之，一室之内，一案之上，茶杯也、木头也、手表也，奔赴吾之眼中者，吾皆能缕指其名，以其有质象可求也。再由一室一案推而至于桂林一省，地大物博，种类更多，或有为吾所不能知，所不能名者。再由桂林推而至于各省，或全国，或世界，则形形色色，虽集多数博物家，不能考求其万一。物类之繁，概可知已。然总括宇宙现象，要不外物质与精神二者。精神虽为物质之对，然实相辅为用。考从前科学未发达时代，往往以精神与物质为绝对分离，而不知二者本合为一。在中国学者，亦恒言有体有用。何谓体？即物质。何谓用？即精神。譬如人之一身，五官百骸皆为体，属于物质；其能言语动作者，即为用，由人之精神为之。二者相辅，不可分离，若猝然丧失精神，官骸虽具，不能言语，不能动作，用既失，而体亦即成为死物矣。由是观之，世界上仅有物质之体，而无精神之用者，必非人类，人类而失精神，则必非完全独立之人。虽现今科学进步，机器发明，或亦有制造之人，比生成之人，毫发无异者，然人之精神不能创造，终不得直谓之为人。人者有精神之用，非专恃物质之体也。我既为人，则当发扬我之精神，亦即所以发扬为人之精神，故革命在乎精神。革命精神者，革命事业之所由产出也。

精神与物质相辅为用既如前述，故全无物质亦不能表现精神，但专恃物质，则不可也。今人心理往往偏重物质方面，若言北伐，非曰枪枝务求一律，则曰子弹必须补充，此外种种武器，亦宜精良完备，一若不如是，则不能作战者。自余观之，武器为物质，能使用此武器者，全恃人之精神。两相比较，精神能力实居其九，物质能力仅得其一。何以知其然也？试以武昌革命为例：当日满清之武器，与革命党人之武器，以物质能力论，何啻千与一之比较。革命党人独不虑以卵敌石，乃敢毅然为之者，因其时汉口革命机关业已破露，党人名册亦被搜获，兵士之入党者，均为查悉，悉数调往四川，仅有炮兵、工兵两营留驻武汉，其中同志尚多。有熊秉坤者，新军中一排长耳，见事机已迫，正在大索党人，若我不先发制人，终必为人所制，置于死地而后生，等死耳，不如速发难。因将此意，告诸同志，佥以无子弹对，后由熊秉坤向其友之已退伍者，借得两盒子弹，分授同志，革命之武器所恃者，仅有此数。枪声一响，炮兵营首先响应，瑞澂、张彪相继逃窜，武汉遂入革命党人之手。彼满清方面军队非不多也，枪弹非不备也，当革命风声传播之时，瑞澂且商诸某国领事，谓若湖北有事，请其拨兵舰相助。布置如此周密，兵力如此雄厚，乃被革命党人以两盒子弹打破之。诸君试想，两盒子弹，至多不过五十颗，即使一一命中，杀敌不过五十人，能打破武昌乎？余以为打破武昌者，革命党人之精神为之。兵法云，先声夺人。所谓先声，即精神也。准是以观，物质之力量小，精神之力量大，可于武昌一役决之。此第就本国而言，已有此先例。试再言外国。前此意大利人，有加利波利地者，为一有名之革命家，彼亦非有如何武器能力，当其渡海攻城也，以一千人与三万人敌，相持四五日，卒由他路抄袭入城。此在战略上、战术上，无论如何，均不能取胜，而事实之相悬若此，将谓以少胜众乎？直乃精神胜物质耳！又如日俄战争，俄国兵力多于日本数倍，未战之先，咸以为日本之于俄国，不啻驱羊豕以膏虎吻，必无幸也。何以战争结果，卒以俄败而日胜？此无他，俄之败，败于无精神，日之胜，胜在有精神而已。

诸君不观夫牛与童子乎？牛之力量大于童子，人皆知之，而童子能以一绳引牛，东则东，西则西，牛乃不能奋其一角一蹄，以与童子抗，且甘心俯首，惟命是听者，是则何耶？童子有精神，牛无精神，故童子之力量虽不如牛，而能以精神制驭之，此尤显而易见之例也。依上面各例，则知此次北伐，亦唯恃有精神，即能制胜。可勿问敌人子弹多少，我之子弹多少，但问我之精神如何？若无精神，子弹虽多，适以资敌；一旦临战，委而弃之，非为敌人运输战利品乎？故两国交战，能扑灭敌国之战斗力者，即在扑灭敌人之精神，而使失其战斗能力。兵法有言："攻心为上，攻城次之。"攻心者务先打破敌人之精神，取得城池，犹其后也。去年粤军回粤，既下惠州，桂军闻风破胆，先自逃窜，我乃兵不血刃，长歌而入广州城矣。此足见物质之不可恃。所谓"固国不以山溪之险，威天下不以兵革之利"者，其道何在？精神为之也！

诸君皆曾受军事教育者，自必富于军人之精神。惟现今之为军人，与前不同，须具有特别之精神，造成革命军人，方能出国家于危险。以现势论，瓜分中国之说，表面上似甚冷静，实则不然。其在以前，此种论调颇高，吾国人士尚抱有亡国亡种之痛，思所以挽救之。自武昌革命而后，乃渐归沉寂，以为外国不复言瓜分，中国遂亦相与忘之，此乃大误！现时之中国，前途险象，较前尤甚。南北分立之局，扰攘数年未能统一。北方内部且复各树私帜，如张作霖、曹锟、吴佩孚等，割据地盘，拥兵自卫，政治之坏，过于满清，人民转徙流离，如在水深火热之中，待援孔亟。援之之法维何？须用革命之手段。用革命之手段，则须负革命之责任。革命之责任者，救国救民之责任也。诸君既为军人，又为革命时代之军人，倘不能负此责任，坐视国家之因内扰而召外患，驯至于国亡种灭，其咎将谁尸耶？

诸君在此听讲，有为滇军者，滇人必知滇事，且必愿闻滇事。夫与滇省接壤者，非有缅甸乎？非有安南乎？缅甸则征服于英国矣！安南则并吞于法国矣！试以安南言之，法国对于安南，专用一种愚民政策，诸君试思安南人，所读何书？则犹是从前之八股文也！凡关于新教育之知识，毫不使之闻知，且禁绝之。前此有三十余人，自安南潜渡日本留学，事为法国政府所闻，向日本政府要求，将其悉数解回。日本碍于邦交，遂允其请，送回之后，即不知此三十余人之生命如何矣。英国对于缅甸，亦用此种政策。盖恐其知识增进，思想发达，将脱离而独立也。如缅甸、安南者，实为吾国前车之鉴。倘不及时振奋，仍复自私自利，酿成四分五裂之局，中国前途，何堪设想！诸君再观英国所用政策，便当觉悟，彼非以西藏之兵来攻打箭炉耶？西藏为中华民国五族之一，固明明中国人也；中国人而可以攻中国，中国人而可以为外国人效力来攻中国，此其例即如满清咸丰时代，英、法联军因鸦片事件与中国构衅，英国即招中国广东潮州人为兵，号称潮勇者，使之攻大沽、攻天津、攻北京，焚圆明园。凡此诸役，皆潮勇为之。以中国人攻中国人，以中国人为外国人效力攻中国，可痛孰甚！现时国势至此，民穷财尽，已达极点。凡为中国人，而又为此时之中国军人，倘尚不思救国救民，纵使外国不复瓜分，中国亦将束手待毙。诸君固皆曾受军事教育者，当知军人之职志，在防御外患，在保卫国家。今先问中华民国是否为完全独立之国家，不受外国之箝制？以余观之，固犹未完全成立也。国会虽选出本总统，而内乱尚未戡定，各省之在北方势力范围者，尚居多数。北方已丧失对外之资格，而正式政府又未经各国承认。当此危亡绝续之交，非先平内乱，而以革命救国不可；以革命救国，非有革命精神不可！无革命精神，则为法属之安南，终受势力屈伏；有革命精神，则为英属之爱尔伦，终得踞起自治。此外再征印度及高丽，益知革命精神之必要。印度久受英国压迫，近亦引起反动，其革命思想，与前不同。观最近英文报所载，印度人之革命而被英国政府逮捕者，为数达六百余人，可见印度之革命精神，颇有进步，未必终为英国所屈也。高丽亦然，日本之待高丽，异常苛酷。高丽人本富有革命精神，不甘受制，处心积虑，为独立之运动者已久。日本虽防之綦严，然若高丽人始终坚持，则必有能达目的之一日也。若论中国领土，如安南、如高丽、如缅甸、如西藏、如台湾等，或为中国属国，或为中国属地。要而言之，前此皆中国领土也，今乃已入外国版图，中国对于各土地之主权，亦同时随之丧失矣。诸君经过各通商口岸地方，最目击伤心者，为外国人管理海关一事。海关乃中国政治机关，质言之，中国之金库也。金库锁钥，操诸外国人手，国安得而不危？救危之法，御外侮先自平内乱始。故在今日而言救国救民，必要革命。革命须有精神，此精神即为现在军人之精神。但所谓精神，非泛泛言之，智、仁、勇三者，即为军人精神之要素。能发扬这三种精神，始可以救民，始可以救国。以下试再分别述之。

第二课　智

军人之精神，为智、仁、勇三者。今先言智。智之云者，有聪明，有见识之谓，是即为智之定义。凡遇一事，以我之聪明，我之见识，能明白了解，即时有应付方法，而根本上又须合乎道义，非以尔诈我虞为智也。智之范围甚广，宇宙之范围，皆为智之范围，故能知过去未来者，亦谓之智。吾人之在世界，其知识要随事物之增加，而同时进步，否则渐即于老朽颓唐，灵明日锢。是以智之反面，则为蠢、为愚。

智何自生？有其来源，约言之，厥有三种：一、由于天生者，二、由于力学者，三、由于经验者。中国古时学者，亦有生而知之，学而知之，困而知之之说，与此略同。凡人之聪明，唯各因其得天之厚薄不同，稍生差别，得多者为大聪明，得少者为小聪明，其为智则一，此由于天生也。若由学问上致力，则能集合多数人之聪明，以为聪明，不特取法现代，抑且尚友古人，有时较天生之智为胜。例如甲乙二人，甲聪明而不好学，乙聪明虽不如甲，而好学过之，其结果乙之所得，必多于甲。此则由于力学也。此外亦有不由天生，不由力学，而由经验得来者。谚云："不经一事，不长一智。"故所历之事既多，智识遂亦增长，所谓增益其所不能者，此由于经验也。要而言之，智之来源，不外此三者而已。

军人之智：

一、别是非，

二、明利害，

三、识时势，

四、知彼己。

诸君皆为军人，须知军人之智为军人精神之一种，尤须知军人之智，在乎别是非，明利害，识时势，知彼己。试再分述如下。

何言乎别是非也？凡为军人，要先知自己所处之地位，与所负之责任如何？军人者，为社会分工，有保卫国家及人民之责任也。何谓分工？社会上之事业，非一人所能独任，如农业、如工业、如商业等，在乎吾人自审所长，各执其业，此之谓分工。试再举例以明之：若使以吾一人漂流孤岛，造饭也、打鱼也、摘果也，既无他人可以分任，非若住居城市，惟意所适，造饭则有司爨，即至打鱼、摘果，亦皆有各司其事者。故一人之世界，与有社会之世界不同，欲求一饱，须兼数役，其困难可知。又不独饮食为然，如欲避风雨，御寒暑，则须自造房屋，自为木工；非若在市镇地方，欲建高楼大厦，但解囊出资，便可集事，不须自执工人之役也。由此观之，一人之单独生活，较众人之共同生活，难易有别。倘同时漂流孤岛者，其数能及十人，则举凡做饭、打鱼、摘果、建屋诸事，不必集于一身，可以分功为之，如此则劳苦减少，而所得效果亦多。社会者，即分工之最大场所也。合农、工、商等之各种组织，而始成一大社会。故社会之事业，愈分愈多，则愈形活动。诸君之为军人，亦不过为社会分工之一而已。彼为农、为工、为商者，因各有所事，不能躬执干戈，故有待于军人之保护。而军人之生活，则皆取给于彼，衣、食、住、行四者，皆不须自为，而有人代为之。然则军人所为何事？对于社会所担任之职务何在？是在乎保护人民与保卫国家，凡军人分所应为之事，亦即在此。但如何而始能尽此卫国卫民之职务乎？其最先、最要者，为别是非。是非于何别之？军人所以卫民，利于民则为是，不利于民则为非；军人所以卫国，利于国则为是，不利于国则为非。是非不明，则已无军人之精神，何能卫民？何能卫国？以余观之，现时军人，虽非无能明是非者，但亦有利令智昏之辈，往往只顾目前，以为我有枪在，对于人民何求不得。于是军人之名誉扫地，应尽之军人责任，亦全然抛弃，不能保民，反以害民。社会何贵有此军人？国家亦何赖有此军人？诸君既为军人，则当思为社会分工，为人民为国家负责。而所以能分工能负责者，即在别是非；是非之别，即在合乎道不合乎道，惟诸君自择之。

何言乎明利害也？利害之与是非，本相因而至。譬如军队所过地方，真能秋毫无犯。则民必争先恐后，壶浆箪食以迎之。故利民者，民亦有利于我；其恃强骚扰，则民皆望望然去之，如避虎狼。观去年桂军与粤军开战时，往往桂军正在前方攻击，而后方人民出其不意，用种种方法破坏之，或截留械弹，或不供食品，此则因桂军平日虐待人民，故人民以此报之。可见害人者，适以自害。利害之间，在乎自审。但以利害务求其远者、大者，勿贪其近者小者。何谓远者大者？军人以卫国卫民为己责，其利亦即在此。但因吾国现时之国势，故曰利害之与是非相因而至。是则为利，利可为也；非则为害，害不可为也。明乎此，始可谓智，始可为军人，始可为革命之军人。

何言乎识时势也？诸君此次远来桂林，更须渡长江而捣北京，志在统一中国，造成完全独立之新国家。试问此事，为何等事业？为此事者，果有如何把握乎？是在审时度势而已。古人有言："虽有智慧，不知乘势，虽有镃基，不如待时。"则知识时势之必要，固非独军人为然，而在军人尤甚。何谓时？即时机成熟与否之问题。成熟则可为，且为之也易。不成熟则不可为，且为之也难。例如种果，果已熟矣，摘而食之，味必甘美，反是则否。种稻亦然，未至收成之期，虽欲助长，不可得也。何谓势？即势力之顺逆，与难易之比较是也。如同一石也，推之下山则势顺，而用力易，若欲移石于山上，则势逆，而用力难。时势之宜审度若此。此次北伐，以义师而推倒北方之军阀官僚，直如摘已熟之果，获已熟之稻，既至其时，应手而落。又如由高山推石，使之下坠，乘势利便，毫不费力也。现时北方人民，对于北方之腐败政府，厌恶已极，日望南方之援手，俾得早出陷阱之中。大军一临，势如破竹，此即若推石下山之例，顺而且易，只问推之与否，推则未有不下者。或以为北方之军队，枪械较我完备，北伐岂能必胜？而不知时势既已至此，事半功倍，取之甚易。我则得道多助，彼则众叛亲离，军队虽多，犹市人也；枪械虽足，犹外府也。故曰：乘时与势，无不成功。诸君犹以为国家尚未完全造成，故军人之希望甚为微薄，且渺不可知。造成此完全之国家，即全在军人，有完全之国家，斯有远大之利益，请以英、美各国待遇军人之方法，与诸君言之。英、美之待军人，凡服兵役至一定之年限而退伍者，给以全粮，国家且为择相当之业务；所生子女，由国家给养。又有其子方服兵役，而父母无以为养者，亦由国家扶助之。其在阵战死亡者，子女扶养，须至一定之年限，即子能成立，女已出嫁之谓；父母则给养终身，妻不嫁者，亦如之。彼英、美各国优待军人如此，故军人亦争出死力以卫国家。吾国军人，则以未有完全国家，前途如何，希望如何，皆难预揣。或者今日入伍，明日解散，亦不可知。以滇军论，不特无完全国家，且远离本省，转战多年，其苦尤甚。此后欲求自己之远大利益，则当乘此革命时机，用革命手段，造出新国家，亦如英、美各国之军人，退伍则给予全粮，即父母妻子，亦皆有所资以为养，斯则为军人之利之远且大者。若不此之为，徒贪近利小利，今日抢一商店，明日掠一富家，甚至借拉夫之名，施行劫之实，所获无几，而怨谤之积，乃如邱山，此不特无利可言，且为大害。所以观去年桂军受广东人民后方之扰，卒至一败而不可收拾者，是其例也。军人者，有救国救民之责任，宜思建设新国家，以为吾终身及子孙之倚赖。且其利不独在军人，四万万人民咸受其赐，其远大为何如耶？倘仅贪目前之近利小利，实则害也，非利也。利害不明，已不能自卫其身，又安能卫国？又安能卫民？时机未至耶？实则十年以前，已早成熟。倘武昌革命之时，乘势打破北京，摧陷而廓清之，北伐之事，不必迟至今日。此即若种果、种稻，已至成熟之期，不摘不获，终亦腐烂而已。时不可失，一误岂容再误，愿诸君勉之！

何言乎知彼己也？古人云："知己知彼，百战百胜。"彼即敌人也。现在北方军队，其内容极形复杂，约可分为三大部分：一为奉系之张作霖；二为直系之曹锟及吴佩孚；三为皖系之段派军队，如浙卢、闽李、陕陈皆是。此三派者，兵力相等，同床异梦，相争而莫敢先动，则成相持之势。独吴佩孚跳梁其间，而为奉皖所同忌。吴一穷酸秀才耳，既为旅长之后，骗取南方金钱，扩张军队，屡发通电，以赞成共和，建设民治为言，一时人士，受其欺蒙，北方伪政府，亦倚之如长城。彼固宣言不为督军者，今则已受伪命之两湖巡阅使；彼固矢口拥护民治者，此次入寇湖南，乃有决堤淹军之举。湘鄂人民，惨遭荼毒，争欲食其肉而寝其皮，其名誉已扫地矣。即彼之内部，亦颇不稳固，如某某旧部之某某等，亦倾向我军，派人前来接洽。吴佩孚自知天怒人怨，恐不能当北伐之师，近且派遣代表来粤，其用意如何，殊不可测，将来能倒戈以抗徐世昌与否，亦尚难知。以现势言，彼与张作霖，尤为势不两立，故时有后顾之忧。更据要言之，则此三派之人，固已无一愿效忠尽力于北庭者。以上所述，为彼方之情形。至若自己之情形，则如何耶？两粤固无问题，云南、贵州、四川均属一致，湘南亦准备对鄂反攻。此外，散布北方军队，其中同情于我者尚多。只须同负革命责任，发扬革命精神，以此制敌，何敌不摧？以此攻城，何城不克？此则由于南方有主义，北方无主义；南方为公，北方为私故也。以有主义与无主义战，以为公者与为私者战，胜败之数，奚待蓍龟？但观此次本大总统来桂，人民欢迎之诚意，即可窥见一斑矣！

军人之智，如前述之别是非、明利害、识时势、知彼己四者，固无疑义。但望诸君之为军人者，无论官长士兵，对于人民宜以仁义为重。须知人民与我为一体，利害与共，不过分功任事而已。

我为军人，不耕而食，不织而衣；彼乃为农、为工、为商，以供我之衣食者，即有待于我之保护。倘不能保护，而反残害之，彼若相率裹足，无复敢为农、为工、为商者，军人之衣食将谁供乎？是其受害，仍在自己。故军人之智，须以合于道义为准。诸君既各有天生之聪明，曾受军事教育，而滇军又皆身经百战，富有军事上之经验，于智之来源，固已兼备。诚能发奋其精神而光大之，何患夫北伐，又何患夫北伐之不成功耶？

第三课　仁

仁与智不同，于何见之？所贵乎智者，在能明利害，故明哲保身，谓之智。仁则不问利害如何，有杀身以成仁，无求生以害仁。求仁得仁，斯无怨矣。仁与智之差别若此，定义即由之而生。中国古来学者，言仁者不一而足。据余所见，仁之定义，诚如唐韩愈所云"博爱之谓仁"，敢云适当。博爱云者，为公爱而非私爱，即如"天下有饥者，由己饥之；天下有溺者，由己溺之"之意，与夫爱父母妻子者有别。以其所爱在大，非妇人之仁可比，故谓之博爱。能博爱，即可谓之仁。

仁之种类：

一、救世之仁，

二、救人之仁，

三、救国之仁。

仁之种类，有救世、救人、救国三者，其性质则皆为博爱。何谓救世？即宗教家之仁，如佛教、如耶稣教，皆以牺牲为主义，救济众生。当佛教初来中国时，辟佛教者颇多，而佛教教徒，乃能始终坚持，以宣传其主义，占有强大势力。耶教亦然，不独前在中国传教者，教堂被毁，教士被害，时有所闻；即在外国，新教亦迭遭反对。然其信徒，则皆置而不顾，仍复毅然为之，到处宣传，不稍退缩。盖其心以为感化众人，乃其本职，因此而死，乃至光荣。此所谓舍身以救世，宗教家之仁也。何谓救人？即慈善家之仁。此乃以乐善好施为事，如寒者解衣衣之，饥者推食食之，抱定济众宗旨，无所吝惜。居于乡，而乡称仁；居于邑，而邑称仁。此谓舍财以救人，慈善家之仁也。何谓救国？即志士爱国之仁，与宗教家、慈善家同其心术，而异其目的，专为国家出死力，牺牲生命，在所不计。故爱国心重者，其国必强，反是则弱。试以日本为例，初本弱小，自战胜俄后，乃一跃而与列强并峙，其故安在？即在于日本人之爱国心。爱国心于何见之？当旅顺之役，日本欲封锁海口，阻遏俄兵出路，须炸沉多少船舻，然此为九死一生之事，故日本之司令官，不欲以命令行之，而欲征求诸将士之志愿，有敢死之士数百人即可。而其结果报名者，竟达数千，乃用拈筹之法，以定取舍。传闻当时有筹数雷同之甲乙二人，互争前往，其不得往者，竟至蹈海而死，以表决心，由是军心大为感动，日终胜俄。此所谓舍生以救国，志士之仁也。

军人之仁，果如何耶？其目的在于救国，故自有军人以来，无不曰为国尽力。但专制国之军人，与共和国之军人，又有不同。专制国家乃君主个人之私产，认定君主即为国家，故在此专制国之军人，只可谓忠于一人一姓，为君主出死力，非为人民而牺牲也。若在共和国，则国家属于全体人民，而牺牲者，即同时为国家尽力也。专制国与共和国之军人，相异之点若此。然国家之本质如何？为军人者，亦不可不知。据德国政治学者之说，彼则谓国家以三种之要素而成立：第一为领土。国无论大小，必有一定之土地为其根据，此土地，即为领土。领土云者，谓在此土地之范围，为国家之权力所能及也。第二为人民。国家者，一最大之团体也，人民即为其团体员，无人民而仅有土地，则国家亦不能构成。第三为主权。有土地矣，有人民矣，无统治之权力，仍不能成国。此统治权力，在专制国，则属于君主一人，在共和国，则属于国民全体也。

现今之中华民国，虽为共和国家，尚非完全真正之民主国。因武昌革命以后，仍为官僚政治，武人政治，一切政权，悉操其手，彼固不知共和主义为何物，国利民福为何事，救国报民为何等责任也。我南方军人，不思救国救民则已，不负此救国救民之责任则已，负此责任，则非徒托空言，须有一定之主义，始可以成仁，始可以成功。观前此革命先烈，前仆后起，视死如归，即为主义而牺牲也。主义维何？三民主义是也。三民主义，已于第一课略述，兹再分析说明如下。

三民主义中，第一为民族主义。欲言此主义，当回溯武昌革命以前，其时汉族受治于满人，土地全被占据，二百余年中，尊鞑子为皇帝。鞑子者即满洲人也，或亦称为鞑虏。初入关时，亦多有起而与抗者，卒以绌于实力，遂至失败。扬州十日之惨杀，真痛史也！自是而后，满人日施其压制手段，愚民政策，人民乃渐忘亡国之痛，甘心服从。自余提倡革命以来，人心稍稍感动，民族主义，渐次膨胀，一般志士，遇害颇多，杀一人复生十人，杀十人复生百人，由是革命思潮，震荡全国。直至武昌起义，始将满人推翻，光复汉族。然则时至今日，民族主义可以不言乎？未也。前者满人以他民族入主中国，僭称帝号，故吾人群起革命。今则满族虽去，而中华民国国家，尚不免成为半独立国，所谓五族共和者，直欺人之语！盖藏、蒙、回，满，皆无自卫能力。发扬光大民族主义，而使藏、蒙、回、满，同化于我汉族，建设一最大之民族国家者，是在汉人之自决。若不及今振拔，将来恐将流为他国奴隶。而振拔之责任，尤为军人是赖。军人者，拥护国家者。故须将中华民国国家臻进于独立之地位，然后民族主义，始为圆满解决。否则满族虽已排斥，代满族而起者，虎视耽耽，正复繁多，其结果将如缅甸之征服于英国，安南之吞并于法国，是则大可忧也！

吾国今日所以堕落于半独立国之地位者，追原祸首，其咎在满人。彼满人固最富于民族思想者，种种政策，无非压抑汉人，因汉人之文明智识，皆在其上，深恐汉人果占优胜，必为其害。满人中有端方者常言："宁可送与朋友，不可给与家奴。"彼盖以朋友比外国，以家奴比汉人。故在满清时代，凡割让土地，丧失国权之事，甘心为之，绝无顾忌。直至革命以后，满清虽已推倒，而已失之国权与土地，仍操诸外国，未能收回。以言国权，如海关则归其掌握，条约则受其束缚，领事裁判则犹未撤销；以言土地，威海卫入于英，旅顺入于日，青岛入于德。德国败后，而山东问题尚复受制于日本，至今不能归还。由此现象观之，中华民国固未可谓为完全独立国家也！吾人若以救国为己任，则仍当坚持民族主义，实行收回已失之土地与国权，始能与日本、暹罗同为东亚之独立国。勿谓满清已倒，种族革命已告成功，民族主义即可束诸高阁也。

次言民权主义。前此帝制时代，以天下奉一人，皇帝之于国家，直视为自己之私产。且谓皇帝为天生者，如天子受命于天，及天睿聪明诸说，皆假此欺人，以证皇帝之至尊无上。甚或托诸神话鬼语，坚人民之信仰，中国历史上固多有之。现今民智发达，君权国已难存在，且受革命思潮之影响，大多数倾向民权政治，敢断言将来世界上无君主立足之地。其在欧洲各国中，则以英国为先觉，革命最早，造成立宪国家，一切政权在于国会，君主权力须受法律上之制限。此外如法国，亦几经革命而始成今日之民权国。欧战以后，德国、俄国乃亦一变而成为民权国。夫德国固素以德意志帝国主义自雄者，不图反对帝制之革命，一鼓成功。俄国亦号称极端专制，而政治革命与社会革命乃竟同时并举，遂有劳农政府之建设。此征诸外国民权主义之发达与倾向，已有明证。即言吾国，满清既倒而后，或尚以为帝制死灰可以复燃，故袁世凯称帝时代，上劝进之表者，颇不乏人，然前后八十日间，终归泡影。此后张勋复辟，率兵入京，乃亦不旋踵而败。足见君权之不能战胜民权，为世界潮流，为古今公例，不可强而致也。

君权国者，为君主独治之国家，故亦曰独头政治。民权国者，为人民共治之国家，故亦曰众民政治（但如代议制之民权国，非由人民直接参与政权者，尚不得谓纯粹之众民政治）。试以经营商业为例，有东家生意，与公司生意二种。东家生意者，由东家一人主持之，公司生意者，由股东多数人主持之。君权国即如东家生意，权在君主一人。民权国即如公司生意，权在股东多数人。今日之中华民国国家，固一民权国也，既曰民权国，则宜为四万万人民共治之国家。治之之法，即在予人民以完全之政治上权力，可分为四：一、选举权，凡为中华民国人民，皆有此选举权，亦曰被选权。由人民选出官吏，担任国家或地方之立法行政机关各事务，此官吏即为公仆。二、罢官权，人民对于官吏有选举之权，亦须有罢免之权，如公司中之董事，由股东选任，亦可由股东废除也。三、创制权，由人民以公意创制一种法律，此则异于专制时代，非天子不议礼，不制度也。四、复决权，此即废法权，法律有不便者，人民以公意废止，或修改之。以上四种为直接民权。有此直接民权，始可谓之行民治。彼北方之吴佩孚，亦尝云赞成民治矣，而近来行为，适得其反。彼固非真知民治者，不过假冒名义，以资号召，为自己保势力固地盘之兑换券耳。夫民权者，谓政治上之权力完全在民，非操诸少数武人或官僚之手。吾国久受专制余毒，武昌革命以后，由帝治而移于官治，民气仍遭抑压，现虽高揭民治标帜，而一般人民，尚不知直接民权为何物，是在吾人竭力提倡，务使民权日益发达，然后民治乃可实行也。

民族与民权主义，既如前述，兹再就民生主义言之。此三种主义，皆为平等、自由主义，其效力本属相通，故主义虽各分立，仍须同时提倡。民族主义者，打破种族上不平等之阶级也。如满清专政，彼为主而我为奴，以他民族压制我民族，不平孰甚？故种族革命因之而起。民权主义者，打破政治上不平等之阶级也。此为对内，而非对外，与民族主义不同之点，即在乎是。如君主政治、贵族政治，皆为独裁政治，人民无与焉。是则以一人（君主）或少数人（贵族）压制多数人，故常因反动之发生，遂成政治革命。若夫民生主义，则为打破社会上不平等之阶级也。此阶级为贫富阶级，如大富豪、大资本家，在社会上垄断权利，一般人民日受其束缚驰骤，陷于痛苦。故常有富者田连阡陌，而贫者地无立锥之叹，社会革命，势不能免。以中国论，现时虽尚无大资本家专制之弊，然将来实业发达，则亦必有社会革命问题发生。或谓中国既无资本家，何必提倡民生主义，岂非无病呻吟欤？不知其于中国民族主义，与民权主义，皆因治病而求艾；民生主义，则为思患而预防。及今不图，后将为患。故卫生之与疗病，自亦不同，一则防之于未然，一则治之于已发也。中国今日虽无大资本家，然其见端固已有之。试以上海、广州二处为例，上海之黄浦滩，前时一亩之地，不过价银二十两，现时地价则不知涨高几倍。广州之长堤，当未辟马路以前，每一亩地仅值五六百元，今则有一亩而索价三四万元者矣。将来此种土地，尽入资本家之手，一般贫民之痛苦，即因之以生。盖资本家必先以贱价收置贫民之土地，迨全行收置之后，复以高价租赁于一般贫民，贫民无如何也。衣食亦然，若俱为资本家所垄断，生活与工价不能相应，遂致富者愈富，贫者愈贫，如美国工人工钱虽多，而生活仍难维持，已陷于此种之困境，即其明证。再举一例，以桂林论，固素称山水甲天下者，然非独千岩竞秀，徒为美观而已，实则桂林之大富源，即藏于此。试观桂林周围之石山，即洋灰之好原料也，将来实业发达，将此石头造成洋灰，即所谓士敏土。洋灰之销路甚多，用途甚广，开发此石山之资本家，其所得利益，将不可以数量计，犹如美国之煤油大王亦可称为石头大王矣。由是观之，中国实业发达以后，资本家之以资本能力压制人民，固必然之势，若不预防，则必踏英、美之覆辙也。欧洲当二百年前，为种族革命时期，近一百年以来，为政治革命时期，现今则为社会革命时期。此三者，一线相承，故须同时唱导三民主义。但观英、美今日之社会问题，便当自觉，因彼于政治革命成功后，不复计及社会革命，故有此弊。若俄国现时之新政府，则有鉴于此，乃以政治革命与社会革命同时并举。所谓劳农政府者，直乃农工兵政府，即以为农、为工、为兵者组织而成之政府也。彼之新政府，不独推翻君主专制，且实行打破资本家专制，是即所谓社会革命，亦即所谓民生问题。各国深恐此主义传播其国内，人民受此影响，势将起而效尤，故互相联合，以与俄国战。迄今四年，仍不能战胜俄国，此则俄国之以主义胜也。

中国今日民穷财尽，所患在贫。而各国之所患，则在不均。以余观之，贫富问题，即分配不均问题。欲谋救贫之法，同时须先将不均问题，详加研究，故民生主义，必不容缓，否则三十年后，产出多数资本家，其害殊非浅鲜！第就吾国现势而论，此民生主义为预防政策，但须研究对于将来之资本家加以如何之限制，而不必遽学各国将资本家悉数扫除。因吾国现时尚鲜大富豪，将来纵或有之，果使先事预防其弊，亦不如欧、美之甚。预防之法维何？依余所见，不外土地问题与资本问题。对于土地，宜先平均地权，此与中国古时之井田同其意，而异其法。法之大要有二：一为照价纳税，一为照价收买。照价纳税者，即为值百抽一法。例如每亩值二十元，纳税二毫，累进以至于每亩值二十万元者，纳税二千元。如是则地税之输纳，胥得其平矣。但照价纳税，必先自规定地价始。英国尝有估价局之设，且尚虑估计不平，人民有不服者，许其伸诉，因复有控诉衙门。然此法势不能行于中国，恐徒滋扰。不如由人人自行估价呈报，即照其呈报之价抽税，较为简便可行。所虑者，即为希图少纳地税，抑价蒙报之一点。实则可勿虑也。苟同时规定照价收买之法，即可免此弊，例如有地一亩，价值千元，年应纳税十元；若彼以图减税额之故，只报每亩值百元，而每年税额仅纳一元已足，是诚于彼有利，然一经照价收买，则原报价值百元者，国家得以百元收买之，其受损不益甚乎？如是则地主以豫防他日之收买故，必不敢抑价蒙报，此土地问题之解决方法也。至若解决资本问题，必先振兴实业。中国现正患贫，岂有资力兴办？余则主张借外债，以从事生利事业，不可以供消耗之用，如北庭剜肉医疮之所为。宜以之开辟市场、工厂及一切矿山、铁路，定为国有。中华民国国家者，为四万万人民共有之国家，此种事业，既为国家所有，即为四万万人民所共有，不至操纵于少数资本家之手，始可谓之国利民福也。

以上三种主义，为军人之精神所由表现，亦即为军人之仁所由表现。军人者，以救国救民为目的，有救国救民之责任。国与民弱且贫矣，不思有以救之，不可也；救之而不得其道，仍不可也。道何在？即实行三民主义，以成救国救民之仁而已。

第四课　勇

军人之精神，为智、仁、勇三者。既有智与仁矣，无勇以济之，仍未完备。兹述军人之勇，须先知勇之定义如何。古来之言勇者，不一其说。一往无前，谓之勇；临事不避，谓之勇。余以为最流通之用语"不怕"二字，实即勇之定义，最简括而最确切者。孔子有言"勇者不惧"。可见不惧即为勇之特征。孟施舍古之勇士，其言曰："舍岂能为必胜哉？能无惧而已矣。"由是以观，不怕即勇之定义，决无可疑。但军人之勇，须为有主义、有目的、有知识之勇始可。否则逞一时之意气，勇于私斗，而怯于公战，误用其勇，害乃滋甚。今再就勇之种类，分别言之。

勇之种类不一，有发狂之勇，所谓"一朝之忿，忘其身，以及其亲"者是也。有血气之勇，所谓"思以一毫挫于人，若挞之于市朝"者是也。有无知之勇，所谓"奋螳臂以挡车轮"者是也。凡此数者，皆为小勇，而非大勇。而军人之勇，是在夫成仁取义，为世界上之大勇。古人有言："遇小敌怯，遇大敌勇。"即恐轻用其勇，误用大勇，徒成为游勇之勇。彼桂军多系游勇出身，此次粤军援桂，桂军一遇粤军，辄即溃败，其故何耶？则以无主义、无目的、无知识故，虽有小勇，于事奚济？诸君试观沈鸿英军队，在桂军中颇以善战名，自去年自广东败窜回桂，复由桂败窜而走湖南，转入江西，残部仅二三千人，所过地方，如入无人之境，似具勇气者。然终系强盗性质，不得为真正军人之勇。以赣军与沈军比，赣军固真正军人也，乃沈军先至江西，而赣军尚在桂林，江西宜为赣军范围，竟被沈军侵入，此时为赣军者，正当发愤为雄，实行回赣，以雪此耻。且赣军回赣，与滇军回滇，情形不同，因赣省尚属北方地盘，滇省已为西南团体，故滇军不必回滇，赣军必要回赣。明乎此，则为有主义、有目的、有知识之大勇，所以异乎游勇之勇，而为真正军人之勇也。

军人之勇：

一、长技能，

二、明生死。

军人之勇，第一必要者为技能。诸君皆曾受军事教育，于现今各国之新战术、新武器，自必耳熟能详，无庸赘述。但武器与战术，固有关系者。以中国论，昔用弓箭，而今用枪炮，武器不同，战术亦随之而异。自海禁既开之后，与英战、与法战、与日战、与联军战，未有不败者，非无枪炮，不谙战术故也。苟谙战术，则昔日安南中之黑旗，法国患之；南非洲杜国之农民，英国患之。彼之所用战术，皆为游勇战术，最能制胜。余亦主张此战术颇适用于中国，若与北方交战，尤为相宜。约言之，有五种技能，为游勇战术中最可采取者：一曰命中，二曰隐伏，三曰耐劳，四曰走路，五曰吃粗。以下试再分别述之。

何谓能命中？军队之有无战斗力，以能杀敌与否为断，故命中为第一要件。但以命中论，即外国军队亦未必擅长。此次欧战发生，每一日中所用子弹，实不知几万万也。其在激烈战斗时，每日所用，有至十数万万者。然以其效力计之，则非万弹以上，不能中一人也。因彼之战术，乃以子弹遮拦敌人，使不得前进，故多在二千密达以外用之。若在八千密达以外，至几万密达时，则须用重炮，亦如用步枪然，多在以弹遮拦敌人之前进。此外空中以飞机战，水底以潜艇战，类皆愈出愈奇。尚有露天地洞，与闭天地洞，为炮弹所不能及者。两方兵士相遇，则以徒手搏击，甚有开战时，阒若无人，不知其战斗地点在于何处者。推其所耗子弹极多，以吨数计，总在几千几百吨以上（每一吨合中国十六担八）。此种战术，中国决不能学，因彼之制造子弹有加无已，且发弹系以机器，不费人力。现有最新式机关枪，一分钟可发一千五百颗子弹者，以一百颗为一盒，计算每一分钟可发十五盒。彼固不求一一命中，务在多发子弹，堵截敌人而已。若游勇战术则与之相反，彼视子弹如生命，非必中者不轻施放，而有五十颗子弹，便已十分满足。以现在军队论，每一兵士，至少有二百颗以上子弹，何以一言北伐，犹以为少？岂命中之技，尚不及游勇耶？诸君须知子弹之接济与补充，有在后方者，有在前方者，游勇之重视子弹，因其子弹只有此数，非遇敌人，则无补充之机会，故不在后方接济，而在取诸前方。此不独游勇为然，即如粤军自援闽以至回粤，其子弹皆取自敌人为多，而不专恃后方接济，其明征也。若在无枪炮，而用弓箭之时代，射箭比放枪更难。而古时有百步穿杨者，即在于能命中。否则临阵之际，最多随带三四十枝箭矢，若无命中能力，即不啻无的而发矢，只须数分钟间，矢尽而已亦就擒，又焉能战？枪炮亦然，不能命中，则子弹之消耗多，而杀敌之效力微。前者北京天坛之战，段祺瑞军队耗去三百万子弹，而张勋之兵死伤合计不过一百七十余人，此则由于不能命中之故。由是观之，子弹之有效，在能命中，若不能命中者，子弹虽多，皆为赘物。近时兵士，往往轻于放枪，不问命中与否，放枪时，甚有高抬两手，或紧闭眼睛者，此何异于无的而发矢！须知子弹至为宝贵，中国既无若干大兵工厂，不宜学欧洲战术，以子弹为遮障，宜学游勇战术，视子弹如生命。但平时须练习射击，务求命中，不使虚发。此为军人之勇，有恃无恐之第一要件也。

何谓能隐伏？即避弹方法。但此种避弹，非如义和团之用符咒，乃系利用地形，为人身之屏蔽。余在安南时，常以此询诸一般游勇，彼云："人立地上，靶子颇大，敌人一望即知，故须藉地形以为埋伏之所，或藏在石头后，仅露其首，以使靶子缩小，敌人无标的可寻，我尚可从容窥探其举动，即在子弹如雨之际，尤宜深自闭藏，勿庸惊窜，因此时前后左右必无敌人踪迹也。"游勇之所述者如此，彼盖得诸经验，而与操典中所谓利用地形或地物者，却相暗合（地形属于天然的，如石头是；地物属于人工的，如一切建筑物是），故隐伏亦为技能之一。

何谓能耐劳？此与隐伏相关联者。我亦尝闻诸游勇，彼谓：隐伏秘诀只是"不动"二字，至少须能耐十二小时之劳，直至夜深始可潜行。因子弹之速力，异常快捷，人虽有追风之绝足，必不能过于子弹。走避易为所中，不如耐心隐伏，较为安全也。此尚有实例可征，前此黄克强在钦廉起事时，有一次仅剩四人逃在山上，敌人之围攻者，约六百人，然彼实不知仅有四人也，来攻时，皆用三十人为前锋。而此四人者，如何抵御？据其事后所述，敌人未来时，则隐伏不动，俟彼来袭近，在五十步左右，始行开枪。每开一排，必死二三人，连开三四排，敌人之死者十余人，卒以脱险。此一役也，即全在有命中、隐伏与耐劳之技能，否则以四人敌六百人，宁有幸耶？

何谓能走路？现时中国尚未有完全铁道，行军之际，专恃走路。练习之法，只须日行二十里，十日以后，每日递加五里，如此则不觉劳顿，而脚力自健。彼游勇战术，亦即以善走称。尚有实例可征，北军一到南方，每以山岭崎岖为苦，南军则如履平地，快捷异常，是为我之所长，敌之所短。故曰走路一端，亦为技能之必要，不可不注意也。

何谓能吃粗？游勇所恃之粮食，即此炒米一种，每人携带十斤，可支六七日，不至苦饥。遇有作战时，且无须费做饭时间。此亦为游勇之特长，胜于正式军队者。去年湖南援鄂之役，其始占据地方不少，卒因后路补充缺乏，乃至于败。粮食亦为补充之一，倘能如游勇之吃粗，则于行军极为简便，既免飞刍**挽**粟之苦，而给养亦不患烦难也。

军人之勇，于技能以外，更有明生死之必要，不明生死，则不能发扬勇气。所谓勇，即"不怕"二字。然暴虎冯河，人之所能独至于死，则未有不怕者，以欲生恶死，人之常情也。研究此问题，为哲学上问题，人生不过百年，百年而后，尚能生存否耶？无论如何，莫不有一死，死既终不可避，则当乘此时机，建设革命事业。若仅贪图俄顷之富贵，苟且偷活，于世何裨？故死有重于泰山，有轻于鸿毛者，死得其所则重，不得其所则轻。吾人生今日之世界，为革命世界，可谓生得其时，予我以建功立名之良好机会。夫汤武革命，孔子且艳称之，彼不过帝王革命，英雄革命。而我则为人民革命，平民革命，乃前不及见、后不再来之神圣事业。先我而生者，既不及见，后我而生者，亦必深自恨晚，且不知若何羡慕。故今日之我，其生也，为革命而生我；其死也，为革命而死我，死得其所，未有善于此时者！诸君试观黄花岗烈士，从容就义，杀身以成其仁，当日虽为革命而牺牲，至今浩气常存，极历史上之光荣，名且不朽，然犹曰为革命失败而死也。若此次革命乃必成之功业，又何惮而不为，又何死之可怕？今日集此一堂者，大半皆在二十岁以上，至多更有八十年之寿命，终不免一死，死于牖下，与死于疆场，孰为荣誉？是在明生死之辨！如孟子所谓"所欲有甚于生者，舍生而取义也"。故为革命而死者，为成仁，为取义，非若庸庸碌碌之辈，终日醉生梦死，无所表见，又非若匹夫、匹妇之为谅，自经于沟渎，而莫知之也。诸君既为军人，不宜畏死，畏死则勿为军人。须知军人之为国家效死，死重于泰山。我死则国生，我生则国死，生死之间，在乎自择！明生死，则能鼓其勇气，以从事于革命事业，为革命军人，革命成功，可立而待，将来之幸福，且无穷极。以吾人数十年必死之生命，立国家亿万年不死之根基，其价值之重可知。诸君幸共勉之！

第五课　决心

（一）成功。

（二）成仁。

军人生在今日，有改造国家之责任。改造国家者，质言之，即造成新世界，于破坏之后，加以建设之谓。负此责任，全在吾人之决心。决心于何见之？在夫精神。精神者，革命成功之证券及担保也。军人精神，前已言之。第一之要素为智，能别是非，明利害，识时务，知彼己，然后左右逢源，无不如志。第二之要素为仁，而所以行仁之方法，则在实行三民主义。此三民主义，亦即与美国总统林肯所言民有、民治、民享之说相通。第三之要素为勇，军人须具有技能，始足应敌，而又须明于生死之辨，乃不至临事依违，有所顾忌。此三者，为军人精神之要素，欲使之发扬光大，非有决心，不能实现。但所谓决心者，须多数人决心，合群力群策而为之，非少数人所能集事。诸君要知此次出发桂林，尚须奋勇前进。虽曰桂林山水甲天下，非以此为安居乐业之地，将欲改造新世界，以求一劳永逸始可。因此所生之结果有二：一曰成功，二曰成仁。所谓成功成仁者，乃惊天动地之革命事业！吾人何为而革命？务在造成安乐之新世界，期其成功。不成功，毋宁死，死即成仁之谓，古之志士有求之而不可得者。此次诸君随本总统出发，从事革命事业，非成功，即成仁，二者而已。成功则造出庄严华丽之国家，共享幸福。不成功，则同拚一死，以殉吾党之光辉主义，亦不失为杀身成仁之志士。虽然均一死也，有泰山、鸿毛之别。若因革命而死，因改造新世界而死，则为死重于泰山，其价值乃无量之价值，其光荣乃无上之光荣，惟诸君图之！吾人生在恶浊世界中，欲打破此旧世界，铲除一切烦恼，以求新世界之出现，则必有高尚思想，与强毅能力以为之先。在吾国数千年前，孔子有言曰："大道之行也，天下为公。"如此，则人人不独亲其亲，人人不独子其子，是为大同世界。大同世界即所谓"天下为公"。要使老者有所养，壮者有所营，幼者有所教。孔子之理想世界，真能实现，然后不见可欲，则民不争，甲兵亦可以不用矣。今口惟俄国新创设之政府，颇与此相似，凡有老者、幼者、废疾者，皆由政府给养，故谓之劳农政府。其主义在打破贵族及资本家之专制，因而俄国革命党，乃被各国合攻。然迄今数年，仍不能胜，此即因俄国新政府具有决心，始能贯彻其主义。否则为俄国之敌者，王党势力极强大，哥萨克兵力亦不薄弱，此外尚有欧、美诸国恐其新主义传播，将不利己，因之群起与抗。有此种种阻力，俄国若稍有顾忌，则必不能成功，其卒能成功者，决心而已。

吾人若欲建设新世界，则亦必思如何始能建设，非可托诸空谈也。今日之世界，乃自私自利之恶浊世界。在此世界中之人类，既无保障，又无希望，且陷于极端痛苦，于是有生厌世思想者。若论军人地位，吾国常有"好男不当兵，好铁不打钉"之俗谚，意若其人必为身无职业，以当兵为生活之末路者，此虽由中国轻视军人之故，亦以实际上无何等希望，故有此语。以余观之，不特军人为然，即一般社会前途，亦复非常惨淡，在诸君之为军人者，无论为官为兵，虽有薪水火食，仅足自活，而父母妻子，尚不能无所资以为扶养。故在此旧世界，实无一人能脱烦恼者。

今日国人多羡慕侨商矣，诸君必以为彼有多金，宜可高枕无忧，而抑知不然。华侨之初往外洋也，实乃被卖为奴，广东语谓之猪仔。从前有古巴招工，南洋招工，在澳门等处以此买卖为业者，谓之猪仔馆。其被卖出洋之辈，率皆中国人之穷无聊赖者，始肯出此。诸君但观其今日之富，而不知其当日之苦。且总计一年中出洋者不下数十万人，其能致富回国者，为数复极寥寥。余因此忆及余友尝为余言，彼前在南洋时，一日与外国人同行路，经华侨开设之矿场及树胶园，彼外国人者，指以告余友曰："此皆尔中国人之鸿图，而收吸吾欧人领土精华之成绩也。"余友无以应之。适复前行过一大坟场，余友乃以问外国人："此累累者何耶?"外国人曰:"坟场耳。"余友曰:"尔谓中国人出洋致富,尔尚未知中国人之因出洋而死于是间如此冢中之髑髅者,不知凡几也!"由是以观,南洋华侨之状况,大略如此。尚有美洲华侨,其生计虽较南洋华侨稍胜,然一生幸福,亦复有限。大率美洲华侨,二十五岁出洋,为人佣工,在外十年,稍有余资,至三十五岁时,回国娶妻,娶妻之后,不及半载,余资已罄矣,又须出洋十年。直至四十五岁回国,稍得余资,乃建家宅,宅成而金又尽,仍不克宁居。迨第三次出洋以后,始能得资,以略置田亩,然至此已五十五岁矣。远适异国,昔人所悲,彼美洲华侨者,三十年中,家居之日,不及两载,亦未见其能安乐矣。

余于此,尚有实例为诸君言之。诸君今日未有一千万财产,必以为果有一千万者,其愉快何若!以余所眼见之例证,则适相反。余前此由香港赴南洋时,同舟者有一华侨富翁,家产约二千万,余与彼同在一等客舱,常相晤谈,彼乃日日诉苦,似欲余为之分忧者。余始甚诧异。迨舟行日久,颇厌恶之,因自往大舱中,视彼出洋之工人(即被卖出洋之猪仔)。私自忖度,彼工人之愁苦,定较富翁为甚。而抑知不然。工人杂坐一团,其状至乐,有闲谈者,有唱歌者。此时余又大诧,何以富翁之多财而忧,尚不若工人之能乐其乐也?迨折回自己舱位时,所谓富翁者,诉苦仍复如前。余因告以适往大舱,彼出洋之工人,却甚欢乐,而子已积产二千万,以重有忧者,抑何不近人情之甚耶?富翁聆余言,蹶然而起曰:"我在三十年前,亦工人也,亦如彼出洋之工人,固至乐也。今虽有二千万财产,不惟不乐,且忧甚。诚思儿女成行,娶者、嫁者,皆仰给于我。我子复多不肖,长者耗我数百万,次者所耗亦百余万。此后子复生孙,孙复生子,仅恃此二千万财产,何以维持?又安得而不忧耶?"准是以观,财产虽多，仍不免于愁苦。诸君试于一身之外，计及妻儿，则亦不能不作此感想也。尚有一例：香港、澳门，从前恒有积产之家，恐其子孙浪费，而以家产托之善堂管理，将其入息半数，捐入善堂，留其半以遗子孙，以为如此，可以长久可存。不知此法初尚可行，今则善堂中人，亦多半假慈善名目，骗取金钱，故广东善堂，人有目之为善棍者。依以上二例，可见在现今世界，不论有无财产，几无一人不在痛苦之中，非独军人为然。即以军人论，能如李纯、王占元者，有几人乎？以彼之刻剥人民，积产至数千万，亦云位尊金多矣，乃一则不得其死，一则不安于位，下此者更无论。盖在现世界之社会，生活必无良果，须决心改造新世界，始有安乐可言也。安乐之新世界，果如何改造耶？此时中国人皆自以为民穷财尽，其患在贫，而外国人乃垂涎中国之富源，且欲瓜分之，则中国之不贫可知。以桂林言，所有石山皆可制成洋灰，即所谓士敏土，将来科学进步，机器发明，名为石山，实乃黄金，只此一端，已足致富。此外广西之矿产甚多，各省亦皆如是，外国人常有欲开采者。中国产煤，为各国冠，倘完全开发，可供全世界数千年之用。不过中国不自开发，货弃于地，犹如珍宝藏在铁柜，若无钥匙，终亦死藏而已。广东俗语有所谓"失匙夹万"者（夹万就铁柜之类），中国之贫，正坐此病。倘能用其聪明智识，从事开发，则吾人自身之幸福，与子孙之幸福，实无涯涘。改造安乐之新世界，即在乎此。

新世界国家，与以前国家不同，通常国家仅能保民，而不能教民、养民。真能教民、养民者，莫如三代。其时井田、学校，皆有定制，教养之责，在于国家。后世则不然，所谓国家，无论政治若何修明，如汉之文、景，唐之贞观，能保民斯为善矣。今日所抱改造新世界之希望，则非徒保民而已，举凡教民养民，亦当引为国家之责任。试观俄国新政府，彼之革命发生，尚在我后，其成绩较我为优。因其目的不在谋一人生活与一家生活，而在谋公众生活。如牛乳等精良食品，先给幼者，老病者次之，军人又次之，再后始及于普通人。又如贫民之无力入学者，国家须设法扶助，使得入学。此即所谓人人不独亲其亲，人人不独子其子，以教以养，责在国家。大同世界，所以异于小康者，俄国新政府之计划，庶几近之。由俄国而反观吾国，其情况之比较如何耶？俄国之革命，为打破政治之不平等，同时打破资产之不平等。而吾国今日则尚无大资本家产出，只须用预防政策，较俄国更易为力。彼俄国之新政府，名为劳农政府，实即农工兵政府。其军人皆有主义、有目的，故能与农工联合而改造新国家。吾国今日之军人，倘亦具有主义及目的，决心改造新中国，其效果必在俄国上。何以知其然也？俄国在寒带，而中国在温带；俄国有资本家，而中国无资本家，无论天然的方面，而人为的方面，均较俄国为胜。将来倘能成立新国家，另有新组织，则必不似旧世界之痛苦。预料此次革命成功后，将我祖宗数千年遗留之宝藏，次第开发，所有人民之衣、食、住、行四大需要，国家皆有一定之经营，为公众谋幸福。至于此时，幼者有所教，壮者有所用，老者有所养，孔子之理想的大同世界，真能实现，造成庄严华丽之新中华民国，且将驾欧美而上之。诸君思此无量幸福，视彼南洋之富翁何若？视彼李纯、王占元又何若耶？而所以博此幸福者，则全在此次之革命，与此次之革命军人。此次革命为顺天应人之事业，必能成功，前已言之。设若不成功，则如何耶？古有人云："济则国家之灵，不济则以死继之。"死者，即成仁是也。成仁而死，极有伟大之价值，纵使前仆后继，牺牲多数人之生命，而能博得真正共和，即亦无所吝惜。是在立定决心，从事革命，成功而后，匪独公众之福，抑亦私人之利。试举一例：舟在大洋，触石将沉，乘舟者若不协力救助，独自点检行李，试问舟果沉，行李尚能独存乎？吾人对于国家，亦即如是，坐视其亡，将无立身之地。救亡之责，端赖军人。今者，诸君将由桂林出发，其所取之途径，即不外成功与成仁二者。一言以蔽之曰，决心而已。决心则能发扬军人之精神，造成光辉之革命，中华民国国家实利赖之。诸君勉乎哉！

一九二一年十二月十日

在桂林学界欢迎会上的演说

学界诸君：

今天蒙诸君在此开这个盛大的欢迎会，本大总统是很感谢的，是很欢喜的。本大总统藉此能够与桂林学界诸君谈话，是个很难得的机会，故把平日对于学求的意见，贡献到诸君。

诸君是学界中人，要知道人类为甚么原故要求学呢？求学的意思便是求知识。因为世界上有很多的事情，很多的道理，都是我们不知道的。又因为世界的文明，要有知识才有进步；有了知识，那个进步才得快。我们人类是求文明进步的，所以人类便要求知识。

诸君都知道，世界上文明的发达，是在近来二百多年，最快的是近来五六十年。以后人类知识越发多，文明的进步便越发快。中国两千多年以前，都有很好的文化，从前文化的进步是很快的。近二千多年以来，没有甚么文化，现在的文化不如唐虞，不如秦汉，近人的知识，不如古人的知识。所以中国人崇拜古人的心思，比那一国人都要利害些。

为甚么近来二千多年没有进步呢？推究这个原因，详细的说，可分作两项：

一是政治关系。从前政府做事，是很宽大的，譬如"公天下"的时候，尧把天下让到舜，舜把天下让到禹；政府把天下的政权都可以让到别人，其余对于人民的事情，该是何等宽宏大量。就是"家天下"的时候，汤武革命，"顺乎天应乎人"，"吊民伐罪"，也都是求人民的幸福。所以人民便有自由去发展思想，便有思想去求文化的进步。到了后来，政府一天专制一天，不是焚书坑儒，便是文字狱，想种种办法去束缚人民的思想，人民那里能够自由去求文化的进步呢？

二是古今人求进步的方法不同。二三千年以前，求进步的方法，专靠实行。古人知道宇宙以内的事情，应该去做，便实行去做；所谓见义勇为，到了成功，复再去做，所以更进步。譬如后稷知道人民饥饿，非有适用的农业方法产生五谷不可，便亲自去教民稼穑。禹见到人民受洪水的痛苦，非有相当的水利方法泄去低地之水不可，便亲自去疏通九河。其余若燧人氏发明火，试问他不去钻木，怎么能取出火来呢？神农发明医药，试问他不去尝百草，怎么能知道药的性质呢？到了后来，不是好读书不求甚解，便是述而不作，坐而论道，把古人言行的文字，死读死记，另外来解释一次，或把古人的解释，再来解释一次。你一解释过去，我一解释过来，好象炒陈饭一样，怎么能够有进步呢？

照这两个理由看来，古人进步最大的理由是在能实行。能实行使能知，到了能知，便能进步。从前中国人因为能实行，所以进化的文学、哲理、道德等，不但是现在中国人不知道，就是外国人也有不知道的。当东西大交通之初，外国人看不起中国人，以为中国人是与非洲、南洋等处的土人一样的，没有一点儿文化，但是现在都渐渐明白了，有很多佩服中国的，也有要学中国的，并且知道中国的文化，有许多地方，现在外国还有不如的。外国的文化，是自罗马发源的，后来罗马被欧洲野蛮人征服了，因之他们以后的文化便有退步。到了元朝，有一个外国人，叫做马哥波罗来做中国底官；后来把中国的文化著了一本书，告诉他们外国人，说中国的文化好的了不得。别底不讲，单就烧火而论，中国人烧火不用柴，不用油，只用一种黑石头。外国人便不相信，便很以为奇怪。那种黑石头就是煤，在近来外国工业极发达底国家，是最少不得底东西。他们当元朝底时候，说到中国人烧黑石头，便很以为奇怪。可见那个时候以前，他们还不知道煤。我们元朝底时候，便早烧了煤，可见中国底工业，那个时候便已不坏。从前中国人到外国留过学，回到国内，说外国人可在数百里或数千里以外通消息，中国人也不相信，也很以为奇怪。这种通消息底东西，就是电报、电话。现在中国无论那一个大城市都已有了。照这样说来，有时候中国不信外国，外国不信中国，因为各有各的文明。

诸君听到这地，知道中国现在底文明，一不如外国，二不如古人。中国古时底文明进步很快。外国近来底文明，进步很快。那种进步为甚么能快？这就是我们学者应该要留心的。从前中国人说："士为四民之首。"学者底力量在社会上很大。详细说，学者是先觉先知，一举一动能够转移社会上风气底。社会对于学者也是很尊敬的，如果学者有了主张，社会上都是要服从。所以学者对于社会，对于国家，负担有一种责任。现在学者底责任，是在要中国进步。（鼓掌）

欧美底文明，不过是二百多年底事，最好底文明，尤在近来几十年。再拿日本来说，五十年以前，他们底文明是很黑暗的，近来四五十年便进步得很快。又拿暹罗来说，近二十年来文明的进步，也是中国不及的。中国的文明，古时进步很快。欧美的文明，近来进步很快。日本和暹罗的文明，也是近来进步很快。推求这个进步很快的原因都是一样的，都是因为有正当的学术，有正当的思想。中国近两千多年文明不进步的原因，便是在学术的思想不正当。不正当的地方，简单的说，便是大家以为行是很难的，知是很易的。这种思想便误了中国，便误了学者。

就中国近来的情形说，一般学者在家读书的时候，十年窗下，辛辛苦苦，便觉得艰难的了不得。到了有点成功，出而应世，去实行的时候，遇到社会上的人，都说"知是容易的，行是艰难的"。这两句话，真是误了学者不浅！何以误了学者不浅呢？因为求学的时候，十年窗下，费尽脑力，耗尽心血，所求的学问是很不容易成功的。若是有一点儿成功，出去实行，便有人说："哼！你求学的时候难，实行的时候更难呢！"大家听到这句话便吓怕了，便不敢去行。不去行，便无法可以证明所求的学问是对与不对；不去行，于是所求的学问没有用处。到了以为学问没有用处，试问那一个还再情愿去求学呢？就中国从前的情形说，周朝以前的进步是很快的，到了周朝之后，文化便很老大，由于老大的结果，便生出怕事的心理。怕事是好是不好的呢？从好的一方面讲，是老成持重；从不好的一方面讲，是志行薄弱。总而言之，人到了怕事，便遇事畏难，不去做艰难的事，只找容易的事去做；好象倒一盆水到地下，总是向没有抵抗力的低下部分去流，是一样的道理。人到了畏难，就不敢轻于尝试，试问文化上怎么能够有进步呢？推究这个原因，根本上的错处，便是在"知之非艰，行之维艰"。以难的为不难，以不难的为难，这个便是大错。我们要除去这个大错，归到正面，便应该说"知是难的，行是不难的"。我们中国人的心理，偏偏反其道而行之，以为行是难的，知是不难的。把极容易做的事，视为畏途，不去实行，求一点实际的结果，把极难知的事，看到太容易，不去探求。所以二千多年来，对于一切人情物理，都不能登峰造极。至于科学知识极普遍的欧美人，便没有这个心理。譬如本大总统从前和朋友正在研究"知难行易"的时候，有一个美国工学博士进到房内，他说他在美国学校的时候，一天，有一个美国先生告诉他，说知是很难的，行是不难的。这位工学博士是中国人，早有中国学说之"知易行难"的老成见在心，便很带怀疑，和美国先生辩论起来。那位美国先生说："你不要和我争，我告诉你一段故事自然可以明白。我从前知道有一个人家的自来水管坏了，那个人家的主人，请一个工人去修理，那工人稍为动一动手，就修好了。主人便问工人：'你要多少钱呢？'工人说：'五十元零几毫。'主人说：'你稍为动一动手，便修好了，象这样容易的工，何以要许多钱呢？且你不要五十元或者五十一元，何以单要五十元零几毫呢？这个工价数目，真是奇怪的很！'工人对主人说：'你看到我修好了之后，这个工作是很容易的。但是从前何以不自己去修理呢？你从前自己不去修理，要请我来修理，自然是由于你不晓得怎样修理的原故。我晓得怎么样修理，所以一动手便修好了。这那晓得怎么样修理的知识，是很难的，所以我多要一点价值，那五十元便是知识的价值；至于动手去实行修理是很容易的，所以我少要一点工钱，那几毫便是我动手的工钱。'主人听了这番话之后，便一面点头，一面对工人说：'你所讲的话很有道理呀！我给你五十元零几毫罢。'"照这件故事看来，就可证明知是很难的，行是容易的。中国人的思想就错在这里，所以中国的文化，几千年都不进步。这里不进步的错处，可以说是南辕北辙，所以中国人的错，便是走错了路。

　　诸君今天欢迎本大总统，要欢迎本大总统的性质。（鼓掌）本大总统的性质，生平是爱革命。（鼓掌）诸君要欢迎本大总统革命的性质。（鼓掌）本大总统想要中国进步，不但是对于政治，主张要革命，就是对于学问，也主张要革命；（鼓掌）要把全中国人几千年走错了的路，都来改正，所以主张学问和思想都要经过一番革命。（鼓掌）就中国革命的历史说，汤武是主张革命最早的，人人都说是"顺乎天应乎人"。本大总统从前主张革命的时候，人人都说是"造反"。说到学问思想上，要去推翻他，就是要把思想反过来。（鼓掌）所以古人说："知之非艰，行之维艰。"本大总统便要说："行之非艰，知之维艰。"（鼓掌）诸君如果赞成本大总统学理上的革命，都应该说"知之维艰，行之非艰"。（鼓掌）

　　就知和行的难易之先后说，凡百事情，知了之后才去行，是很容易的。如果不知也要去行，当中必走许多"之"字路，经过很多的错误，是很艰难的。为甚么不避去那种错误的艰难？因为知是很难的。如果要等到知了才行，那么行的时候，便非在几百年、几千年之后不可，恐怕没有定期了。所以我们人类，有时候不知也要去行。譬如点灯的电，传电报的电，说电话的电，我们中国人现在有几个能知道它是甚么东西呢？但是我们中国的大城市，现在没有那一家不用它的。这个用它便是行，可见行是容易的。又如中国的指南针也有电的道理，用过了的时代和数目，不知有多少了。这个东西，有的说是黄帝发明的，有的说是周公发明的。尤论是那一个发明的，都是在外国人发明电之先，外国人向来没有的，中国便早早的行了。试问中国人究竟知不知道电呢？学者为四民导师，中国的社会是很崇拜的，人有不知道的事情，要告诉他们去行才好。

诸君现在都知道"知难行易"的学说了，这个学说究竟是怎么应用呢？主席刚才说，桂林学界现在遇有困难，不能开学。我们对于这个困难，应该怎么去解决呢？我们要解决这个问题，第一层要知道这个困难的原因；第二层要知道开学的重要和方法。如果把这两层道理都知得很清楚，这个问题便容易解决了。

本大总统这次经过桂林的目的是在北伐，扫除政治上的障碍，统一中国。因为这个原因，所以带了许多的军队在此地，把你们的学校占住了许多。就第一层道理说，你们不能开学的最大困难，或者是这个原因。诸君要晓得中国的现状是四分五裂，乱的了不得。一般腐败官僚武人，搜括钱财，占据学校，不能开学的事实，不是你们桂林一处。譬如北京自大学以下，所有的学校，今年一整年之中，都没有开过一次的好学。武昌的高等师范也是不能开学，安徽的学校，不但是不开，并且打死学生。本大总统看他们北方学界，都是在这样苦海之中，所以想要去超度他们。这个扫除政治上的障碍，超度北方学界的痛苦，便可谓之拨乱反治。诸君要知道拨乱反治，是很大的责任，是要大家担负的。（鼓掌）诸君要除去因为军队不能开学的困难，便要大家担负责任，人民与军队一体，同心协力，让军队赶快出发。（鼓掌）

讲到第二层道理，开学的重要和方法，浅近一点说，便是要教育少年。那班少年受了教育，十多年之后，便成有用的人才，可以继续你们前辈去办事。如果他们失了教育，你们以后的人才，便新旧不相接，以后的事业便没有人办。加深一点说，便是建设广西最要紧的一件事。因为民国的人民，人人都是主人翁，人人都要替国家做事的，所以建设一个新地方，首在办教育。要办普及的教育，令普通人民都可以得到教育，然后人人才知道替国家去做事。就桂林的现状说，恐怕没有受教育的人很多，而民国的教育，又要普及，所以本大总统希望诸君令桂林周围的人民，无论贫富，凡在十岁以下底儿童，都要给教育到底。（鼓掌）至于详细底办法，你们现在求学的人，都要改变从前底旧行为；无论是先生或学生，各尽各底能力，担负责任来，同心协力去调查四乡底户口，多办义务学校，让一般没有钱底人都可以去读书。（鼓掌）首先从桂林起，再推广到各县各乡。先办幼稚园，次办小学，再办中学，然后才可以办大学。本大总统这次到桂林之后，有许多同志都说桂林现在应该办一个大学，这是很不容易做到的。因为此地现在没有很多的好先生，就令有了好先生，试问到那里去找那些合格的学生呢？现在中国是民国，是要人人都有教育的。要人人都有教育，你们广西有几百万人，不是数人能够教得成的，也不是空口说空话可以算得事的。必要人人各尽各的力量，有一分能力去做一分事情，大家都去实行。（鼓掌）如果照这样做去，让人人都能读书，才可说是普及教育制度；若是不然，便是贵族制度，便是资本制度。

诸君既是知道了教育的重要和办法，那末，现在的学校，虽然被军队占住了，不能开学，不能在学校内教书、读书，便容易另外想简单的方法教书、读书。譬如从前北京大学，政府不给钱，到他们开学，他们的先生和学生在学校外，或者是办义务学校，或者是办露天学校，当街演讲，是不是在学校内教书、读书呢？再就广西现在不开学的原因讲，在桂林城内的人说，是在没有学校；在各县各乡的人说，学校是有的，是在没有钱。从前本大总统说中国的旧学问思想，要请诸君打破，这个没有钱的观念，也要请诸君打破。譬如我们最初革命的时候，那里有钱呢？我们奔走二三十年，设尽种种方法，努力奋斗，终之把有钱的满清政府还是推翻。可见有方法，能奋斗，甚么事都可以。（鼓掌）

就钱的外观说，现在广西人所用的，完全是商务印书馆印的纸，不是钱。本大总统这次到广西来，带了许多银，自梧州到桂林，沿途用的时候，乡下人都不要。究竟那种钱有没有力呢？你们广西银行发行的纸，听说陆荣廷尚有八百万存在上海商务印书馆，预备运到广西来用。如果你们还要用他的纸，岂不是还要供奉陆荣廷？广东人要用银，所以银行发行纸，必要有基本金，预备人民随时可以兑换现银。外国人要用金，如英国用金镑，美国用金元。你们广西人现在爱用纸，是已经打破了金银的观念，如果再进一步，打破纸的观念，岂不是脱离人类普通金钱的束缚么？换一句话说，现在广西人已经出了金钱的苦海，为甚么不再超度一步，连纸的苦海也脱离去呢？

就钱的本质说，学问家都说是货物，用来通有无的。可见货高过钱；如果有钱没有货物，钱还是没有用的。譬如这次欧战，各国每日用的战费，都是几千万，象英国每日是八千多万。如果各国都要用金钱，试问那里得到那些金属呢？所以不能不用纸。但是用的数目，越出越多，纸的价值便越减越少。好比德国的马克，从前中国半元可值一马克，现在一元可值七八十马克。照这样说来，钱纸便不值钱。广西银行的纸，从前每元值银一元，现在只值五毫。这种纸是陆荣廷所发行，用来吸收你们现金的。原来的增数是二千万，后来奸商又假造了二千万，前后共四千万。这四千万中，有一半是假的，人民不能分别，政府不能不收用，所以把原来的价值，更减低了一半。现在陆荣廷还有八百万，存在上海商务印书馆，将来运到广西来，你们纸的价值更要减低。诸君要防备这种危险，应该赶快打电报到上海商务印书馆去反对！（鼓掌）如果不然，陆荣廷在上海，便源源不绝把那种纸运到广西来用，他便是永远做你们的督军。

　　就钱的外观情形和他的本质道理合起来说，钱可以说是一种筹码，用来记货物价值之数的。譬如赌钱人，不必用钱去赌，用瓜子作筹码，可以代表钱；用火柴作筹码，也可以代表钱。简单的说，钱不过是货物的代表，所以钱不是万能的。货物的能力是更大的，如果货物不能流通，钱的价值便要低。好比德国当欧战的时候，被各国封锁了，他便国内的货物减少，所以马克便不值钱。钱既是代表货物的，究竟货物是甚么呢？是人工做出来的。譬如这个讲台上的纸花，是人工做的；这个讲台，也是人工做的。纸花是一种货物，讲台也是一种货物。照这样讲，可以说是人工生货物，货物生金钱；好比父生子，子生孙的道理是一样的。我们推求孙的来脉，便应该有父子二代的关系；推求钱的来源，也应该有人工与货物两步的关系。我们现在只说钱，便是忘记了钱是代表货物的，货物是代表人工的两步关系。因为这个原故，一般普通人便不知道钱的道理，便为钱所束缚。要打破他的束缚，便要多有货物；要多有货物，就在要我们多做工。（鼓掌）

　　再就货物说，古人没有发明钱的时候，彼此来通货物的有无，都是"日中为市，交易而退，各得其所"。这种交易的情形，好象你们广西现在的大城小圩，每月中三、六、九或二、五、八的"圩日"一样。因为货物是由人工做成的，货物有大小、长短、轻重的不同，所费的人工便有多少的不同；要恰恰报酬那种人工的多少，因之货物的价值，便应该有多少的分别。当那个时候，各人"以其所有，易其所无"。而货物的价值，有多有少，不能彼此恰恰相等，彼此来交易，必然生出许多争论，许多麻烦。譬如木匠去卖桌子和椅子，他的桌子每张是值二元，椅子每把是值五毫；裁缝去卖衣裳，每件不是值八毫的，便是值一元七毫的。裁缝不能不要桌子和椅子用，木匠不能不要衣裳穿；所以木匠和裁缝，彼此便不能不交易。但是他们的货物之价值，都不是恰恰相等，而彼此又一定要去交易，必然有一个人，不能恰恰满足他的货物之价值。所以那个木匠和裁缝，彼此说价交换货物的时候，该是怎么困难呢？后来有个聪明人，发明钱的这个东西出来。就学术上的文话说，作百货的"中准"；就浅近的俗话说，作交易的"媒介"。于是万难俱善，所有从前因为货物做成的时候，所费人工的多少不同，生出来的价值高低的分别，彼此交易不能恰恰报酬、满足各人的欲望，有无谓的纷争计算，种种困难，都可一扫而除之。照这样看来，钱不过是用作交易货物的媒介，货又是人工的结果，货物价值的高低，又是报酬人工之多少的。所以把钱、货物、人工三项东西的能力比较起来，实在可说，货物的能力大过钱，人工的能力大过货物。

我们要革命的缘故，因为是知道了种族的束缚，政权的束缚，经济的束缚，种种不好的道理，所以要拼死命去打破他们。诸君既是知道了钱的道理，请赞成本大总统革命的意思，把钱的束缚也来打破他。如果能够打破钱的束缚，便可尽义务不要钱。若是不能打破，便要钱，便不能不多发纸币。现在广西的纸币，已经是多的了不得，如果还要再发，你们将来怎么负担得起？诸君是学者，为广西四民之首，应该想一个极好的法则，赶快去补救。（鼓掌）若是能打破钱的束缚，不要钱去办学。从前北京没有钱办学，各校学生到各处露天演讲，便是一个极好的榜样。诸君拿出义务心来担负责任，到各城各圩去讲演，把兴利除害的事对一般平民说，也是一桩大好事。

凡百事业不能做的缘故，都是由于不知。如果知了，是很容易行的。譬如你们广西人叫苦连天，说没有钱，不知道钱是货物来的。广西省有没有货物呢？就本大总统这次出巡，从前到南宁，现在到桂林，沿途考察而得的，地面下的金属矿和煤矿，到处皆有；地面上的土壤，肥沃的了不得，无论甚么植物都可以生长的。别的不说，单就你们桂林讲，周围的石山，该有多少？成这种石山的石头该有多少？这种石头，可以做士敏土的，如果做成了士敏土，每桶可值大洋五六元。换一句话说，就是每担可值大洋一元多。你们桂林的石头，该有多少万万担，就是你们桂林的钱，该有多少万万元。又如现在的农业出品，象甘蔗糖、花生、马蹄、生果、五谷等等，每年该有多少？如果有好道路的交通，运到广东去卖，都是很值钱的。但是现在没有便利交通，不能运出去卖，只能在本地卖，所以虽然有货，还是不值钱。你们有这样多的石头、五金、煤等货物，不能换钱的原因，都是由于你们不知道他的用处和开采力。所以你们有几百万的人工，都不能制造货物，都没有用处。你们这样多的农产货物，不能多换钱的原因，都是由于没有好的交通，所以你们已经做了的工，换少了钱。要你们的人工，都有用处，都能够制造矿产的货物，必要有知识，要有知识，就要有教育。要你们用人工制造的矿产货物和天然生成的农产货物，都能够运出去卖，换很多的钱，必要有便利的交通；要有便利的交通，就在要有好道路。所以诸君今天欢迎本大总统，本大总统来贡献到诸君的，第一要普及教育，（鼓掌）第二要修筑道路。（鼓掌）这两件事，就是本大总统要求你们去做的。（鼓掌）如果诸君做到了这两件事，就是功德无量。（鼓掌）本大总统的贡献。就是以功德无量的事来要求诸君。（鼓掌）诸君把功德无量的事要实行出来，那才不负今天这个盛大的欢迎会。（鼓掌）

一九二二年一月二十二日

建国方略①

自 序

文奔走国事三十余年，毕生学力，尽萃于斯，精诚无间，百折不回，满清之威力所不能屈，穷途之困苦所不能挠。吾志所向，一往无前，愈挫愈奋，再接再励，用能鼓动风潮，造成时势。卒赖全国人心之倾向，仁人志士之赞襄，乃得推覆专制，创建共和。本可从此继进，实行革命党所抱持之三民主义、五权宪法，与夫《革命方略》所规定之种种建设宏模，则必能乘时一跃而登中国于富强之域，跻斯民于安乐之天也。不图革命初成，党人即起异议，谓予所主张者理想太高，不适中国之用；众口铄

---

① 此件由《民权初步》、《实业计划》和《孙文学说》三篇汇集而成。《民权初步》原名《会议通则》，出版于一九一七年；《实业计划》用英文写成，最先发表于一九一九年《远东时报》六月号，一九二一年十月由上海民智书局出版中文本；《孙文学说（卷一行易知难）》出版于一九一九年春夏间。今据一九二二年上海民智书局再版的时间编次。

金，一时风靡，同志之士亦悉惑焉。是以予为民国总统时之主张，反不若为革命领袖时之有效而见之施行矣。此革命之建设所以无成，而破坏之后，国事更因之以日非也。夫去一满洲之专制，转生出无数强盗之专制，其为毒之烈，较前尤甚。于是而民愈不聊生矣！溯夫吾党革命之初心，本以救国救种为志，欲出斯民于水火之中，而登之衽席之上也。今乃反令之陷水益深，蹈火益热，与革命初衷大相违背者，此固予之德薄无以化格同侪，予之能鲜不足驾驭群众，有以致之也。然而吾党之士，于革命宗旨、革命方略亦难免有信仰不笃、奉行不力之咎也，而其所以然者，非尽关乎功成利达而移心，实多以思想错误而懈志也。

此思想之错误为何？即"知之非艰，行之惟艰"之说也。此说始于傅说对武丁之言，由是数千年来，深中于中国之人心，已成牢不可破矣。故予之建设计划，一一皆为此说所打消也。呜呼！此说者予生平之最大敌也，其威力当万倍于满清。夫满清之威力，不过只能杀吾人之身耳，而不能夺吾人之志也。乃此敌之威力，则不惟能夺吾人之志，且足以迷亿兆人之心也。是故当满清之世，予之主张革命也，犹能日起有功，进行不已；惟自民国成立之日，则予之主张建设，反致半筹莫展，一败涂地。吾三十年来精诚无间之心，几为之冰消瓦解，百折不回之志，几为之槁木死灰者，此也。可畏哉此敌！可恨哉此敌！兵法有云："攻心为上"。是吾党之建国计划，即受此心中之打击者也。

夫国者人之积也，人者心之器也，而国事者一人群心理之现象也。是故政治之隆污，系乎人心之振靡。吾心信其可行，则移山填海之难，终有成功之日；吾心信其不可行，则反掌折枝之易，亦无收效之期也。心之为用大矣哉！夫心也者，万事之本源也。满清之颠覆者，此心成之也；民国之建设者，此心败之也。

夫革命党之心理，于成功之始，则被"知之非艰，行之惟艰"之说所奴，而视吾策为空言，遂放弃建设之责任。如是则以后之建设责任，非革命党所得而专也。迨夫民国成立之后，则建设之责任当为国民所共负矣，然七年以来，犹未睹建设事业之进行，而国事则日形纠纷，人民则日增痛苦。午夜思维，不胜痛心疾首！夫民国之建设事业，实不容一刻视为缓图者也。

国民！国民！究成何心？不能乎？不行乎？不知乎？吾知其非不能也，不行也；亦非不行也，不知也。倘能知之，则建设事业亦不过如反掌折枝耳。回顾当年，予所耳提面命而传授于革命党员，而被河汉为理想空言者，至今观之，适为世界潮流之需要，而亦当为民国建设之资材也。乃拟笔之于书，名曰《建国方略》，以为国民所取法焉。然尚有踌躇审顾者，则恐今日国人社会心理，犹是七年前之党人社会心理也，依然有此"知之非艰，行之惟艰"之大敌横梗于其中，则其以吾之计划为理想空言而见拒也，亦若是而已矣。故先作学说，以破此心理之大敌，而出国人之思想于迷津，庶几吾之建国方略，或不致再被国人视为理想空谈也。夫如是，乃能万众一心，急起直追，以我五千年文明优秀之民族，应世界之潮流，而建设一政治最修明、人民最安乐之国家，为民所有、为民所治、为民所享者也。则其成功，必较革命之破坏事业为尤速、尤易也。

时民国七年十二月三十日

孙文自序于上海

能知必能行

当今科学昌明之世，凡造作事物者，必先求知而后乃敢从事于行。所以然者，盖欲免错误而防费时失事，以冀收事半功倍之效也。是故凡能从知识而构成意像，从意像而生出条理，本条理而筹备计划，按计划而用工夫，则无论其事物如何精妙、工程如何浩大，无不指日可以乐成者也。近日之无线电、飞行机，事物之至精妙者也，美国之一百二十余万里铁路（当一千九百十六年十二月三十一日美国收其全国铁路归政府管理时，其路线共长三十九万七千零十四英里，成本一百九十六万万余元美金，合中国洋银三百九十二万万元）与夫苏伊士、巴拿马两运河，工程之至浩大者也，然于科学之原理既知，四周之情势皆悉，由工师筹定计划，则按计划而实行之，已为无难之事矣。此事实俱在，彰彰可考，吾国人当可一按而知也。

予之于革命建设也，本世界进化之潮流，循各国已行之先例，鉴其利弊得失，思之稔熟，筹之有素，而后订为革命方略，规定革命进行之时期为三：第一、军政时期，第二、训政时期，第三、宪政时期。第一为破坏时期，拟在此时期内施行军法，以革命军担任打破满清之专制、扫除官僚之腐败、改革风俗之恶习、解脱奴婢之不平、洗净鸦片之流毒、破灭风水之迷信、废去厘卡之阻碍等事。第二为过渡时期，拟在此时期内施行约法（非现行者），建设地方自治，促进民权发达。以一县为自治单位，县之下再分为乡村区域，而统于县。每县于敌兵驱除、战事停止之日，立颁布约法，以之规定人民之权利义务与革命政府之统治权。以三年为限，三年期满，则由人民选举其县官。或于三年之内，该县自治局已能将其县之积弊扫除如上所述者，及能得过半数人民能了解三民主义而归顺民国者，能将人口清查、户籍厘定、警察、卫生、教育、道路各事照约法所定之低限程度而充分办就者，亦可立行自选其县官，而成完全之自治团体。革命政府之对于此自治团体，只能照约法所规定而行其训政之权。俟全国平定之后六年，各县之已达完全自治者，皆得选举代表一人，组织国民大会，以制定五权宪法。以五院制为中央政府：一曰行政院，二曰立法院，三曰司法院，四曰考试院，五曰监察院。宪行制定之后，由各县人民投票选举总统以组织行政院，选举代议士以组织立法院，其余三院之院长由总统得立法院之同意而委任之，但不对总统、立法院负责，而五院皆对于国民大会负责。各院人员失职，由监察院向国民大会弹劾之；而监察院人员失职，则国民大会自行弹劾而罢黜之。国民大会职权，专司宪法之修改，及制裁公仆之失职。国民大会及五院职员，与夫全国大小官吏，其资格皆由考试院定之。此五权宪法也。宪法制定，总统、议员举出后，革命政府当归政于民选之总统，而训政时期于以告终。第三为建设完成时期，拟在此时期始施行宪政，此时一县之自治团体，当实行直接民权。人民对于本县之政治，当有普通选举之权、创制之权、复决之权、罢官之权，而对于一国政治除选举权之外，其余之同等权则付托于国民大会之代表以行之。此宪政时期，即建设告竣之时，而革命收功之日。此革命方略之大要也。

乃于民国建元之初，予则极力主张施行革命方略，以达革命建设之目的，实行三民主义，而吾党之士多期期以为不可。经予晓喻再三，辩论再四，卒无成效，莫不以为予之理想太高，"知之非艰，行之惟艰"也。呜呼！是岂予之理想太高哉？毋乃当时党人之知识太低耶？予于是乎不禁为之心灰意冷矣！夫革命之有破坏，与革命之有建设，固相因而至、相辅而行者也。今于革命破坏之后，而不开革命建设之始，是无革命之建设矣；既无革命之建设，又安用革命之总统为？此予之所以萌退志，而于南京政府成立之后，仍继续停战、重开和议也。至今事过情迁，则多有怪予于民国建元之后，不当再允和议、甘让总统者。然假使予仍为总统，而党员于破坏成功之后，已多不守革命之信誓，不从领袖之主张，纵能以革命党而统一中国，亦不能行革命之建设，其效果不过以新官僚而代旧官僚而已。其于国家治化之源，生民根本之计，毫无所补，是亦以暴易暴而已。夫如是，则予无为总统之必要也。

或者不察，有以为予当时之势力不及袁世凯，故不得不与之议和，苟且了事者；甚有诬为受袁世凯百万之贿，遂以总统让之者。事至今日，已可不待辩而明矣。苟予果贪也，则必不以百万而去总统之位矣。不观今日一督军一年之聚敛几何，一师长一年之侵吞几何，诬者果视予贪而且愚一至此耶！至谓于民国建元之后，予之势力不及袁世凯，则更拟于不伦也。夫当时民国已有十五省，而山东、河南民党亦蜂起，直隶则军队且内应，稍迟数月，当可全国一律光复，断无疑义也。且舍当时情势不计，而以前后之事较之，当明予非畏袁世凯之势力而议和者。夫革命成功以前，予曾经十次之失败，而奋斗之气犹不少衰。民国二年，袁世凯已统一全国，而予已不问政治而从事实业矣，乃以暗杀宋教仁故，予时虽手无寸兵，而犹不畏之，而倡议讨袁。惜南方同志持重，不敢先发制人，致遭失败。讨袁军败后，同人皆颓丧不振，无敢主张再行革命者，予知袁氏必将帝制自为，乃组织中华革命党以为之备，散布党员于各省，提倡反对帝制。是故袁氏之帝制未成，而反对之人心已备，帝制一发，全国即起而扑灭之也。由此观之，则予非由畏势力而去总统，乃以不能行革命之建设而去总统，当可以了然于国人之心目中矣。夫如是，然后能明予之志，而领会于予革命建设之微意也。

何谓革命之建设？革命之建设者，非常之建设也，亦速成之建设也。夫建设固有寻常者，即随社会趋势之自然，因势利导而为之，此异乎革命之建设者也。革命有非常之破坏，如帝统为之斩绝，专制为之推翻；有此非常之破坏，则不可无非常之建设。是革命之破坏与革命之建设必相辅而行，犹人之两足、鸟之双翼也。惟民国开创以来，既经非常之破坏，而无非常之建设以继之。此所以祸乱相寻，江流日下，武人专横，政客捣乱，而无法收拾也。盖际此非常之时，必须非常之建设，乃足以使人民之耳目一新，与国更始也。此革命方略之所以为必要也。

试观民国以前之大革命，其最轰轰烈烈者为美与法。美国一经革命而后，所定之国体，至今百余年而不变。其国除黑奴问题生出国内南北战争一次而外，余无大变乱，诚可谓一经革命而后，其国体则一成不变，长治久安，文明进步，经济发达，为世界之冠。而法国，一经革命之后，则大乱相寻，国体五更，两帝制而三共和；至八十年后，穷兵黩武之帝为外敌所败，身为降虏，而共和之局乃定。较之美国，其治乱得失，差若天壤者，其故何也？说者多称华盛顿有仁让之风，所以开国之初，有黄袍之拒；而拿破伦野心勃勃，有鲸吞天下之志，所以起共和而终帝制。而不知一国之趋势，为万众之心理所造成，若其势已成，则断非一二因利乘便之人之智力所可转移也。夫华、拿二人之于美、法之革命，皆非原动者。美之十三州既发难抗英而后，乃延华盛顿出为之指挥，法则革命起后，乃拔拿破伦于偏裨之间，苟使二人易地而处，想亦皆然。是故华、拿之异趣，不关乎个人之贤否，而在其全国之习尚也。

美国土地向为蛮荒大陆，英人移居于其地者，不过二百余年。英人素富于冒险精神、自治能力，至美而后即建设自治团体，随成为十三州。虽归英王统治之下，然鞭长莫及，无异海外扶余，英国对之不过羁縻而已。及一旦征税稍苛，十三州则联合以抵抗。此革命之所由起也。血战八年而得独立，遂创立亚美利加之联邦为共和国。其未独立以前，十三州已各自为政，而地方自治已极发达；故其立国之后，政治蒸蒸日上，以其政治之基础全恃地方自治之发达也。其余中美、南美之各拉丁人种之殖民地，百十年来亦先后仿美国，而脱离其母国以改建共和。然其政治进步之不如美国而变乱常见者，则全系乎其地方自治之基础不巩固也。然其一脱母国统治而建共和之后，大小十九国，除墨西哥为外兵侵入、强改帝制外，无一推翻共和者。此皆得立国于新天地之赐，故能洗除旧染之污，而永远脱离君政之治也。法国则不然。法虽为欧洲先进文化之邦，人民聪明奋厉，且于革命之前曾受百十年哲理民权之鼓吹，又模范美国之先例，犹不能由革命一跃而几于共和宪政之治者，其故何也？以彼之国体向为君主专制，而其政治向为中央集权，无新天地为之地盘，无自治为之基础也。

我中国缺憾之点悉与法同，而吾人民之知识、政治之能力更远不如法国，而予犹欲由革命一跃而几于共和宪政之治者，其道何由？此予所以创一过渡时期为之补救也。在此时期，行约法之治，以训导人民，实行地方自治。惜当时同志不明其故，不行予所主张，而只采予约法之名，以定临时宪法，以为共和之治可不由其道而一跃可几。当时众人之所期者实为妄想，顾反以予之方略计划为难行，抑何不思之甚也！

当予鼓吹革命之时，拟创建共和于中国，欧美学者亦多以为不可，彼等盖有鉴于百年来之历史，而重乎其言之也。民国建元前一年，予过伦敦。有英国名士加尔根者，曾遍游中土，深悉吾国风土人情，著书言中国事甚多，其《中国变化》一书尤为中肯。彼闻予提倡改中国为共和，怀疑满腹，以为万不可能之事，特来旅馆与予辩论者，数日不能释焉。迨予示以革命方略之三时期，彼乃涣然冰释，欣然折服，喟然而叹曰："有如此计划，当然可免武人专制、政客捣乱于民权青黄不接之际也。而今而后，吾当助予鼓吹。"故于武昌起义之后，东方之各西文报，皆盛传吾于民国建设之计划，满盘筹备，成竹在胸，不日当可见之施行，凡同情于中国之良友当拭目以观其成也云云。此皆加尔根氏在伦敦各报为吾游扬之言论也。惜予就总统职后，此种计划，为同志所格而不行，遂致欧美同情之士亦大失所望。而此后欧美学界之知吾计划者，亦不敢再为游扬吾说；而不知者，则多以中国人民知识程度不足，断不能行共和之治矣。此所以美国著名之宪法学者古德诺氏，有劝袁世凯帝制之举也。

中国人对于古德诺氏劝袁帝制一事，颇为诧异，以为彼乃共和国之一学者，何以不右共和而扬帝制？多有不明其故者。予廉得其情，惟彼为共和国人，斯有共和国之经验，而美国人尤饱尝知识程度不足之人民之害也。美国之外来人民，一入美境数年，即享民权；美国之黑奴，一释放后，立享民权。而美国政客，利用此两种人之民权而捣出滔天之乱，为正人佳士所恼煞者。不知若干年，始定有不识字之人不得享国民权利之禁例，以防止此等捣乱。是以彼中学者，一闻知识程度不足之人民欲建设共和，则几有痛心疾首，期期以为不可者，此亦古德诺氏之心理也。

夫中国人民知识程度之不足，固无可隐讳者也。且加以数千年专制之毒，深中乎人心，诚有比于美国之黑奴及外来人民知识尤为低下也。然则何为而可？袁世凯之流，必以为中国人民知识程度如此，必不能共和。曲学之士亦曰，非专制不可也。呜呼！

牛也尚能教之耕，马也尚能教之乘，而况于人乎？今使有见幼童将欲人塾读书者，而语其父兄曰："此童子不识字，不可使之入塾读书也。"于理通乎？惟其不识字，故须急于读书也。况今世界人类，已达于进化童年之运，所以自由平等之思想日渐发达，所谓世界潮流不可复压者也。故中国今日之当共和，犹幼童之当入塾读书也。然人塾必要有良师益友以教之，而中国人民今日初进共和之治，亦当有先知先觉之革命政府以教之。此训政之时期，所以为专制人共和之过渡所必要也，非此则必流于乱也。

然当同盟会成立之初，则有会员疑革命方略之难行者，谓"清朝伪立宪许人民以预备九年，今吾党之方略定以军政三年、训政六年，岂不与清朝九年相等耶？吾等望治甚急，故投身革命，若于革命成功之后，犹须九年始得宪政之治，未免太久也"云云。予答以"非此则无望造成完全之民国"。今民国改元已八年于兹矣，不独宪政之治不能期，而欲求如清朝苟且偷生犹不可得，尚何望九年之有完全民国出现耶？或又疑训政六年，得毋同于曲学者所倡之开明专制耶？曰：开明专制者，即以专制为目的；而训政者，乃以共和为目的；此所以有天壤之别也。譬如今次之世界大战争，凡参加此战争之国，无论共和、君主，皆一律停止宪政，行军政；向来人民之行动自由、言论自由、集会自由皆削夺之，甚且饮食营业皆归政府支配，而举国无有异议，且献其身命为国家作牺牲，以其目的在战胜而图存也。人之已行宪政犹且停之，况我宪政尚未发生，方欲由革命之战争以求之，岂可于开战之初即施行宪政耶？此诚幼稚无伦之思想也。今民国成立已八年矣，吾党之士，于此八年间应得无量之经验、多少之知识，若能回忆予十数年前之训诲主张，当能恍然大悟，而不再河汉予言，以为理想难行矣。

夫以中国数千年专制、退化而被征服亡国之民族，一旦革命光复，而欲成立一共和宪治之国家，舍训政一道，断无由速达也。美国之欲扶助菲岛人民以独立也，乃先从训政着手，以造就其地方自治为基础。至今不过二十年，而已丕变一半开化之蛮种，以成为文明进化之民族。今菲岛之地方自治已极发达，全岛官吏，除总督尚为美人，余多为土人所充任，不日必能完全独立。将来其政治之进步，民智之发达，当不亚于世界文明之国。此即训政之效果也。美国对于菲岛何以不即许其独立，而必经一度训政之时期？此殆有鉴于当年黑奴释放后之纷扰，故行此策也。我中国人民久处于专制之下，奴性已深，牢不可破，不有一度之训政时期以洗除其旧染之污，奚能享民国主人之权利？此袁氏帝制之时而劝进者之所以多也。夫中华民国者，人民之国也。君政时代则大权独揽于一人，今则主权属于国民之全体，是四万万人民即今之皇帝也。国中之百官，上而总统，下而巡差，皆人民之公仆也。而中国四万万之人民，由远祖初生以来，素为专制君主之奴隶，向来多有不识为主人、不敢为主人、不能为主人者，而今皆当为主人矣。其忽而跻于此地位者，谁为为之？孰令致之？是革命成功而破坏专制之结果也。此为我国有史以来所未有之变局，吾民破天荒之创举也。是故民国之主人者，实等于初生之婴儿耳，革命党者即产此婴儿之母也。既产之矣，则当保养之，教育之，方尽革命之责也。此革命方略之所以有训政时期者，为保养、教育此主人成年而后还之政也。在昔专制之世，犹有伊尹、周公者，于其国主太甲、成王不能为政之时，已有训政之事。专制时代之臣仆尚且如此，况为开中国未有之基之革命党，不尤当负伊尹、周公之责，使民国之主人长成，国基巩固耶？惜乎当时之革命党，多不知此为必要之事，遂放弃责任，失却天职，致使革命事业只能收破坏之功，而不能成建设之业，故其结果不过仅得一"中华民国"之名也。悲乎！

夫破坏之革命成功，而建设之革命失败，其故何也？是知与不知之故也。予之于破坏革命也，曾十起而十败者，以当时大多数之中国人，犹不知彼为满洲之所征服，故醉生梦死，而视革命为大逆不道。其后革命风潮渐盛，人多觉悟，知满清之当革，汉族之当复，遂能一举而覆满清，易如反掌。惟对于建设之革命，一般人民固未知之，而革命党亦莫名其妙也。夫革命事业，莫难于破坏，而莫易于建设，今难者既成功，而易者反失败，其故又何也？惟其容易也，故人多不知其必要而忽略之，此其所以败也。何以谓之容易？因破坏已成，而阻力悉灭，阻力一灭，则吾人无所不可，来往自由，较之谋破坏时，稍一不慎则不测随之之际，何啻天渊。然吾人知革命排满为救国之必要，则犯难冒险而为之，及夫破坏既成，则以容易安全之建设，可以多途出之，而不必由革命之手续矣，此建设事业之所以坠也。

今以一浅显易行之事证之。吾人之立同盟会以担任革命也，先从事于鼓吹，而后集其有志于天下国家之任者，共立信誓，以实行三民主义为精神，以创立中华民国为目的。其不信仰此信条当众正式宣誓者，吾不承认其为革命党也。其初，一般之志士莫不视吾党宣誓仪文，为形式上之事，以为无补于进行。乃数年之间，革命党之势力膨胀，团体固结，卒能推倒满清者，则全赖有此宣誓之仪文，以成一党心理之结合也。一党尚如此，其况一国乎！

常人有言，中国四万万人实等于一片散沙，今欲聚此四万万散沙，而成为一机体结合之法治国家，其道为何？则必从宣誓以发其正心诚意之端，而后修、齐、治、平之望可几也。今世文明法治之国，莫不以宣誓为法治之根本手续也。故其对于入籍归化之民，则必要其宣誓表示诚心，尊崇其国体，恪守其宪章，竭力于义务，而后乃得认为国民；否则终身居其国，仍以外人相视，而不得同享国民之权利也。其对于本国之官吏、议员，亦必先行宣誓，乃得受职。若遇有国体之改革则新国家之政府，必要全国之人民一一宣誓，以表赞同，否则且以敌人相待，而立逐出境也。此近世文明法治之通例也。请观今回战后，欧洲之新成国家、革命国家，其有能早行其国民之宣誓者，则其国必治；如有不能行此、不知行此者，则其国必大乱不止也。中国之有今日者，此也。

夫吾人之组织革命党也，乃以之为先天之国家者也，后果由革命党而造成民国。当建元之始，予首为宣誓而就总统之职，乃令从此凡文武官吏军士人民，当一律宣誓，表示归顺民国，而尽其忠勤。而吾党同志以此为不急之务，期期不可，极端反对，予亦莫可如何，姑作罢论。后袁世凯继予总统任，予于此点特为注重，而同人则多漠视。予以有我之先例在，决不能稍事迁就，而袁氏亦以此为不关紧要之事也，故姑惟予命是听，于是乃有宣誓服膺共和、永绝帝制之表示也。其后不幸袁氏果有背盟称帝之举，而以有此一宣誓之故，俾吾人有极大之理由以讨伐之；而各友邦亦直我而曲彼，于是乃有劝告取消之举。袁氏帝制之所以失败者，取消帝制为其极大之原因也。盖以帝制之取消，则凡为袁氏爪牙各具王侯之望者，亦悉成为空想，而斗志全消矣。此陈宧所以独立于四川，而袁氏即以此气绝也。帝制之所以不得不取消者，以列强之劝告也。列强之所以劝告者，以民党之抵抗袁氏有极充分之理由也。而理由之具体，而可执以为凭，表示于中外者，即袁氏之背誓也。倘当时袁氏无此信誓，则其称帝之日，民党虽有抵抗，而列强视之，必以民党愚而多事，而必无劝告之事；而帝制必不取消，袁氏或不致失败。何也？盖袁氏向为君主之臣仆，而不主张共和者也；而民党昧然让总统于袁，已自甘于牺牲共和矣。既甘放弃于前，而反争之于后，非愚而多事乎？惟有此信誓也。则不然矣。故得列强之主张公道，而维持中国之共和也。由是观之，信誓岂不重哉！

乃吾党之士，于民国建设之始，则以信誓为不急之务而请罢之，且以予主张为理想者，则多属乎此等浅近易行之事也。夫吾人于结党之时，已遵行宣誓之仪矣，乃于开国之初，与民更始之日，则罢此法治根本之宣誓典礼，此建设失败之一大原因也。倘革命党当时不河汉予言，则后天民国之进行，亦如先天组党之手续，凡归顺之官吏、新进之国民必当对于民国为正心诚意之宣誓，以表示其拥护民国，扶植民权，励进民生；必照行其宣誓之典礼者，乃得享民国国民之权利，否则仍视为清朝之臣民。其既宣誓而后，有违背民国之行为者，乃得科以叛逆之罪，于法律上始有根据也。如今之中华民国者，若以法律按之，则只有少数之革命党及袁世凯一人曾立有拥护民国之誓，于良心上、法律上皆不得背叛民国，而其余之四万万人原不负何等良心法律之责任也。而昔日捕戮革命党之清吏，焚杀革命党之武人，与夫反对革命党之虎伥，今则靦然为民国政府之总长、总理、总统，而毫无良心之自责、法律之制裁，此何怪于八年之间而数易国体也！

夫国者，人之积也。人者，心之器也。国家政治者，一人群心理之现象也。是以建国之基，当发端于心理。故由清朝臣民而归顺民国者，当先表示正心诚意，此宣誓之大典所以为必要也。乃革命党于结党时行之，于建国时则不行之，是以为党人时有奋厉无前之宏愿魄力，卒能成破坏之功，而建国后则失此能力，遂致建设无成，此行与不行之效果也。所以不行者，非不能也，坐于不知其为必要也。故曰能知必能行也，理想云乎哉？革命党既以予所主张建设民国之计划为理想太高，而不知按照施行，所以由革命而造成此有破坏、无建设之局，致使中国人民受此八年之痛苦矣。然而民国之建设一日不完全，则人民之痛苦一日不息，而国治民福永无可达之期也。故今后建设之责，不得独委之于革命党，而先知先觉之国民，当当仁不让而自负之也。夫革命先烈既舍身流血，而为其极艰极险之破坏事业于前矣，我国民宜奋勇继进，以完成此容易安全之建设事业于后也。国民！国民！当急起直追，万众一心，先奠国基于方寸之地，为去旧更新之始，以成良心上之建设也。予请率先行之。誓曰：

孙文正心诚意，当众宣誓：从此去旧更新，自立为国民；尽忠竭力，拥护中华民国，实行三民主义，采用五权宪法；务使政治修明，人民安乐，措国基于永固，维世界之和平。此誓！

中华民国八年正月十二日　孙文立誓

此宣誓典礼，本由政府执行之，然今日民国政府之自身尚未有此资格，则不得执行此典礼也。望有志之士，各于其本县组织一地方自治会，发起者互相照式宣誓；会成而后，由会中各员向全县人民执行之，必亲笔签名于誓章，举右手向众宣读之。其誓章藏之自治会，而发给凭照，必使普及于全县之成年男女。一县告竣，当助他县成立自治会以推行之。凡行此宣誓之典礼者，问良心，按法律，始得无憾而称为中华民国之国民，否则仍为清朝之遗民而已。民国之能成立与否，则全视吾国人之乐否行此归顺民国之典礼也。爱国之士，其率先行之。

不知亦能行

或曰："诚如先生所言，今日文明已进于科学时代，凡有兴作，必先求知而后从事于行，则中国富强事业，非先从事于普及教育，使全国人民皆有科学知识不可。按以先生之新发明'行之非艰，知之惟艰'，又按之古人之言'十年树木，百年树人'，则教育之普及，非百十年不为功。乃先生之论，有一跃而能致中国于富强隆盛之地者，其道何由？"曰：子徒知知之而后能行，而不知不知亦能行也。当科学未发明之前，固全属不知而行，及行之而犹有不知者。故凡事无不委之于天数气运，而不敢以人力为之转移也。迨人类渐起觉悟，始有由行而后知者，乃甫有欲尽人事者矣，然亦不能不听之于天也。至今科学昌明，始知人事可以胜天，凡所谓天数气运者，皆心理之作用也。然而科学虽明，惟人类之事仍不能悉先知之而后行之也，其不知而行之事，仍较于知而后行者为尤多也。且人类之进步，皆发轫于不知而行者也，此自然之理则，而不以科学之发明为之变易者也。故人类之进化，以不知而行者为必要之门径也。夫习练也，试验也，探索也，冒险也，之四事者，乃文明之动机也。生徒之习练也，即行其所不知以达其欲能也。科学家之试验也，即行其所不知以致其所知也。探索家之探索也，即行其所不知以求其发见也。伟人杰士之冒险也，即行其所不知以建其功业也。由是观之，行其所不知者，于人类则促进文明，于国家则图致富强也。是故不知而行者，不独为人类所皆能，亦为人类所当行，而尤为人类之欲生存发达者之所必要也。有志国家富强者，宜亟勉力行也。

　　夫古今来一跃而致隆盛者，不可胜数，即近代之列强，亦多有跻于强盛而后乃从事于教育者。夫以中国现在之地位，现有之知识，已良足一跃而致隆盛，比肩于今世之列强矣。所以不能者，究非在于不知不行也。而向来之积弱退化有如江流日下者，其原因实在政府官吏之腐败，倒行逆施，积极作恶也。其大者，则有欲图一己之私，而至于牺牲国家而不恤；其次者，则以一督军一师长而年中聚敛，动至数百万数十万；又其次者，则种种之作弊，无一不为斫丧国家之元气，伤残人民之命脉。比之他国之政策务在保民而治，奖士、劝农、励工、惠商以图富强者，则我无一不与之相反也。由此观之，若政府官吏能无为而治，不倒行逆施，不积极作恶以害国害民，则中国之强盛已自然可致，而不待于发奋思为。是今日图治之道，兴利尚可缓，而除害尤宜急；倘能除害，则自然之进化，已足登中国于强盛之地矣。何以言之？夫国之贫弱，必有一定之由也，有以地小而贫者，有以地瘠而贫者，有以民少而弱者，有以民愚而弱者，此贫弱之四大原因也。乃中国之土地则四百余万方咪之广，居世界之第四，尚在美国之上。而物产之丰、宝藏之富，实居世界之第一。至于人民之数则有四万万，亦为世界之第一。而人民之聪明才智自古无匹，承五千年之文化，为世界所未有，千百年前已尝为世界之雄矣。四大贫弱之原因，我曾无一焉。然则何为而贫弱至是也？曰：官吏贪污、政治腐败之为害也。倘此害一除，则致中国之富强，实头头是道也。在昔异族专制之时，官吏为君主之鹰犬，高居民上，可任意为恶，民无可如何也。今经革命之后，专制已覆，人民为一国之主，官吏不过为人民之仆，当受人民之监督制裁也。其循良者吾民当任用之，其酷劣者当淘汰之而已。为人民者，只知除害足矣，为此需要，不必待于普通教育科学知识，而凡人有切身利害，皆能知能行也。国害一除，则国利自兴，而富强之基于是乎立。是中国今日欲富强则富强矣，几有不待一跃之功也。

中国为世界最古之国，承数千年文化，为东方首出之邦。未与欧美通市以前，中国在亚洲之地位，向无有与之匹敌者。即间被外族入寇，如元清两代之僭主中国，然亦不能不奉中国之礼法。而其他四邻之国，或入贡称藩，或来朝亲善，莫不羡慕中国之文化，而以中国为上邦也。中国亦素自尊大，目无他国，习惯自然，遂成为孤立之性。故从来若欲有所改革，其采法惟有本国，其取资亦尽于本国而已，其外则无可取材借助之处也。是犹孤人之处于荒岛，其所需要皆一人为之，不独自耕而食，自织而衣，亦必自爨而后得食，自缝而后得衣，其劳苦繁难，不可思议，然其人亦习惯自然，而不知有社会互助之便利，人类交通之广益也。倘时移势变，此荒岛一旦成为世界航路之中枢，海客接踵而至，有悯此孤人之劳苦者，劝之曰："君不必事事躬亲，只从所长专于一业足矣，其他当有人为君效劳也。"其人必不之信，盖以为一己之才力所不能致者，则为必不可能之事也。此犹今日中国之人，不信中国之富强可坐而致者，同一例也。盖中国之孤立自大，由来已久，而向未知国际互助之益，故不能取人之长，以补己之短。中国所不知所不能者，则以为必无由以致之也。虽闭关自守之局为外力所打破者已六七十年，而思想则犹是闭关时代荒岛孤人之思想，故尚不能利用外资、利用外才以图中国之富强也。夫今日立国于世界之上，犹乎人处于社会之中，相资为用、互助以成者也。中国之为国，拥有广大之土地、无量之富源、众多之人力，是无异一富家翁享有广大之田园、盈仓之财宝、众多之子孙，而乃不善治家，田园则任其荒芜，财宝则封锁不用，子孙则日事游荡，而举家则饥寒交迫，朝不保夕，此实中国今日之景象也。呜呼！谁为为之？孰令致之？吾国人果知天下兴亡，匹夫有责，则人人当自奋矣！

夫以中国之人处中国之地，际当今之时，而欲致中国于富强之境，其道固多矣。今试陈其一：即利用今回世界大战争各国新设之制造厂，为开发我富源之利器是也。夫此等工厂专为供给战品而设，今大战已息，此等工厂将成为废物矣。其佣于此等工厂之千百万工人，亦将失业矣。其投于此等工厂之数十万万资本，将无从取偿矣。此为欧美战后问题之一大烦难，而彼中政治家尚无解决之方也。倘我中国人能利用此机会，借彼将废之工厂以开发我无穷之富源，则必为各国所乐许也。此所谓天与之机。语曰："天与不取，必受其祸。"倘我失此不图，则三五年后，欧美工业悉复原状，则其发达必十倍于前，而商战起矣。吾中国之手工之工业，必不能与彼之新机械大规模之工业竞争，如此则我工商之失败必将见于十年之内矣。及今图之，则数年之间，我之机器工业亦可发达，则此祸可免。此以实业救国之道也，国人其注意之。

今之美国，吾人知其为世界最富最强之国也，然其所以致富强者，实业发达也。当其发展实业之初也，资本则悉借之欧洲，人才亦多聘之欧洲，而工人且有招之中国。其进行则多由冒险试验，而少出于计划统筹，且向未遇各国有投闲置散之全备工厂，为彼取材之机会如我之今日也。而其富源尚不及我之丰盛。然其实业之发达，今已为世界冠矣。试以其钢、铁、炭、油之出产而观其成绩。美国一千九百十六年所产铁四千万吨，钢四千三百四十八万吨。而我国每年所产之钢铁不过二十余万吨，较之美国不过四百分之一耳。美国同年所产煤炭五万八千七百四十七万吨，等于九千八百万匹马力；所产燃油二万九千二百三十万桶，等于一千九百七十五万匹马力；所产自然汽约三百万匹马力；所发展水力电约六百万匹马力。夫钢铁者，实业之体也；炭、油、汽、电者，实业之用也。统计美国所发展之自然力约一万六千六百七十五万匹马力，以一马力等八人力计之，则美国约有一十三万万有奇之人力以助之生产。其人口一万万，除人力作工之外，每人尚有十三人之机器力为之助，而此十三人之机力乃夜以继日，连作二十四时之工而不歇者，而人之作工每日八时耳，机力则每日多作三倍之工，是一机力无异三人也，而十三人之机力则等于三十九人矣。《大学》曰："生之者众，食之者寡，为之者疾，用之者舒，则财恒足矣。"此美国之所以富也。我中国人口四万万，除老少而外，能作工者不过二万万人。然因工业不发达，虽能作工者亦恒无工可作，流为游手好闲而寄食于人者或亦半之。如是有工可作者，不过一万万人耳。且此一万万人之中，又不尽作生利之工，而半为消耗之业，其为生产之事业者实不过五千万人而已。由此观之，中国八人中不过一人生产耳。此国之所以贫，尚过于韩愈所云："农之家一而食粟之家六，工之家一而用器家六，贾之家一而资焉之家六，奈之何民不穷且盗也！"较之美国人口一万万，而当有五千万人有工可作，而每人更有三十九人之机器力以助之，即三十九人有半作工以给一人，此其所以不患贫反忧生产之过剩，供过于求，而岌岌向外以觅市场为尾闾之疏泄也。此贫弱富强之所由分，亦商战胜败之所由决也。

然则今日欲求迅速之法，以发展中国之财源，而立救贫弱者，其道为何？倘以中国而言，则本无其法，更无迅速之法也。若欲中国之实业于十年之间，而发达至美国现在之程度，则中国人不独不能知，不能行，且为梦想所不能及也。是犹望荒岛之孤人，以一人之力而发展其荒岛，使之田园尽辟，道路悉修，港湾深浚，市场繁盛，楼宇林立，公园宏伟，居宅丽都，生活优逸，如此，虽延长其寿命至万年，彼必无由以成此等之事业也。然若荒岛之孤人，肯出其岩穴所埋藏累累之金块明珠，以与海客谋，将其荒岛发展成为繁盛华丽之海市，而许酬以相当之金块明珠，则必有人焉，为之经营，为之筹划，为之招集人才，为之搜罗资料，不期年而诸事可以毕集矣。荒岛孤人，直可从心所欲，坐享其成耳。中国之欲发展其工商事业，其道亦犹是也。故其问题已不在能知不能知、能行不能行也，而直在欲不欲耳。

夫以中国之地位，中国之富源，处今日之时会，倘吾国人民能举国一致，欢迎外资，欢迎外才，以发展我之生产事业，则十年之内吾实业之发达必能并驾欧美矣。如其不信，请观美国工业发达之速率，可以知矣。当十余年前，美国之议继凿巴拿马运河也，初拟以二十年为期，以达成功，及后实行施工，不过八年而毕厥事。是比其数年前所知之工程，已加速二倍半矣。及美国对德宣战而后，其战时之工业进步更令人不可思议。往时非数十年所不能成者，而今则一年可成之矣。如造船也，昔需一两年而造成一艘者，今则二十余日可成矣。倘以战时大规模、大组织之工程，施之于建筑巴拿马运河，则一个月间便可成一运河矣。有此非常速率之工程，若吾国人能晓然于互助之利，交换之益，用人所长，补我所短，则数年之间，即可将中国之实业造成如美国今日矣。

中国实业之发达，固不仅中国一国之益也，而世界亦必同沾其利。故世界之专门名家，无不乐为中国效力，如海客之欲为荒岛孤人效力者一也。予近日致各国政府《国际共同发展中国实业计划》一书①，已得美国大表赞同，想其他之国当必惟美国之马首是瞻也。果尔，则此后只须中国人民之欲之而已。倘知此为兴国之要图，为救亡之急务，而能万众一心，举国一致，而欢迎列国之雄厚资本，博大规模，宿学人才，精练技术，为我筹划，为我组织，为我经营，为我训练，则十年之内，我国之大事业必能林立于国中，我实业之人才亦同时并起。十年之后，则外资可以陆续偿还，人才可以陆续成就，则我可以独立经营矣。若必俟我教育之普及、知识之完备而后始行，则河清无日，坐失良机，殊可惜也。必也治本为先，救穷宜急，"衣食足而知礼节，仓廪实而知荣辱"，实业发达，民生畅遂，此时普及教育乃可实行矣。今者宜乘欧战告终之机，利用其战时工业之大规模，以发展我中国之实业，诚有如反掌之易也。故曰不知亦能行者，此也。

有志竟成

夫事有顺乎天理，应乎人情，适乎世界之潮流，合乎人群之需要，而为先知先觉者所决志行之，则断无不成者也，此古今之革命维新、兴邦建国等事业是也。予之提倡共和革命于中国也，幸已达破坏之成功，而建设事业虽未就绪，然希望日佳，予敢信终必能达完全之目的也。故追述革命原起，以励来者，且以自勉焉。

夫自民国建元以来，各国文人学士之对于中国革命之著作，不下千数百种，类多道听途说之辞，鲜能知革命之事实。而于革

---

① 此书原附录于本章末后，因与《建国方略之二·实业计划》所载重复，故删去。

命之原起，更无从追述，故多有本于予之《伦敦被难记》第一章之革命事由。该章所述本甚简略，且于二十余年之前，革命之成否尚为问题，而当时虽在英京，然亦事多忌讳，故尚未敢自承兴中会为予所创设者，又未敢表示兴中会之本旨为倾覆满清者。今于此特修正之，以辅事实也。

兹篇所述，皆就予三十年来所记忆之事实而追述之。由立志之日起至同盟会成立之时，几为予一人之革命也，故事甚简单，而于赞襄之要人，皆能一一录之无遗。自同盟会成立以后，则事体日繁，附和日众，而海外热心华侨、内地忠烈志士、各重要人物，不能一一毕录于兹篇，当俟之修革命党史时，乃能全为补录也。

予自乙酉中法战败之年，始决倾覆清廷、创建民国之志。由是以学堂为鼓吹之地，借医术为人世之媒，十年如一日。当予肄业于广州博济医学校也，于同学中物识有郑士良号弼臣者，其为人豪侠尚义，广交游，所结纳皆江湖之士，同学中无有类之者。予一见则奇之，稍与相习，则与之谈革命。士良一闻而悦服，并告以彼曾投入会党，如他日有事，彼可为我罗致会党以听指挥云。予在广州学医甫一年，闻香港有英文医校开设，予以其学课较优，而地较自由，可以鼓吹革命，故投香港学校肄业。数年之间，每于学课余暇，皆致力于革命之鼓吹，常往来于香港、澳门之间，大放厥辞，无所忌讳。时闻而附和者，在香港只陈少白、尤少纨①、杨鹤龄三人，而上海归客则陆皓东而已。若其他之交游，闻吾言者，不以为大逆不道而避之，则以为中风病狂相视也。予与陈、尤、杨三人常住香港，昕夕往还，所谈者莫不为革

---

① 尤少纨：即尤列。

命之言论，所怀者莫不为革命之思想，所研究者莫不为革命之问题。四人相依甚密，非谈革命则无以为欢，数年如一日。故港澳间之戚友交游，皆呼予等为"四大寇"。此为予革命言论之时代也。

及予卒业之后，悬壶于澳门、羊城两地以问世，而实则为革命运动之开始也。时郑士良则结纳会党、联络防营，门径既通，端倪略备。予乃与陆皓东北游京津，以窥清廷之虚实；深入武汉，以观长江之形势。至甲午中东战起，以为时机可乘，乃赴檀岛、美洲，创立兴中会，欲纠合海外华侨以收臂助。不图风气未开，人心锢塞，在檀鼓吹数月，应者寥寥，仅得邓荫南与胞兄德彰①二人愿倾家相助，及其他亲友数十人之赞同而已。时适清兵屡败，高丽既失，旅、威②继陷，京津亦岌岌可危，清廷之腐败尽露，人心愤激。上海同志宋跃如乃函促归国，美洲之行因而中止。遂与邓荫南及三五同志返国，以策进行，欲袭取广州以为根据。遂开乾亨行于香港为干部，设农学会于羊城为机关。当时赞襄干部事务者，有邓荫南、杨衢云、黄咏商、陈少白等；而助运筹于羊城机关者，则陆皓东、郑士良并欧美技师及将校数人也。予则常往来广州、香港之间。惨淡经营，已过半载，筹备甚周，声势颇众，本可一击而生绝大之影响。乃以运械不慎，致海关搜获手枪六百余杆，事机乃泄，而吾党健将陆皓东殉焉。此为中国有史以来为共和革命而牺牲者之第一人也。同时被株连而死者，则有丘四、朱贵全二人。被捕者七十余人，而广东水师统带程奎光与焉，后竟病死狱中。其余之人或囚或释。此乙未九月九日，

---

① 德彰：即孙眉。

② 旅、威：即旅顺、威海卫。

为予第一次革命之失败也。

败后三日，予尚在广州城内。十余日后，乃得由间道脱险出至香港。随与郑士良、陈少白同渡日本，略住横滨。时予以返国无期，乃断发改装，重游檀岛。而士良则归国收拾余众，布置一切，以谋卷土重来。少白则独留日本，以考察东邦国情。予乃介绍之于日友菅原传，此友为往日在檀所识者。后少白由彼介绍于曾根俊虎，由俊虎而识宫崎弥藏，即宫崎寅藏之兄也。此为革命党与日本人士相交之始也。

予到檀岛后，复集合同志以推广兴中会，然已有旧同志以失败而灰心者，亦有新闻道而赴义者，惟卒以风气未开，进行迟滞。以久留檀岛无大可为，遂决计赴美，以联络彼地华侨，盖其众比檀岛多数倍也。行有日矣，一日散步市外，忽有驰车迎面而来者，乃吾师康德黎与其夫人也。吾遂一跃登车，彼夫妇不胜诧异，几疑为暴客，盖吾已改装易服，彼不认识也。予乃曰："我孙逸仙也。"遂相笑握手。问以何为而至此，曰："回国道经此地，舟停而登岸流览风光也。"予乃乘车同游，为之指导。游毕登舟，予乃告以予将作环绕地球之游，不日将由此赴美，随将到英，相见不远也。遂欢握而别。

美洲华侨之风气蔽塞，较檀岛尤甚。故予由太平洋东岸之三藩市登陆，横过美洲大陆，至大西洋西岸之纽约市，沿途所过多处，或留数日，或十数日。所至皆说以祖国危亡，清政腐败，非从民族根本改革无以救亡，而改革之任人人有责。然而劝者谆谆，听者终归藐藐，其欢迎革命主义者，每埠不过数人或十余人而已。

然美洲各地华侨多立有洪门会馆。洪门者，创设于明朝遗老，起于康熙时代。盖康熙以前，明朝之忠臣烈士多欲力图恢复，誓不臣清，舍生赴义，屡起屡蹶，与虏拚命，然卒不救明朝之亡。迨至康熙之世，清势已盛，而明朝之忠烈亦死亡殆尽。二三遗老见大势已去，无可挽回，乃欲以民族主义之根苗流传后代，故以"反清复明"之宗旨结为团体，以待后有起者，可借为资助也。此殆洪门创设之本意也。然其事必当极为秘密，乃可防政府之察觉也。夫政府之爪牙为官吏，而官吏之耳目为士绅，故凡所谓士大夫之类，皆所当忌而须严为杜绝者，然后其根株乃能保存，而潜滋暗长于异族专制政府之下。以此条件而立会，将以何道而后可？必也以最合群众心理之事迹，而传民族国家之思想。故洪门之拜会，则以演戏为之，盖此最易动群众之视听也。其传布思想，则以不平之心、复仇之事导之，此最易发常人之感情也。其口号暗语，则以鄙俚粗俗之言以表之，此最易使士大夫闻而生厌、远而避之者也。其固结团体，则以博爱施之，使彼此手足相顾，患难相扶，此最合夫江湖旅客、无家游子之需要也。而最终乃传以民族主义，以期达其反清复明之目的焉。国内之会党常有与官吏冲突，故犹不忘其与清政府居于反对之地位，而反清复明之口头语尚多了解其义者；而海外之会党多处于他国自由政府之下，其结会之需要，不过为手足患难之联络而已，政治之意味殆全失矣，故反清复明之口语亦多有不知其义者。当予之在美洲鼓吹革命也，洪门之人初亦不明吾旨，予乃反而叩之反清复明何为者，彼众多不能答也。后由在美之革命同志鼓吹数年，而洪门之众乃始知彼等原为民族老革命党也。然当时予之游美洲也，不过为初期之播种，实无大影响于革命前途也，然已大触清廷之忌矣。故于甫抵伦敦之时，即遭使馆之陷，几致不测。幸得吾师康德黎竭力营救，始能脱险。此则檀岛之邂逅，真有天幸存焉。否则吾尚无由知彼之归国，彼亦无由知吾之来伦敦也。

伦敦脱险后，则暂留欧洲，以实行考察其政治风俗，并结交其朝野贤豪。两年之中，所见所闻，殊多心得。始知徒致国家富强、民权发达如欧洲列强者，犹未能登斯民于极乐之乡也；是以欧洲志士，犹有社会革命之运动也。予欲为一劳永逸之计，乃采取民生主义，以与民族、民权问题同时解决。此三民主义之主张所由完成也。时欧洲尚无留学生，又鲜华侨，虽欲为革命之鼓吹，其道无由。然吾生平所志，以革命为唯一之天职，故不欲久处欧洲，旷废革命之时日，遂往日本，以其地与中国相近，消息易通，便于筹划也。

抵日本后，其民党领袖犬养毅遣宫崎寅藏、平山周二人来横滨欢迎，乃引至东京相会。一见如旧识，抵掌谈天下事，甚痛快也。时日本民党初握政权，大隈①为外相，犬养为之运筹，能左右之。后由犬养介绍，曾一见大隈、大石、尾崎②等。此为予与日本政界人物交际之始也。随而识副岛种臣及其在野之志士如头山、平冈、秋山、中野、铃木③等，后又识安川、犬冢、久原④等。各志士之对于中国革命事业，先后多有资助，尤以久原、犬冢为最。其为革命奔走始终不懈者，则有山田兄弟、宫崎兄弟、菊池、萱野⑤等。其为革命尽力者，则有副岛、寺尾⑥两博士。此就其直接于予者而略记之，以志不忘耳。其他间接为中国革命

---

① 大隈：即大隈重信。

② 大石、尾崎：即大石正巳、尾崎行雄。

③ 头山、平冈、秋山、中野、铃木：即头山满、平冈浩太郎、秋山定辅、中野德次郎、铃木五郎。

④ 安川、犬冢、久原：即安川敬一郎、犬冢信太郎、久原房之助。

⑤ 山田兄弟、宫崎兄弟、菊池、萱野：即山田良政、山田纯三郎、富崎弥藏、富崎寅藏、菊池良一、萱野长知。

⑥ 副岛、寺尾：即副岛种臣、寺尾亨。

党奔走尽力者尚多，不能于此一一悉记，当俟之革命党史也。

日本有华侨万余人，然其风气之锢塞、闻革命而生畏者，则与他处华侨无异也。吾党同人有往返于横滨、神户之间鼓吹革命主义者，数年之中而慕义来归者，不过百数十人而已。以日本华侨之数较之，不及百分之一也。向海外华侨之传播革命主义也，其难固已如此，而欲向内地以传布，其难更可知矣。内地之人，其闻革命排满之言而不以为怪者，只有会党中人耳。然彼众皆知识薄弱，团体散漫，凭借全无，只能望之为响应，而不能用为原动力也。由乙未初败以至于庚子，此五年之间，实为革命进行最艰难困苦之时代也。盖予既遭失败，则国内之根据、个人之事业、活动之地位与夫十余年来所建立之革命基础，皆全完消灭，而海外之鼓吹，又毫无效果。适于其时有保皇党发生，为虎作伥，其反对革命、反对共和比之清廷为尤甚。当此之时，革命前途，黑暗无似，希望几绝，而同志尚不尽灰心者，盖正朝气初发时代也。

时予乃命陈少白回香港，创办《中国日报》以鼓吹革命；命史坚如入长江，以联络会党；命郑士良在香港设立机关，招待会党。于是乃有长江会党及两广、福建会党并合于兴中会之事也。旋遇清廷有排外之举，假拳党以自卫，有杀洋人、围使馆之事发生，因而八国联军之祸起矣。予以为时机不可失，乃命郑士良入惠州，招集同志以谋发动；而命史坚如入羊城，招集同志以谋响应。筹备将竣，予乃与外国军官数人绕道至香港，希图从此潜入内地，亲率健儿，组织一有秩序之革命军以救危亡也。不期中途为奸人告密，船一抵港即被香港政府监视，不得登岸。遂致原定计划不得施行。乃将惠州发动之责委之郑士良，而命杨衢云、李纪堂、陈少白等在香港为之接济。予则折回日本，转渡台湾，拟由台湾设法潜渡内地。时台湾总督儿玉①颇赞中国之革命，以北方已陷于无政府之状态也，乃饬民政长官后藤②与予接洽，许以起事之后，可以相助。予于是一面扩充原有计划，就地加聘军官，盖当时民党尚无新知识之军人也。而一面令士良即日发动，并改原定计划，不直逼省城，而先占领沿海一带地点，多集党众，以候予来乃进行攻取。士良得令，即日入内地，亲率已集合于三洲田之众，出而攻扑新安、深圳之清兵，尽夺其械。随而转战于龙冈、淡水、永湖、梁化、白芒花、三多祝等处，所向皆捷，清兵无敢当其锋者。遂占领新安、大鹏至惠州、平海一带沿海之地，以待予与干部人员之入，及武器之接济。不图惠州义师发动旬日，而日本政府忽而更换，新内阁总理伊藤氏③对中国方针，与前内阁大异，乃禁制台湾总督不许与中国革命党接洽，又禁武器出口，及禁日本军官投效革命军者。而予潜渡之计划，乃为破坏。遂遣山田良政与同志数人，往郑营报告一切情形，并令之相机便宜行事。山田等到郑士良军中时，已在起事之后三十余日矣。士良连战月余，弹药已尽，而合集之众足有万余人，渴望干部、军官及武器之至甚切，而忽得山田所报消息，遂立令解散，而率其原有之数百人间道出香港。山田后以失路为清兵所擒被害。惜哉！此为外国义士为中国共和牺牲者之第一人也。当郑士良之在惠州苦战也，史坚如在广州屡谋响应，皆不得当，遂决意自行用炸药攻毁两广总督德寿之署而歼之。炸发不中，而史坚如被擒遇害。是为共和殉难之第二健将也。坚如聪明好学、真挚恳诚与陆皓东相若，其才貌英姿亦与皓东相若，而二人皆能诗能

---

① 儿玉：即儿玉源太郎。
② 后藤：即后藤新平。
③ 伊藤：即伊藤博文。

画亦相若。皓东沉勇，坚如果毅，皆命世之英才，惜皆以事败而牺牲。元良沮丧，国士沦亡，诚革命前途之大不幸也！而二人死节之烈，浩气英风，实足为后死者之模范。每一念及，仰止无穷。二公虽死，其精灵之萦绕吾怀者，无日或间也。庚子之役，为予第二次革命之失败也。

经此失败而后，回顾中国之人心，已觉与前有别矣。当初次之失败也，举国舆论莫不目予辈为乱臣贼子、大逆不道，咒诅谩骂之声，不绝于耳；吾人足迹所到，凡认识者，几视为毒蛇猛兽，而莫敢与吾人交游也。惟庚子失败之后，则鲜闻一般人之恶声相加，而有识之士且多为吾人扼腕叹惜，恨其事之不成矣。前后相较，差若天渊。吾人睹此情形，中心快慰，不可言状，知国人之迷梦已有渐醒之兆。加以八国联军之破北京，清后、帝之出走，议和之赔款九万万两而后，则清廷之威信已扫地无余，而人民之生计从此日蹙。国势危急，岌岌不可终日。有志之士，多起救国之思，而革命风潮自此萌芽矣。

时适各省派留学生至日本之初，而赴东求学之士，类多头脑新洁，志气不凡，对于革命理想感受极速，转瞬成为风气。故其时东京留学界之思想言论，皆集中于革命问题。刘成禺在学生新年会大演说革命排满，被清公使逐出学校。而戢元丞、沈虬斋、张溥泉①等则发起《国民报》，以鼓吹革命。留东学生提倡于先，内地学生附和于后，各省风潮从此渐作。在上海则有章太炎、吴稚晖、邹容等借《苏报》以鼓吹革命，为清廷所控，太炎、邹容被拘囚租界监狱，吴亡命欧洲。此案涉及清帝个人，为朝廷与人民聚讼之始，清朝以来所未有也。清廷虽讼胜，而章、邹不过仅

---

① 戢元丞、沈虬斋、张溥泉：即戢翼翚、沈翔云、张继。

得囚禁两年而已。于是民气为之大壮。邹容著有《革命军》一书，为排满最激烈之言论，华侨极为欢迎；其开导华侨风气，为力甚大。此则革命风潮初盛时代也。

壬寅、癸卯之交，安南总督韬美氏托东京法公使屡次招予往见，以事未能成行。后以河内开博览会，因往一行。到安南时，适韬美已离任回国，嘱其秘书长哈德安招待甚殷。在河内时，识有华商黄龙生、甄吉亭、甄璧、杨寿彭、曾齐等，后结为同志，于钦廉、河口等役尽力甚多。河内博览会告终之后，予再作环球漫游，取道日本、檀岛而赴美欧。过日本时，有廖仲恺夫妇、马君武、胡毅生、黎仲实等多人来会，表示赞成革命。予乃托以在东物识有志学生，结为团体，以任国事，后同盟会之成立多有力焉。自惠州失败以至同盟会成立之间，其受革命风潮所感，兴起而图举义者，在粤则有李纪堂、洪全福之事，在湘则有黄克强、马福益之事，其事虽不成，人多壮之。海外华侨亦渐受东京留学界及内地革命风潮之影响。故予此次漫游所到，凡有华侨之处，莫不表示欢迎，较之往昔大不同矣。

乙巳春间，予重至欧洲，则其地之留学生已多数赞成革命。盖彼辈皆新从内地或日本来欧，近一二年已深受革命思潮之陶冶，已渐由言论而达至实行矣。予于是乃揭橥吾生平所怀抱之三民主义、五权宪法以号召之，而组织革命团体焉。于是开第一会于比京，加盟者三十余人；开第二会于柏林，加盟者二十余人；开第三会于巴黎，加盟者亦十余人。开第四会于东京，加盟者数百人，中国十七省之人皆与焉，惟甘肃尚无留学生到日本，故阙之也。此为革命同盟会成立之始。因当时尚多讳言"革命"二字，故只以同盟会见称，后亦以此名著焉。自革命同盟会成立之后，予之希望则为之开一新纪元。盖前此虽身当百难之冲，为举世所非笑唾骂，一败再败，而犹冒险猛进者，仍未敢望革命排满事业能及吾身而成者也；其所以百折不回者，不过欲有以振起既死之人心，昭苏将尽之国魂，期有继我而起者成之耳。及乙巳之秋，集合全国之英俊而成立革命同盟会于东京之日，吾始信革命大业可及身而成矣。于是乃敢定立"中华民国"之名称而公布于党员，使之各回本省，鼓吹革命主义，而传布中华民国之思想焉。不期年而加盟者已逾万人，支部则亦先后成立于各省。从此革命风潮一日千丈，其进步之速，有出人意表者矣！

　　当时外国政府之对于中国革命党，亦多刮目相看。一日予从南洋往日本，船泊吴淞，有法国武官布加卑者，奉其陆军大臣之命来见，传达彼政府有赞助中国革命事业之好意，叩予革命之势力如何。予略告以实情。又叩以："各省军队之联络如何？若已成熟，则吾国政府立可相助。"予答以未有把握。遂请彼派员相助，以办调查联络之事。彼乃于驻扎天津之参谋部派定武官七人，归予调遣。予命廖仲恺往天津设立机关，命黎仲实与某武官调查两广，命胡毅生与某武官调查川滇，命乔宜斋①与某武官往南京、武汉。时南京、武昌两处新军皆大欢迎。在南京有赵伯先②接洽，约同营长以上各官相见，秘密会议，策划进行。而武昌则有刘家运接洽，约同同志之军人在教会之日知会开会，到会者甚众，闻新军镇统张彪亦改装潜入。开会时各人演说，大倡革命，而法国武官亦演说赞成，事遂不能秘密。而湖广总督张之洞乃派洋关员某国人尾法武官之行踪，途上与之订交，亦伪为表同情于中国革命者也。法武官以彼亦西人，不之疑也，故内容多为

---

①　乔宜斋：即乔义生。
②　赵伯先：即赵声。

彼探悉。张之洞遂奏报其事于清廷，其中所言革命党之计划，或确或否。清廷得报，乃大与法使交涉。法使本不知情也，乃请命法政府何以处分布加卑等。政府饬彼勿问，清廷亦无如之何。未几法国政府变更，而新内阁不赞成是举，遂将布加卑等撤退回国。后刘家运等则以关于此事被逮而牺牲也。此革命运动之起国际交涉者也。

同盟会成立未久，发刊《民报》鼓吹三民主义，遂使革命思潮弥漫全国，自有杂志以来可谓成功最著者。其时慕义之士，闻风兴起，当仁不让，独树一帜以建义者，踵相接也。其最著者，如徐锡麟、熊成基、秋瑾等是也。丙午萍醴之役，则同盟会会员自动之义师也。当萍醴革命军与清兵苦战之时，东京之会员莫不激昂慷慨，怒发冲冠，亟思飞渡内地，身临前敌，与虏拼命，每日到机关部请命投军者甚众。稍有缓却，则多痛哭流泪，以为求死所而不可得，苦莫甚焉。其雄心义愤，良足嘉尚。独惜萍乡一举为会员之自动，本部于事前一无所知，故临时无所备。然而会员之纷纷回国从军者，已相望于道矣。寻而萍醴之师败，而禹之谟、刘道一、宁调元、胡瑛等竟被清吏拿获，或囚或杀者多人。此为革命同盟会会员第一次之流血也。

由此而后，则革命风潮之鼓荡全国者，更为从前所未有，而同盟会本部之在东，亦不能久为沉默矣。时清廷亦大起恐慌，屡向日本政府交涉，将予逐出日本境外。予乃离日本，而与汉民、精卫二人同行而之安南，设机关部于河内，以筹划进行。旋发动潮州黄冈之师，不得利，此为予第三次之失败也。继又命邓子瑜发难于惠州，亦不利，此为予第四次之失败也。

时适钦、廉两府有抗捐之事发生，清吏派郭人漳、赵伯先二人各带新军三四千人往平之。予乃命黄克强随郭人漳营，命胡毅生随赵伯先营，而游说之以赞成革命。二人皆首肯，许以若有堂堂正正之革命军起，彼等必反戈相应。于是一面派人往约钦廉各属绅士乡团为一致行动，一面派萱野长知带款回日本购械，并在安南招集同志，并聘就法国退伍军官多人，拟器械一到，则占据防城至东兴一带沿海之地，为组织军队之用。东兴与法属之芒街，仅隔一河，有桥可达，交通甚为利便也。满拟武器一到，则吾党可成正式军队二千余人，然后集合钦州各乡团勇六七千人，而后要约郭人漳、赵伯先二人所带之新军约六千余人，便可成一声势甚大之军队。再加以训练，当成精锐，则两广可收入掌握之中。而后出长江以合南京、武昌之新军，则破竹之势可成，而革命可收完全之效果矣。乃不期东京本部之党员忽起风潮，而武器购买运输之计划为之破坏。至时防城已破，武器不来，予不特失信于接收军火之同志，并失信于团绅矣。而攻防城之同志至时不见武器之来，乃转而逼钦州，冀郭军之响应。郭见我军之薄弱，加以他军为之制，故不敢来。我军遂进围灵山，冀赵军之响应。赵见郭尚未来，彼亦不敢来。我军以力薄难进，遂退入十万大山。此为予第五次之失败也。

钦廉计划不成之后，予乃亲率黄克强、胡汉民并法国军官与安南同志百数十人，袭取镇南关，占领三要塞，收其降卒。拟由此集合十万大山之众，而会攻龙州。不图十万大山之众以道远不能至，遂以百余众握据三炮台，而与龙济光、陆荣廷等数千之众连战七昼夜，乃退入安南。予过谅山时为清侦探所察悉，报告清吏。后清廷与法国政府交涉，将予放逐出安南。此为予第六次之失败也。

予于离河内之际，一面令黄克强筹备再人钦廉，以图集合该地同志；一面令黄明堂窥取河口，以图进取云南，以为吾党根据之地。后克强乃以二百余人出安南，横行于钦、廉、上思一带。转战数月，所向无前，敌人闻而生畏，克强之威名因以大著。后以弹尽援绝而退出。此为予第七次之失败也。

予抵星洲数月之后，黄明堂乃以百数十人袭得河口，诛边防督办，收其降众千有余人，守之以待干部人员前往指挥。时予远在南洋，又不能再过法境，故难以亲临前敌以指挥之，乃电令黄克强前往指挥。不期克强行至半途，被法官疑为日本人，遂截留之而送之回河内；为清吏所悉，与法政府交涉，乃解之出境。而河口之众，以指挥无人，失机进取，否则，蒙自必为我有，而云南府亦必无抵抗之力。观当时云贵总督锡良求救之电，其仓皇失措可知也。黄明堂守候月余，人自为战，散漫无纪；而虏四集，其数约十倍于我新集之众，河口遂不守。而明堂率众六百余人退入安南。此为予第八次之失败也。

后党人由法政府遣送出境，而往英属星加坡。到埠之日，为英官阻难，不准登岸。驻星法领事乃与星督交涉，称此六百余众乃在河口战败而退入法境之革命军，法属政府以彼等自愿来星，故送之至此云云。星督答以中国人民而与其本国政府作战，而未得他国承认为交战团体者，本政府不能视为国事犯，而只视为乱民；乱民入境，有违本政府之禁例，故不准登岸。而法国邮船停泊岸边两日。后由法属政府表白：当河口革命战争之际，法政府对于两方曾取中立态度，在事实上直等于承认革命党之交战团体也，故送来星加坡之党人，不能作乱民看待等语。星政府乃准登岸。此革命失败之后所发生之国际问题也。

由黄冈至河口等役，乃同盟会干部由予直接发动，先后六次失败。经此六次之失败，精卫颇为失望，遂约合同志数人入北京与虏酋拚命，一击不中，与黄复生同时被执系狱，至武昌起义后乃释之。

同盟会成立之前，其出资以助义军者，不过予之亲友中少数人耳，此外则无人敢助，亦无人肯助也。自同盟会成立后，始有向外筹资之举矣。当时出资最勇而多者张静江也，倾其巴黎之店所得六七万元尽以助饷。其出资勇而挚者，安南堤岸之黄景南也，倾其一生之蓄积数千元，尽献之军用，诚难能可贵也。其他则有安南西贡之巨商李卓峰、曾锡周、马培生等三人，曾各出资数万，亦当时之未易多见者。

予自连遭失败之后，安南、日本、香港等地与中国密迩者皆不能自由居处，则予对于中国之活动地盘已完全失却矣。于是将国内一切计划委托于黄克强、胡汉民二人，而予乃再作漫游，专任筹款，以接济革命之进行。后克强、汉民回香港设南方统筹机关，与赵伯先、倪映典、朱执信、陈炯明、姚雨平等谋，以广州新军举事，运动既熟，拟于庚戌年正月某日发难。乃新军中有热度过甚之士，先一日因小事生起风潮，于是倪映典仓卒入营，亲率一部分从沙河进攻省城，至横枝冈，为敌截击。映典中弹被擒死，军中无主，遂以溃散。此吾党第九次之失败也。

时予适从美东行，至三藩市，闻败而后，则取道檀岛、日本而回东方。过日本时，曾潜行登陆，随为警察探悉，不准留居。遂由横滨渡槟榔屿，约伯先、克强、汉民等来会，以商卷土重来之计划。时各同志以新败之余，破坏最精锐之机关，失却最利便之地盘；加之新军同志亡命南来者实繁有徒，招待安插，为力已穷；而吾人住食行动之资，将虞不继。举目前途，众有忧色。询及将来计划，莫不唏嘘太息，相视无言。予乃慰以："一败何足馁？吾曩之失败，几为举世所弃，比之今日，其困难实百倍。今日吾辈虽穷，而革命之风潮已盛，华侨之思想已开，从今而后，只虑吾人之无计划、无勇气耳！如果众志不衰，则财用一层，予当力任设法。"时各人亲见槟城同志之穷，吾等亡命境地之困，日常之费每有不给，顾安得余资以为活动。予再三言必可设法。伯先乃言："如果欲再举，必当立速遣人携资数千金回国，以接济某处之同志，免彼散去。然后图集合，而再设机关以谋进行。吾等亦当继续回香港与各方接洽。如是日内即需川资五千元；如事有可为，则又非数十万大款不可。"予乃招集当地华侨同志会议，勖以大义，一夕之间，则醵资八千有奇。再令各同志担任到各埠分头劝募，数日之内，已达五六万元，而远地更所不计。既有头批的款，已可分头进行。计划既定，予本拟遍游南洋英荷各属，乃荷属则拒绝不许予往，而英属及暹逻亦先后逐予出境。如是则东亚大陆之广，南洋岛屿之多，竟无一寸为予立足之地，予遂不得不远赴欧美矣。到美之日，遍游各地，劝华侨捐资以助革命，则多有乐从者矣。于是乃有辛亥三月二十九广州之举。是役也，集各省革命党之精英，与彼虏为最后之一搏。事虽不成，而黄花冈七十二烈士轰轰烈烈之概已震动全球，而国内革命之时势实以之造成矣。此为吾党第十次之失败也。

先是陈英士、宋钝初、谭石屏、居觉生等既受香港军事机关之约束，谋为广州应援；广州既一败再败，乃转谋武汉。武汉新军自予派法国武官联络之后，革命思想日日进步，早已成熟。无如清吏防范亦日以加严。而端方调兵入川，湖广总督瑞澂则以最富于革命思想之一部分交端方调遣。所以然者，盖欲弭患于未然也。然自广州一役之后，各省已风声鹤唳，草木皆兵，而清吏皆尽入恐慌之地，而尤以武昌为甚。故瑞澂先与某国领事相约，请彼调兵船入武汉，倘有革命党起事，则开炮轰击。时已一日数惊，而孙武、刘公等积极进行，而军中亦跃跃欲动。忽而机关破坏，拿获三十余人。时胡瑛尚在武昌狱中，闻耗，即设法止陈英士等勿来。而炮兵与工程等营兵士已多投入革命党者，闻彼等名册已被搜获，明日则必拿人等语。于是迫不及待，为自存计，熊秉坤首先开枪发难，而蔡济民等率众进攻，开炮轰击督署。瑞澂闻炮，立逃汉口，请某领事如约开炮攻击。以庚子条约，一国不能自由行动，乃开领事团会议。初意欲得多数表决，即行开炮攻击以平之。各国领事对于此事皆无成见，惟法国领事罗氏乃予旧交，深悉革命内容；时武昌之起事第一日则揭橥吾名，称予命令而发难者。法领事于会议席上乃力言孙逸仙派之革命党，乃以改良政治为目的，决非无意识之暴举，不能以义和拳一例看待而加干涉也。时领袖领事为俄国，俄领事与法领事同取一致之态度，于是各国多赞成之。乃决定不加干涉，而并出宣布中立之布告。瑞澂见某领事失约，无所倚恃，乃逃上海。总督一逃，而张彪亦走，清朝方面已失其统驭之权，秩序大乱矣。然革命党方面，孙武以造炸药误伤未愈，刘公谦让未遑，上海人员又不能到；于是同盟会会员蔡济民、张振武等，乃迫黎元洪出而担任湖北都督，然后秩序渐复。厥后黄克强等乃到。此时湘鄂之见已萌，而号令已不能统一矣。按武昌之成功，乃成于意外，其主因则在瑞澂一逃；倘瑞澂不逃，则张彪断不走，而彼之统驭必不失，秩序必不乱也。以当时武昌之新军，其赞成革命者之大部分已由端方调往四川，其尚留武昌者只炮兵及工程营之小部分耳，其他留武昌之新军尚属毫无成见者也。乃此小部分以机关破坏而自危，决冒险以图功，成败在所不计；初不意一击而中也。此殆天心助汉而亡胡者欤！

武昌既稍能久支，则所欲救武汉而促革命之成功者，不在武汉之一着，而在各省之响应也。吾党之士皆能见及此，故不约而同，各自为战，不数月而十五省皆光复矣。时响应之最有力而影响于全国最大者，厥为上海。陈英士在此积极进行，故汉口一失，英士则能取上海以抵之，由上海乃能窥取南京。后汉阳一失，吾党又得南京以抵之，革命之大局因以益振。则上海英士一木之支者，较他着尤多也。

武昌起义之次夕，予适行抵美国哥罗拉多省之典华城①。十余日前，在途中已接到黄克强在香港发来一电，因行李先运送至此地，而密电码则置于其中，故途上无由译之。是夕抵埠，乃由行李检出密码，而译克强之电。其文曰："居正从武昌到港，报告新军必动，请速汇款应急"等语。时予在典华，思无法可得款，随欲拟电覆之，令勿动。惟时已入夜，予终日在车中体倦神疲，思虑纷乱，乃止。欲于明朝睡醒精神清爽时，再详思审度而后覆之。乃一睡至翌日午前十一时，起后觉饥，先至饭堂用膳，道经回廊报馆，便购一报携入饭堂阅看。坐下一展报纸，则见电报一段曰："武昌为革命党占领。"如是我心中踌躇未决之覆电，已为之冰释矣。乃拟电致克强，申说覆电延迟之由，及予以后之行踪。遂起程赴美东。

时予本可由太平洋潜回，则二十余日可到上海，亲与革命之战，以快生平。乃以此时吾当尽力于革命事业者，不在疆场之上，而在樽俎之间，所得效力为更大也。故决意先从外交方面致力，俟此问题解决而后回国。按当时各国情形，美国政府对于中国则取门户开放、机会均等、领土保全，而对于革命则尚无成见，而美国舆论则大表同情于我。法国则政府、民间之对于革命皆有好意。英国则民间多表同情，而政府之对中国政策，则惟日

---

① 哥罗拉多省、典华城：今译科罗拉多（Colorado）州、丹佛（Denver）市。

本之马首是瞻。德、俄两国当时之趋势，则多倾向于清政府；而吾党之与彼政府民间皆向少交际，故其政策无法转移。惟日本则与中国最密切，而其民间志士不独表同情于我，且尚有舍身出力以助革命者。惟其政府之方针实在不可测，按之往事，彼曾一次逐予出境，一次拒我之登陆，则其对于中国之革命事业可知；但以庚子条约之后，彼一国不能在中国单独自由行动。要而言之，列强之与中国最有关系者有六焉：美、法二国，则当表同情革命者也；德、俄二国，则当反对革命者也；日本则民间表同情，而其政府反对者也；英国则民间同情，而其政府未定者也。是故吾之外交关键，可以举足轻重为我成败存亡所系者，厥为英国；倘英国右我，则日本不能为患矣。

予于是乃起程赴纽约，觅船渡英。道过圣路易城时，购报读之，则有"武昌革命军为奉孙逸仙命令而起者，拟建共和国体，其首任总统当属之孙逸仙"云云。予得此报，于途中格外慎密，避却一切报馆访员，盖恶虚声而图实际也。过芝加古①时，则带同志朱卓文一同赴英。抵纽约时，闻粤中同志图粤急，城将下。予以欲免流血计，乃致电两广总督张鸣岐，劝之献城归降，而命同志全其性命。后此目的果达。到英国时，由美人同志咸马里代约四国银行团主任会谈，磋商停止清廷借款之事。先清廷与四国银行团结约，订有川汉铁路借款一万万元，又币制借款一万万元。此两宗借款，一则已发行债票，收款存备待付者；一则已签约而未发行债票者。予之意则欲银行团于已备之款停止交付，于未备之款停止发行债票。乃银行主干答以对于中国借款之进止，悉由外务大臣主持，此事本主干当惟外务大臣之命是听，不能自

---

① 芝加古：今译芝加哥。

由作主也云云。予于是乃委托维加炮厂总理为予代表，往与外务大臣磋商，向英政府要求三事：一、止绝清廷一切借款；二、制止日本援助清廷；三、取消各处英属政府之放逐令，以便予取道回国。三事皆得英政府允许。予乃再与银行团主任开商革命政府借款之事。该主干曰："我政府既允君之请而停止吾人借款清廷，则此后银行团借款与中国，只有与新政府交涉耳。然必君回中国成立正式政府之后乃能开议也。本团今拟派某行长与君同行归国，如正式政府成立之日，就近与之磋商可也。"时以予在英国个人所能尽之义务已尽于此矣，乃取道法国而东归。过巴黎，曾往见其朝野之士，皆极表同情于我，而尤以现任首相格利门梳为最恳挚。

予离法国三十余日，始达上海。时南北和议已开，国体犹尚未定也。当予未到上海之前，中外各报皆多传布谓予带有巨款回国，以助革命军。予甫抵上海之日，同志之所望我者以此，中外各报馆访员之所问者亦以此。予答之曰："予不名一钱也，所带回者，革命之精神耳！革命之目的不达，无和议之可言也。"于是各省代表乃开选举会于南京，选举予为临时总统。予于基督降生一千九百十二年正月一日就职。乃申令颁布定国号为中华民国，改元为中华民国元年，采用阳历。于是予三十年如一日之恢复中华、创立民国之志，于斯竟成。

一九二二年合编

在广州全国学生评议会上的演说

今日学生联合会总会到此地来开会，是学生已懂得将国事引为己任联合团体来研究的方法了。各国改革精神，多半由学生首先提倡，即以我们推倒满洲、挂起中华民国招牌而论，学生的力量最多。我们的招牌算是挂起来了，但是十二年来变乱不止，人民痛苦甚于在清朝为奴为仆的时候。现在的政治、教育、实业，多半不及清朝的好。因此多数人民都以为在清朝可享太平之福，现在民国不如从前了。既是多数的人民想念清朝，以后再发生复辟，也说不定。现在学生联合团体，担任国事，或可挽回这种多数人的意念。这种心思和行事，深可嘉尚！

但是方法应该怎样？应该在此地切实研究。为什么十二年来人民都以为祸乱是革命产生出来的？中国大多数人的心理"宁为太平犬，不作乱离王"。这种心理不改变，中国是永不能太平的。因为有这种心理，所以样样敷衍苟安，枝枝节节，不求一彻底痛快的解决，要晓得这样是不行的。你不承认十二年的祸乱是革命党造成的么？民意大多数却承认是这样的。若以大多数人解决问题，那只好从他们的希望实行复辟了。我们有时到乡下去，高年父老都向我们说："现在真命天子不出，中国决不能太平。"要是中国统计学发达，将真正民意综起来分析一下，一定复辟的人占三万万九千万多。我们果然要尊崇民意，三四十年前只好不提革命了。因为在那时，多数人要詈我们乱臣贼子，是叛贼，人人可得而诛之的。你们要实行自己的宗旨，不要处处迁就民意，甚至与民意相反，也是势所不恤的。学生是读书明理的人，是指导社会的，若不能以先知觉后知，以先觉觉后觉，而苟且从俗，随波逐流，那就无贵乎有学生了。

世界上的学问，是少数人发明的，古今中外，多数人总是不知不觉的。但是世界进化，都是不知不觉做成的。近二百年来科学发达，才逐渐的将几千年来的不知不觉，加上新的有知有觉。不知不觉是天然的进化，是自然的；有知有觉是人为的进化，是非自然的。前者进化慢，而后者进化快。以进化快者补进化慢者，这是我们的责任。学生做先知先觉，要发明真理，以引导人群、引导社会，决不可随波逐流，毫无振作。今你们各位集会于此，要将中国十二年来的乱源细心研究。本来十二年来的变乱，不是革命党造成的，但也可说是他们制成的。就前者说，因革命并没有成功，所以纷乱不是革命党人的过错；但就后者说，为什么既发动了而不将它完成呢？所以真正原因，还是革命未成功之过。我们举历史为证，举一二百年来的历史为证：比如美国革命，脱离英国羁绊，血战八年以后，永无战争发生。中间虽然经过南北之战，但这次战役，是为人道权利而战的，所以美国到现在最富强，因为伊的革命成功；法国革命乱了七八十年，然后安定，安定以后，永无内乱，人民乐业。其余各国革命皆如此。因为革命思潮在某种民族内有人发起，一定是蓬蓬勃勃、不可压抑，每每出始倡导的人首受牺牲；但是革命思潮，却逐渐传播，终必达到目的。中国革命还没有成功，所以革命要一直下去，到成功然后止，因为革命力量是不能压抑的。譬如高山顶上有块大石，若不动他，就千万年也不会动。但是有人稍为拨动之后，他由山顶跌下，非到地不止。要是有人在半山腰想截住他，这人一定是笨呆的了。中国革命非达到三民主义实现、五权宪法颁行，决不能止。中国官僚富人都求眼前的太平，每次总想将革命扑灭，以便过苟且偷安的日子。好象从前拥护袁世凯，拥护军阀，以压抑革命，这正如半山腰抵抗顽石，不使下坠，暂时或者有效，但是终久顽石非到地不可。法国革命就是一个好的榜样。这种反革命的心理，就是我们中国的乱源。今日学生集会讨论补救国家的方法，希望注意此点。

照今天众君的言论和所发的宣言看来，大概注重外交、内政两方面，所谓外抗列强，内倒军阀。我看这两种问题，不可相提并论。我们中国四万万人占地球人种数目四分之一，有四千多年的文明，如此还怕外人欺负么？要防制外人，不是空言去抵货所能奏功的。外交纯恃内政，内政要是好，外交简直不成问题。诸君想想，乱国怎能有外交？比如二十一条，若我们革命成功，何难取消！日本比起中国来，真是小国了，受他的欺负，只能自怪。比如一个硕大且长的人，被四五岁小孩欺负了，跑向旁人的面前哭诉，成何体统？所以抵制日货是可耻的。诸君的精神要全用在革命的进程上，早早想法自强。强了以后，怕外国人不趋承恐后么？我记得二三十年前初到日本，她国的父老对我极其恭维，说我是大国的人民，现在这一班老年人都死了。古时我们中国有一种善德，说是：人骂而当面还咀的人是庸夫。要回家细想，人家为什么要骂我？其度量之大如此。我们切不可失掉堂堂大国之风。民国以来，我们算是很弱了，前二三十年进贡的国还很多。即在元年，尼泊尔国还有贡使到成都，以后因西藏路塞，不丹、尼泊尔二国才没有进贡。诸君知道尼泊尔版图并不小于日本，他们的民族名曰廓尔喀，人种极强，英国守印度的卫兵都恃这种人，但是他们还向我们进贡。要是他们知道我们因受日本的欺负而排货，一定会惊咤不已，怎么大国也受日本的欺负了？这不是失掉他们的信仰么？你们研究根本问题，切不可枝枝节节为之。根本问题就是革命未成功，学生应该担负这种责任，竟未成之功。我想你们对于革命的主义和精神，怕不大明白，恐怕革命的认识与历史也不大明白哩。比如五色旗，你们刚才向伊三鞠躬，我就不，你们一定以为我不敬国旗了。那里晓得五色旗是清朝一品官的旗，我们革了皇帝的龙旗，却崇拜官僚的五色旗，成什么话！诸君要就弃去五色旗，要就用我们从前革命的旗帜，现在海军用的青天白日旗。再如《卿云歌》，你们说他是国歌。我想一定是官僚颁布的，有何意义？其实这些形式，顶好现在不讲，等我们革命成功后，广延硕彦，大集群贤，再制礼作乐未迟。

我们说说辛亥革命的事实。在武昌起义前数天，革命党干部被捉去三十余人，杀了许多，所有党籍的册子都被搜去。当时炮兵营工程营的兵士列名党籍的很多，怕的了不得，大家悄悄的聚议，与其明天捉去杀头，不如我们先下手拚个死活。但是有炮无步枪，是不中用的。步枪的子弹，前几天早一一缴呈上官了，这怎么办呢？幸而有一位熊秉坤，他有一个朋友刚退伍，手上还有二盒子弹共二百颗，一齐借来，每人发三四颗，藉以发难。以后推大炮进城攻总督府，将瑞澂吓跑了。但是当时本城干部既遭难，上海干部又匆遽未到，要找领袖人物才好。当时黎元洪一标人守中立，黎本人听见大乱，早躲入床下了。张振武、方维一班人，以为他人还忠厚，可以推为形式上的首领，于是强勉将他从床下拉出来，以手枪逼迫，非做都督不可。他那时只顾惜眼前的性命，也不管以后所虑的灭族了。干了一二月，看见各省风起云涌，群揭义旗，黎视以为这种可以干咧，野心因之勃发。以后杀张、方，是报他们轻视他之仇。民国坏到这种地步，黎元洪勾结袁世凯之罪不能辞！再说我几十年前提倡革命的事。当时我在日本发起革命，除了少数英俊外，大家都掩耳疾走，以为乱臣贼子又生了。就是少数英俊，也不敢自信自命革命党，所以当时名目叫做同盟会，这个名目真是不求甚解了。

今天诸君研究的，在确定革命主旨，使全国学生皆集于革命旗帜之下，努力进行，果然能够百折不回，则革命成功，自可如志，外交自然不成问题。数十年前我亡命时，遇见暹罗外交次长，我告以中国要革命的理由。他说要是中国革命成功，暹罗愿为中国之一省。外交次长对亡命客所言如此，暹罗现今成为独立了。前几十年伊还在进贡，后因贡船在广州洋面被劫才止。可见中国若强，高丽、安南，一定会要求我们准伊们加入中国，到那时日本也不欺负我们了。大家知道日本强了，我们为什么不能强呢？学生诸君，切勿自馁！我们是黄帝的子孙，要素强大，行乎强大。二三十年前，有一派人说中国决不能倡革命，要革命准会遭瓜分的，因为列强虎视眈眈，其欲逐逐。"瓜分"二字，到现在影也无了。但是在当时，却是反对革命的人的强固理由，如梁启超一派，就是这种主张。他们又讲革命不是好干的。我们驳他们说，中国几千年来的朝代兴革，都不是革命么？不过在那时是一姓一朝的改革，现在却因民权自由的思潮，要做人民的革命罢了。现在共管之说，同三十年前瓜分之说一样利害，我们也随着大嚷特嚷，我觉得太失大国之风了。他们要共管，就来共管罢了，怕他什么？倡共管之说的，是无世界知识的人。其实欧洲战争之后，各国百孔千疮，只有美国同日本还保持战前的地位，别的国差不多是病夫了。病夫能管我们么？那么除非我们也是病夫。我们不要太相信那些在中国的无聊的外国记者和商人的话。我记得当龙济光做广东将军的时候，从香港来了二个外国人，说要拜会他。龙氏赶忙带同翻译，招待外国人到花厅，设盛馔相待。闹了半天，翻译问他有什么事要同将军商量？他嗫嚅道：我来想替将军量衣服，我是裁缝。

学生宜顾大体，宜努力革命。我不能多讲话，只就形式方面说，不要再用官僚的旗、官僚的歌。就精神方面说，我们是革命党。三民主义、五权宪法，学生诸君大半知道。只就民权一项说，我们要争回领土，要争回主权。刚才你们的宣言上说：中国是"半独立国"，其实错了。中国那里是半独立国？简直是殖民地罢了。安南是法国人的，高丽是日本人的，但是伊们都只服侍一个主人。我们主人多着哩。凡是从前订有约的，都是我们的主人，我们是伊们的奴隶。这只怪满清，伊因为痛恨革命党，所以宁以主权给外人，不给家奴。凡此种种，在我们革命成功后，自然是要论到的。其实日本大蠢，不要二十一条，只凭着条约，藉口利益均沾主义即可。再如美国去年帮助我们，有"华府会议"之召集。但国事只靠我们自己努力，不关外人帮助不帮助。学生做事，宜从有意识方面做起。五十年前的日本，二十年前的暹罗，还不及我们哩。从今天起，如果大家同心协力，十年以内，中国可以为世界最强的国家。但是大家不相信这句话，我们同志也不相信这句话。广东人说我是"大炮"，"孙大炮"！诸君若信我的话，以日本为例，前三十年日本人只三千万，非常之愚昧。但是上从天皇，下至庶民，人人虚心，种种庶政机关几乎尽用外国人。外国人坏的也有，可是好的真不少，做事极有功效。暹罗在二十年前，我到时刚用外人，现在他们两国统共是完全独立国了。其实暹罗人口只七百余万，中有四百万人是中国子孙，地方还小于广州一府哩。我们中国改革，不必学他们尽用洋人，我们中国的人才也许够用了。只因我们失却自信力，故效果少见。

诸君提起个人自信力，努力宣传，先从全国学生起，担当革命的重任。从前世界上有两个病夫，一是近东的土耳其，一是远东的中国。现在近东的病夫，因国民党革命奋斗之力，已脱却病态，攘臂入于诸列强之林了。远东病夫或从此脱却病症，成为健夫，或从此日就衰弱，竟至不起，这里责任全在诸君的身上！

一九二三年八月十五日

在广州岭南学生欢迎会上的演说

诸君：

兄弟今日得来此地，对岭南大学学生会，有机会和诸君相见，我是很喜欢的。因为诸君是中华民国后起之秀，将来继续建设民国的责任，我对于诸君是很有希望的。中华民国自开创以至今日，已经有了十二年。这十二年内，无日不是在纷乱之中。从前有南北的分裂，现在有各省和各部分的分裂，干戈相见，糜烂不堪。这个原因是承满清政府之后，对于旧国家破坏的事业，还未成功，所以新国家便无从建设。将来破坏成功之后，继续建设成一个新民国，还要希望后起的诸君，担负那个大责任。

今天对诸君，如果专讲国家大事，那么，千头万绪，不是一两点钟可以说得完的。惟就我今天到岭南大学来，看见这个学校之内，规模宏大，条理整齐，便生有很大的感触。现在就拿这个感触，和诸君谈谈。岭南大学是在广东省，诸君在此用功，知道这个学校的规模宏大，条理整齐，教育良善，和其余的学校比较起来，不但是在广东可以说是第一，就是在中国西南各省，也可算是独一无二。为什么广东只有一个好岭南大学，没有别的好学校呢？就是西南各省，也没有第二个学校和岭南大学一样呢？因为这个大学是美国人经营的，诸君在此所受的教育，是美国的教育；诸君住在这个学校之内，和在美国本国的学校没有分别。我们推测为什么美国有这样好的学校，中国没有呢？中国何以不能自己创办呢？因为欧美的文明，近二百多年来非常发达，美国近几十年来尤其进步。他们国内的情形，不但是教育办得好，就是工业、商业和一切社会事业，都比中国进步的多。中国的一切事业，到了今日，可说是腐败到了极点。腐败的原因，是在人民过于堕落。就历史上陈迹看起来，中国向来是不是都不如外国呢？从前有几朝，中国都是比外国好的，所以这个堕落的现象，不过是近来才有的。再就中国现在青年受教育的情形说，全国之内到处用兵，普通人民救死之不暇，有几多人还能够有力量送子弟去读书呢？就是青年在学校读书的，又有几多人能够象诸君有这样好的机会，在这样好的学校，受高等外国教育呢？单就广东的户口讲，人数号称三千万，如果提十分之一，也有三百万青年，应该像诸君都有受这种教育的机会。而现在只有诸君的一千几百人，才有这个机会。诸君想想，自己的机会，该是何等好呢？现在民国，人民受教育，是大家都要有平等机会的。就今日情形看来。他们不能受高等教育的，是没有平等的机会。诸君现在受这样高等教育，是诸君机会比他们好。诸君现在所享的幸福，比他们也好。将来学成之后，应该有一种贡献，改良社会，让他们以后能够得到平等的机会才对。

诸君现在受教育的时候，预想将来学成之后，有一种贡献到社会上，究竟应该做些什么事呢？诸君现在还未毕业，知识不大发达，学问没有成就，自然不能责备诸君，一定要做些什么事，但是在没有做事之先，应该有什么预备呢？应该要注意些什么事呢？依我看来，在这个时期之内，第一件是要立志。立志是读书人最要紧的一件事。中国人读书的思想，都以为士为四民之首，比农、工、商贾几种人都要高一些。二三十年以前的学生，他们有一种立志，就是在闭户自读的时候，总想入学、中举、点翰林。以后还要做大官。我今天希望诸君的，不是那种旧思想的立志，是比那入学、中举、点翰林、做大官的志还要更大。中国几千年以来，有志的人本不少，但是他们那种立志的旧思想，专注重发达个人，为个人谋幸福，和近代的思想大不相合。近代人类立志的思想，是注重发达人群，为大家谋幸福。用事实说，我们中国青年应该有的志愿，是在什么地方呢？是要把中华民国重新建设起来，让将来民国的文明，和各国并驾齐驱。我们现在的文明，都是从外国输入进来的，全靠外人提倡，这是几千年以来从古没有的大耻辱。如果我们立志，改良国家，万众一心，协力奋斗做去，还是可以追踪欧美。若是不然，中国便事事落在人尾，永远不能自己发达，永远没有进步。推其极端，中国便非沦于灭亡不可。所以现在的青年，便应该以国家为己任，把建设将来社会事业的责任担负起来。这种志愿究竟是如何立法呢？我读古今中外的历史，知道世界极有名的人，不全是从政治事业一方面做成功的；有在政权上一时极有势力的人，后来并不知名的；有极知名的人，完全是在政治范围之外的。简单的说，古今人物之名望的高大，不是在他所做的官大，是在他所做的事业成功。如果一件事业能够成功，便能够享大名。所以我劝诸君立志，是要做大事，不可要做大官。

什么是叫做大事呢？大概的说，无论那一件事，只要从头至尾，彻底做成功，便是大事。譬如从前有个法国人叫做柏斯多，专用心力考察人眼所不能见的东西，那种东西极微妙，极无用处，为通常人目力之所不及。在普通人看起来，必以为算不得一回什么事，何以枉费工夫去研究他呢？但是柏斯多把他的构造性质和对于别种东西的关系，自头至尾研究出来，成一种有系统的结果，把这种东西便叫做微生物。由研究这种微生物，便发明微生物对于各种动植物的妨害极大，必须要把他扑灭才好。现在世界人类受知道扑灭这种微生物的益处，不知道有多少。譬如从前的人，不知道蚕有受病的，所以常常有许多蚕吐丝不多，所获的利益极微。现在知道蚕也有受病的，蚕受了病，便不能吐丝。考察他受病的原因，是由于有一种微生物；消灭这种微生物，便可医好蚕的病，乃可多吐丝。现在广东每年所出丝加多几千万，但许多还有不知道医蚕病的，如果都知道消灭害蚕的微生物，更可增加无限的收入，那种利益该是何等大呢？现在全世界上由于知道消灭害蚕的微生物，所得的总利益，又是何等大呢？但是当柏斯多立志研究微生物的时候，他也不知道有这样大的利益。用这件故事证明的意思，便是说微生物本是极微妙极小的东西。但是研究他关系于动植物的利害，有一种具体结果，贡献到人类，便是一件很大的事。柏斯多立志研究的东西，虽然说是很小，但是他彻底得了结果，便是成了大事，所以他在历史上便享大名。我们中国从前的人，都不知道象柏斯多这样的立志，只知道立志要入学、中举、点状元、做宰相，并且还有要做皇帝的。譬如秦始皇出游的时候，刘邦、项羽都看见了，便各自叹气，表示自己的志愿。项羽说："彼可取而代之。"刘邦说："大丈夫当如是也。"他两个人的口气虽然不同，但是他们的志愿，毫没有分别。换句话说，都是想做皇帝。这种思想，久而久之，便传播到普通人群中，所以从此以后，中国人都想做皇帝，便不想做别的事。自民国成立以来，不是象袁世凯想做皇帝，便是象一般军阀想做督军、巡阅使，那也是错了。因为要达到那种地位是很不容易的，障碍物是很多的。因为他们立志一定要达到那种地位，所以弄到杀人放火，残贼人类，亦所不惜。诸君想想：那志愿是好是不好呢？一定是不好的，所以我们必须要消灭那种志愿。至于学生立志，注重之点，万不可想要达到什么地位，必须要想做成一件什么事。因为地位是关系于个人的。达到了什么地位，只能为个人谋幸福。事业是关系于群众的，做成了什么事，便能为大家谋幸福。近代人类的思想，是注重谋大家的幸福，我从前已经说过了。大家又知道，许多做大事成功的人，不尽是在学校读过了书的。也有向来没有进过学校，能够做成大事业的。不过那种人是天生的长处。普通人要所做的事不错，必要取法古人的长处才好。所以我们要进学校读书，取古今中外人的知识才学，来帮助我做一件大事，然后那件大事，便容易成功。

诸君又勿谓现在进农科，学耕田的学问，将来学成之后，只是一个农夫。不知道耕田也是一件大事，从前后稷教民稼穑，树艺五谷。因为稼穑是一件很有益于人民的事，他不怕劳动，去教导百姓，后来百姓感恩戴德，他便做了皇帝；说起出身来，后稷还是一个耕田佬呀！那个耕田佬也做过了皇帝呀！古时做过皇帝的人，该有多少呢？现在世人都把他们的姓名忘记了，只有后稷做过耕田佬，所以世人至今还不忘记他。现在科学进步，外国新发明的农科器具，比旧时好的多，事半功倍，只用一人之耕，可得几千人之食。诸君现在学农科的，学到成功之后，就是象外国的农夫，能够一人耕而有几千人之食，也不可以为到了止境。必要再用更新的科学道理，改良耕田的方法，以至用一人耕，能够有几万人食，或几百万人食，那才算是有志之士。总而言之，诸君现在学校求学，无论是那一门科学，象文学、理化学、农学，只要是自己性之所近，便拿那一门来反复研究。把其余关系于那一门的科学，也去过细参考，借用他们的道理和方法，来帮助那一门科学的发展，彻底考察，以求一个成功的结果。那么，就是象中国的后稷教民耕田，法国柏斯多发明微生物对于动植物的利害，都是功德无量的大事。

我再举一件故事说：从前有个英国人叫做达尔文，他始初专拿蚂蚁和许多小虫来玩，后来便考察一切动物，过细推测，便推出进化的道理。现在扩充这个道理，不但是一切动物变化的道理包括在内，就是社会、政治、教育、伦理等种种哲理，都不能逃出他的范围之外。所以达尔文的功劳，比世界上许多皇帝的功劳还要大些。世界上的皇帝该有多少呢？诸君多有不知道他们姓名的，现在诸君总没有一个人不知道达尔文的。所以达尔文的功，实在是驾乎皇帝之上。由这样讲来，无论什么事，只要能够彻底做成功，便算是大事。所以由考察微生物得来的道理是大事，由玩蚂蚁得来的道理，也是大事。不过我们读书的时候，必须用自己的本能做去才好。甚么是本能呢？就是自己喜欢要做的事；就自己喜欢所做的事彻底做去，以求最后的成功，中途不要喜新厌旧，见异思迁，那便是立志。立志不可有今日立一种甚么志，明日便要到一个什么地位。从前做皇帝的思想，是过去的陈迹，要根本的打破他。立志是拿一件事，彻底做成功，为世界上的新发明。如果有了新发明，世界上的地位多得很，诸君不愁不能自占一席。

我们立志，还要合乎中国国情。象四十多年前，中国派许多学生到外国去留学，尤其以派到美国的为最早。他们到了美国之后，不管中国为什么要派留学生，学成了以后，究竟以中国有什么用处，以为到了美国，只要学成美国人一样便够了。所以他们在外国的时候，便自称为什么"佐治"、"维廉"、"查理"，连中国的姓名也不要。回国之后，不徒是和中国的饮食起居，不能合宜，就是中国的话也不会讲。所以住不许久，便厌弃中国，仍然回到美国。当中也有立志稍为高尚一点的，回到美国之后，仍然有继续研究学问的。不过那一种学生，对于中国的饮食起居和人情物理，一点儿也不知，所有的思想行为和美国人丝毫没有分别。所以他们不能说是中国人，只可说是美国人。至于下一等的，回到美国，便每日游手好闲，无所事事。因为不是学生，取消了官费或家庭接济，弄到后来，甚至个人的生活都不能维持；于是为非作歹，无所不做，便完全变成一种无赖的地痞。以中国的留学生，不回来做中国的国民，偏要去做美国的地痞，那是有什么好处呢？甚至有在美国的时候，连中国人住的地方，都不敢去；逢人说起国籍来，总不承认是中国人。试问这种学生，究竟是何居心呢？这种学生，可以说是无志，只知道学人，不知道学成了想自己来做事。

诸君现在岭南大学，受美国人的教育多，受中国人的教育少。环顾学校之内，四围有花草树木的风景，洋房马路的建筑，这一种繁华文明的气象，比较学校以外，象大塘、康乐等处的荒野景象，真是有天壤之别呀。我们中国人现在的痛苦，每日生活，至少总有三万万人，朝不保夕，愁了早餐愁晚餐，所以中国是世界上最穷弱的国家。诸君享这样的安乐幸福，想到国民同胞的痛苦，应该有一种恻隐怜爱之心。孟子所说："无恻隐之心非人也。"这是诸君所固有的良知。诸君应该立志，想一种什么方法来救贫救弱，这种志愿，是人人应该要立的。要大家担负救贫救弱的责任，去超渡同胞。如果大家都有这种志愿，将来的中国，便可转弱为强，化贫为富。

　　许多外国留学生回来，都说外国现在有这样文明的原故，是由于他们有一种特长。说这样话的人，是自己甘居下流，没有读过中国历史，不知道中国几千年都是文物之邦，从前总是富强，现在才是贫弱。就这项观念，和外国比较起来，现在的中国，不但是最贫弱的国家，并且是最愚蠢的国家。事事都要派人到外国去学，这还不是件耻辱的大事吗？中国派学生到外国去留学，最先的是到美国，次是到欧洲各国，最多的是在日本。极盛的时候，人数有三万多。因为世界上无论那一国，没有在同时候派往到一国的学生，有这样多的人数，我当时便很以为奇怪。因为这个问题，遂考查以往的历史，于无意中查得唐朝建都西安的时候，京城内的外国留学生，也同时有三万多人。这三万多人中，日本派了一万多人，其余有波斯人、罗马人、印度人、阿拉伯人及其他欧洲人。由此可见唐朝的时候，世界上以中国人为最有智识，所以各国都派人到中国来留学。日本人学了之后，把自己国内的制度都改成中国制度，就是现在的宫室、衣服和一切典章、文物、制度，和中国的还没有分别，那都是唐朝的旧制度。那时候中国的领土，差不多统一亚洲大陆，西边到了里海。由这样讲来，我们的祖宗是很富强的。为什么现在贫弱一至于此呢？为什么没有方法变成象外国一样的富强呢？推究这个原因，是由于现在的人不能振作。不能振作便是堕落，堕落是很不好的性质，我们必要消灭他才好。至于说到中国人固有的聪明才智，现在留学美国的学生，都是和美国人同班，在全美国之内，无论那个学校内的那一班学生，每学期成绩平均的分数，中国的学生，都是比美国的学生还要更好些，这是美国人共同承认的。用历史证明，中国是富强的时候多，贫弱的时候少；用民族的性格证明，中国人实在是比外国人优。弄到现在国势象这样的衰微，自然不能不归咎于我们的堕落，因为堕落所以便不能振作。

怎么样去图国家的富强？我们要图国家富强，必须要自己振作精神，大家团结起来，公同向前去奋斗。万不可自私自利，只知道要自己到什么地位，不知道国家到什么地位。我们有了这项志气，便是国民志气。中国二百多年以前，亡国过一次，被满洲人征服了，统治二百多年，事事压制，摧残民气，弄到全国人民俯首下心，不敢振作。我们近来堕落的原因，根本上就在乎此。十二年以前，我们革命党才把满人的政府推翻，不受满人的束缚，但是还受许多外国人的束缚。因为当满清政府的末年，他们知道自己不能有为，恐怕天下失到汉人的手内，所以他们主张"宁赠朋友，不送家奴"。把中国的领土主权，都送到许多外国人。我们汉族光复之后，本可以成独立国，但是因为满清政府送领土、主权到外国人手内的契约，还没有拿回来，所以至今还不能独立。大家知道高丽亡到日本，安南亡到法国。高丽、安南都是亡国，高丽人、安南人都是很痛苦的。我们中国的地位是怎么样呢？简直比高丽、安南的地位还要低。因为高丽只做日本的奴隶，安南只做法国的奴隶。他们虽然亡了国，但只做一国的奴隶。我们领土主权的契约，现在都押在各国人的手内，被各国人所束缚，我们此刻实在是做各国人的奴隶。请问诸君，是做一人的奴隶痛苦些呀？还是做众人的奴隶痛苦些呢？当然是做众人的奴隶痛苦些。因为做一人的奴隶，只要摇尾乞怜，顺承意旨，便可得主人的欢心。做众人的奴隶，便有俗话说"顺得姑来失嫂意"的困难。你们看如何应付一切呢？所以我们的地位，比高丽人的、安南人的还要低。如果高丽、安南有了水旱天灾，日本、法国去救济他们，视为义务上应该做的。好象从前美国南方几省，蓄黑奴的制度，黑奴有应该受主人衣、食、居三种的好处。

现在中国如果有了水旱天灾，外国人捐到二三百万，他们不以为是应尽的义务，还以为是极大的慈善。日本、法国待高丽、安南，他们不以为是慈善呀。所以我们现在做许多外国人的奴隶，只有奉承他们的义务，不能享他们的权利。

现在白鹅潭到了十几只外国兵船，他们的来意，完全是对于我们示威的。这种大耻辱，我们祖宗向来没有受过的。今日兵临城下，诸君是学者，为四民之首，是先觉先知，担负国家责任，应该有一种什么办法，可以雪此大耻辱呢？可以挽救中国呢？诸君现在求学时代，应该从学问着手，拿学问来救中国。究竟要用什么方法呢？诸君现在学美国的学问，考美国历史。美国之所以兴，是由于革命而来。美国当脱离英国的时候，人民只有四百万，土地只有十三省，完全为荒野之地。就人数说，不过中国现在的百分之一。中国现在有四万万人，土地有二十二行省，物产非常丰富。如果能步美国革命的后尘，美国用那样小的根本，尚能成今日的大功业。中国人多物富，将来的结果，当然比美国更好。美国用百分之一的人数，开辟荒土，寻到国家富强，经过了一百多年。用比例的通理说来，我们用百倍的人数，整顿已经开辟的土地，要国家富强，只要十年。我们要达到这个目的，就要诸君立国家的大志，学美国从前革命时候的人一样，大家同心协力去奋斗。但是诸君学美国，切不可象从前的美国留学生，只要自己变成美国人，不管国家；必须利用美国的学问，把中国化成美国。因为国家的大事，不是一个人单独能够做成功的，必须要有很多的人才，大家同心做去，那才容易。要有很多的人才，那么，造就人才的好学校，不可只有一个岭南大学。广东省必要几十个岭南大学，中国必要几百个岭南大学，造成几十万或几百万好学生，那才于中国有大利益。如果只要自己学成美国人，便心满意足，不管国家是怎样，我们走到外国，他们还是笑我们是卑劣的中国人呀。因为专就个人而论，中国人面黄，美国人面白，无论诸君怎么学法，我们的面怎么样可以变颜色呢？诸君又再有什么方法去学呢？我们要好，须要全国的人大众都好，只要把国家变成富强，是世界上的头等国，那么，我们面色虽然是黄的，走到外国，自己承认是中国人，还不失为头等国民的尊荣。

诸君今天欢迎我来演讲，我贡献诸君的，就是要诸君立志，要有国民的大志气，专心做一件事，帮助国家变成富强。这个要中国富强的事务，就是诸君的责任；要诸君担负这个责任，便是我的希望。

一九二三年十二月二十一日

中国国民党第一次全国代表大会开幕词

各位同志代表诸君：

今天在此开中国国民党全国代表大会，这是本党自有民国以来的第一次，也是自有革命党以来的第一次。我们革命党用了三十年功夫，流了许多热烈的心血，牺牲无数的聪明才力，才推翻满清，变更国体。但是在这三十年中，我们在国内从没有机会开全国国民党大会，所以今天这个盛会，是本党开大会的第一次，也是中华民国的新纪元。

革命党推翻满清，第一次成功是在武昌，那天的日期是双十日。今天是民国十三年的一月双十日，所以这个会期，同武昌起义的日期，都是民国很大的纪念。从前革命党虽然推翻满清，变更国体，但是十三年以来，革命主义还没有实行，这就是革命还没有成功。此中最大的原因，是当时革命党外面见到外国富强，中国衰弱，被人凌辱；内面又受满清专制，做人奴隶，几几乎有亡国灭种之忧，一时发于天良，要想救国保种，只知道非革命不可；但不知道革命何时可以成功，并不想到成功以后究竟用一个甚么通盘计画去建设国家，只由各人的良心所驱使，不管成败，各凭各的力量去为国奋斗，推翻满清。这种奋斗，所谓各自为战，没有集合，没有纪律。故满清虽然推翻，到了十三年以来还没有结果，这就是我们的革命仍然算失败。

我们现在得了广州一片干净土，集会各省同志聚会一堂，是一个很难得的机会。从前我们没有想到要开这种大会，没有想到我们的党务究竟是如何进行，是因为受了满清官僚的欺骗。我们受了满清官僚甚么欺骗呢？因为一般同志头脑太简单，见得武昌起义以后，各省一致赞成革命，从前反对革命的官僚也赞成革命，由此，少数的革命党就被多数的官僚包围。那般官僚说："革命军起，革命党销。"当时的革命党也赞成这种言论，于是大家同声附和，弄到现在只有军阀的世界，没有革命的成绩，所以革命党至今仍失败。这就是我们失败的大原因。今天大家都觉悟了，知道这话不对，应该要说："革命军起，革命党成。"所以从今天起，要把以前的革命精神恢复起来，把国民党改组。这都是由于我们知道要改造国家，非有很大力量的政党，是做不成功的；非有很正确共同的目标，不能够改造得好的。我从前见得中国太纷乱，民智太幼稚，国民没有正确的政治思想，所以便主张"以党治国"。但到今天想想，我觉得这句话还是太早。此刻的国家还是大乱，社会还是退步，所以现在革命党的责任还是要先建国，尚未到治国。从前革命党推翻满清，不过推倒了清朝的大皇帝。但大皇帝推倒之后，便生出了无数小皇帝，这些小皇帝仍旧专制，比较从前的大皇帝还要暴虐无道。故中国现在还不能象英国、美国以党治国。今日民国的国基还没有巩固，我们必要另做一番工夫，把国家再造一次，然后民国的国基才能巩固。这个要国基巩固的事，便是我们今天的任务。此次各位同志来此开这个大会，和寻常的集会不同。今天这个大会，不是普通恳亲会，不是平常讨论会，也不是采集各地问题的会。这是一个什么会呢？我们自十三年以来，在政治上得了种种经验，发明了种种方法，看到中国国家虽然不好，国势虽然比从前退步，但知道中国还有办法，还可以建设得好。革命党三十年来为良心所驱使，不论成败去革命，革命成功了，对于国家不知道用甚么方法去建设。至于现在，我们已经得到了办法，所以此次召集各省的同志来广州开这个大会，就是把这个方法公诸大家来采纳。在没有开这个大会之先，已经组织了一个临时中央执行委员会，在那个委员会中，筹备了许久的时候。自今日起，想要把这个筹备的方法，逐日提出来，请大家来研究，要大家赞成这些方法。诸君得了这些新方法，要带回各地方去实行。至于这些新方法的来源，是本总理把先进的革命国家和后进的革命国家，在革命未成功之前、已经成功之后所得的种种革命方法，用来参考比较，细心斟酌，才定出来的。当中不完备的地方，在所不免，所以还要开这个大会，请大家来研究研究。以后便要请大家赞成，到各地方去实行，同心协力，建设国家。此次国民党改组，有两件事：第一件是改组国民党，要把国民党再来组织成一个有力量有具体的政党。第二件就是用政党的力量去改造国家。所以这次国民党改组，第一件是改组国民党的问题，第二件是改造国家的问题。这次大会，只有十天，十天的时期很短少，我希望大家要爱惜光阴，明白这个大会的宗旨。如果大家有更好的意见，当讨论之时，便贡献出来，参加在内。但是大家要知道会期是很短的，必须爱惜光阴。当研究问题之时，必须各人虚心，不可以无意识的问题来挑拨意见。如果生出无谓的争论，会中的大问题，就恐怕十天解决不了，我们这个会的成绩便不好，所以我们要提防，要警戒。

　　我们对于改组党和改造国家两件事以外，另外有一件事要大家注意：就是从前本党不能巩固的地方，不是有甚么敌人用大力量来打破我们，完全是由于我们自己破坏自己，是由于我们同志的思想见识过于幼稚，常生出无谓的误解。所以全党的团结力便非常涣散，革命常因此失败。我们以后便要团结一致，都要把自己的聪明才力贡献到党内来，自己的聪明才力不可归个人所用，要归党内所用。大家团结起来，为党为国，同一目标，同一步骤，象这样做去，才可以成功。政党中最要紧的事是各位党员有一种精神结合。要各位党员能够精神上结合：第一要牺牲自由，第二要贡献能力。如果个人能够牺牲自由，然后全党方能得自由。如果个人能贡献能力，然后全党才能有能力。等到全党有了自由，有了能力，然后才能担负革命的大事业，才能够改造国家。本党以前的失败，是各位党员有自由，全党无自由；各位党员有能力，全党无能力。中国国民党之所以失败，就是这个原因。我们今日改组便先要除去这个毛病。

　　本党今日开全国代表大会，我希望各位代表要把自己的能力和各地方的能力都贡献到党内来，合成一个大力量。用这个大力量去改造国家，那是一定可以成功，一定在今年之内可以成功。今天这个大会，是中华民国开国以来的第一次，这是中华民国将来国史中的大光荣。我希望诸君努力，在这十天之内，把应该做的事，完全达到目的。

一九二四年一月二十日

在中国国民党第一次全国代表大会上
关于列宁逝世的演说

　　方才得俄代表报告，俄国行政首领列宁先生已于前日去世。国民党的同志们当然非常哀悼，应该乘此次大会时，正式表决去一电报，以表哀忱。未表决之前，有几句话与诸君先说一下。

　　大家都知道，俄国革命在中国之后，而成功却在中国之前，其奇功伟绩，真是世界革命史上前所未有。其所以能至此的缘故，实全由其首领列宁先生个人之奋斗，及条理与组织之完善。故其为人，由革命观察点看起来，是一个革命之大成功者，是一个革命中之圣人，是一个革命中最好的模范。彼今已逝世，我们对之有何种感想和何种教训？我觉得于中国的革命党有很大的教训。什么教训呢？就是大家应把党基巩固起来，成为一有组织的、有力量的机关，和俄国的革命党一样。此次大会之目的也是在此。现在俄国的首领列宁先生去世了，于俄国和国际上会生出什么影响来，我相信是决没有的。因为列宁先生之思想魄力、奋斗精神，一生的工夫全结晶在党中。他的身体虽不在，他的精神却仍在。此即为我们最大之教训。

　　本总理为三民主义之首创人，亦即中国革命党之发起人。我们的革命虽有几次成功，但均是军事奋斗的成功，革命事业并没有完成，就是因为党之本身不巩固的缘故。所以党中的党员，均不守党中的命令，各自为政，既没有盲从一致信服的旧道德，又没有活泼于自由中的新思想。二次失败，逃亡至日本的时候，我就想设法改组，但未成功。因为那时各同志均极灰心，以为我们已得政权尚且归于失败，此后中国实不能再讲革命。我费了很多的时间和唇舌，其结果亦只是"中国即要革命，亦应在二十年以后"。那时我没有法子，只得我一个人肩起这革命的担子，从新组织一个中华革命党。凡入党的人，须完全服从我一个人，其理由即是鉴于前次失败，也是因为当时国内的新思想尚未发达，非由我一人督率起来，不易为力。到现在已经十年了，诸同志都已习惯了，有人以此次由总理制改为委员制，觉得不大妥当。但须知彼一时，此一时。当前回大家灰心的时候，我没有法子，只得一人起来担负革命的责任。现在有很多有新思想的青年出来了，人民的程度也增高起来了，没有人觉得中国的革命应在二十年以后了。我们从事革命的事业，国民只以为太慢，不以为太快了。故此次改组，即把本党团结起来，使力量加大，使革命容易成功，以迎合全国国民的心理。

从前在日本虽想改组，未能成功，就是因为没有办法。现在有俄国的方法以为模范，虽不能完全仿效其办法，也应仿效其精神，才能学得其成功。本党此次改组，就是本总理把个人负担的革命重大责任，分之众人，希望大家起来奋斗，使本党不要因为本总理个人而有所兴废，如列宁先生之于俄国革命党一样。这是本总理的最大希望。

现在提出用本大会名义致电莫斯科，对列宁先生之死表示哀忱案，请大家表决。至于各行政机关，已由政府通令下旗三日。

本会亦应休会三日。此三日内，每日下午本总理均在此演述民族主义。此讲题，从前曾对高师学生演过一次，再有两三次，即可从大体讲之。若详细的讲演，非长久时间不可。今乘此机会，尽三天之内摘要把他讲完，诸位回去后，即可以之为宣传的资料。其余民权主义与民生主义，目前没有时间来讲，将来讲后再刊为单行本寄与诸位。

现在请俄国代表鲍尔登先生讲列宁先生之为人，请伍朝枢君翻译。俟讲完后，我们再来表决本问题。

一九二四年一月二十五日

在黄埔军官学校的告别演说

诸君：

诸君今天在这地听讲的，有文学生，又有武学生。我今天到黄埔来讲话，是暂时和黄埔的学生辞别。辞别的原因，就是因为我要到北京去。这回北京事变没有发生以前的五六个月，便有几位同志从北京来许多信，催我先到天津去等候，说不久他们便可在北京发起中央革命。筹划这回事变的人数很少，真是本党同志的不上十个人。他们的见解，以为本党革命二十多年，总是不成功，就是辛亥年推翻满清，成立民国，还不算是本党的主张完全成功。推究此中原因，就是由于从前革命，都是在各省，效力很小，要在首都革命，那个效力才大。所以他们在二三年前，便在北京宣传主义，布置一切。到五六个月以前，便来了一个很详细的报告，说进行的成绩很好，军人表同情的很多，应该集合各省有力的同志，在北京附近进行，只要几个月便可成功。当时各省有力的同志，都是在本省奋斗，没有人能够到北京附近去进行；而且当时北京表面很安宁，一讲到首都革命，在几个月之后便可成功，真是没有一个人敢信。就是我自己也看到很渺茫，也不敢相信。到江浙战事发生之后，他们又来催促，要我赶快放弃广东，到天津去等，说首都革命，很有把握，发动的时期，就在目前。这个时期，是千载一时的机会，万不可失。如果就广东的计划，由韶关进兵，先得江西，再取武汉，然后才想方法去定北京，那是很迂缓、很艰难的；假若放弃广东，一直到天津去发动一个中央革命，成功是很迅速、很容易的。我在当时，以为要北京有事变发生，才可以去；如果放弃广东的军队不用，先到天津去等候，恐怕空费时间，不大合算。所以约定他们，只要北京有事变发生之后，我马上便可以到北方去。并且一面把广东的军队，集合到韶关，我也亲自到韶关，督率各军前进，收复江西。我们已经有了一部份的军队，进到万安、吉安了。现在大家都知道，北京发生了事变，当这次事变最初发生的时候，很象一个中央革命。我们对于以前的情况不明瞭，现在就发生事变时候的情形而论，可以决定是我们同志的筹划。但是最近中央的大力量，不是在革党之手，还是在一般官僚军人之手。拿这次变动的结果看，毫不能算是中央革命，这次变动毫没有中央革命的希望；既是没有中央革命的希望，我何以还要到北京去呢？我因为践成约起见，所以不能不去。他们在北京奋斗，费了许多大力，才有这次的变化。变化之后，对于本党表同情的，只有几个师长旅长，普通兵士都是莫明其妙。以少数的师长旅长来做极重大的中央革命，一定是很难成功的。就是在事变发生之初，我便进京同他们合作，想造成一个宏大的中央革命，也不容易做到。不过经过这次事变之后，可信北京首都之地，的确是有军队来欢迎革命主义的。从今以后，只要有人在北京筹划中央革命，一定可以望天天进步。这次虽然不能造成一个中央革命，以后进步，可以望造成一个大规模的中央革命。并且知道北方的军队和人民，也有天良与爱国心；有了天良与爱国心，就可以受革命党的感化。我们从前看到北方的空气龌龊，官僚卑下，武人野蛮，人民没有知识，以为那些人用革命主义的力量，不能够感化。但是在今天看起来，从前的观察实在是错误。北京也可以做革命的策源地，造成一个革命的基础。现在的事变，虽然不是完全的革命举动，不能说将来便不能再起革命。只要此时用功去做，以后或者可以得好结果。就是能不能得好结果，此时不能预先知道，但是可以推测彻底的革命，一定可以在北京发生。因为有这种希望，所以我为答北方同志的欢迎起见，决定去北京。我这次到北京，不但是本党同志欢迎，就是各省的反直派也是很欢迎的。我相信一定可以自由行动。将来自由行动的结果，究竟是怎么样，虽然不能逆料，但为前途发展起见，此时也不能不去。大家又不可以为我到北京之后，马上就能发起一个中央革命。不过借这个机会，可以做宣传的工夫，联络各省同志，成立一个国民党部，从党部之内，成立革命基础。能不能够达到这个目的，预先固然不能断定，但是只要有革命的方法，便可以进行。今天到此地来听讲的，有文学生，又有武学生。便可以借这个机会，研究革命的方法。我也可以借这个机会，把革命的方法拿来和诸君谈谈。诸君现在都负得有革命的责任，在外面奋斗，应该用什么方法才可以成功呢？要革命成功，中外古今在中央进行的，当然是很容易；就是在各地方进行，也有成功的。地方革命也算是一种办法。所以研究革命方法，要除去空间问题，另外从旁方面着想。

近二三十年来，革命风潮是从什么地方发生呢？是从什么地方传进中国来的呢？中国感受这种风潮，是些什么人呢？革命的这种风潮，是欧美近来传进中国来的。中国人感受这种风潮，都是爱国志士，有悲天悯人的心理，不忍国亡种灭，所以感受欧美的革命思想，要在中国来革命。但是欧美的革命思想，一传到中国来，便把中国的旧思想打破。试看近二三十年来，中国革命党在各地奋斗，成功的机会该有多少？而每次成功之后，又再失败，原因是在什么地方呢？我们的革命失败，是被什么东西打破的呢？大家知不知道呢？是不是敌人的大武力打破的呢？是不是旧官僚的阴谋打破的呢？又是不是中国的旧思想打破的呢？这都不是的。究竟是什么东西打破的呢？大家做学生的人，大概都不知道。依我看起来，就是欧美的新思想打破的。中国的革命思想，本来是由欧美的新思想发生的，为什么欧美的新思想，发生了中国的革命，又能够打破中国的革命呢？这个理由非常幽微奥妙，不是详细研究，很难得明白。欧美的革命思想是什么呢？这就是大家所知道的自由、平等。自由、平等是欧美近一百多年来最大的两个革命思想。在法国革命的时候，另外加了一个口号，叫做博爱。由于自由、平等与博爱的思想，便发生法国革命。中国近来也感受了自由、平等的思想，所以也起了革命；革命成了事实之后，又被这种思想打破，故革命常常失败。我们革命之失败，并不是被官僚武人打破的，完全是被平等、自由这两个思想打破的。革命思想既是由于平等、自由才发生，何以又再被平等、自由来打破呢？这个道理，从前毫不明白，由于近十几年来所发生的事实，便可以证明。大家知道革命本是政治的变动，说到政治究竟是做些什么事呢？就"政治"两个字讲，"政"者众人之事也，"治"者管理众人之事也。管理众人的事，就是"政治"；换而言之，管理众人的事，就是管理国家的事。这个道理，许多军人多不明白。譬如这次北方发生事变，本是少数军人的举动。这种事变，本来就是革命。他们发动了革命，就是发生了政治变动，他们在事前储蓄得有这种大动力，能够发生政治变动。

政治变动已经发生了，而他们通电，还是说不懂政治。这好比是一架发电机，能够发生大电力的部份就是磨打，如果一个大磨打能发生几万匹马力的电，用这样大的电力去行船，每小时便可走几十英里；用这样大的电力去做工，便可运动很多机器，制造很多货物；用这样大的电力去发光，便可装成无数电灯，照很大的城市。像这样磨打，如果能够知道他所发生电力的用处，又用之得当，便可以做种种有利益的事业；若是不知道他所发生电力的用处，或者是用之失当，便要杀人，到处都是很危险。现在北京有政治原动力的军人，已经发生了政治变动，尚且说不懂政治，这好比是磨打自己发生了电力之后，不知道用处，当然是有极大的危险。至于有大原动力的军人，日日在政治范围中活动，而没有政治的知识，那种对于众人的危险，比较磨打，当然是更大，又更利害。大家现在如果还不明白这个道理，可以读我的民权主义，便能够了解。

中国革命之所以失败，是误于错解平等、自由。革命本来是政治事业。如果当军人的说不懂政治，又好比是常人说不懂食饭、穿衣、睡觉一样。食饭、穿衣、睡觉，都是做人的常事，是人人应该有的事，试问一个人可不可以不知道做人的常事呢？无论那一个人，都是应该要知道做人的常事的。大家都能够知道做人的常事，就是政治。大家能够公共团结起来做人，便是在政治上有本领的人民；有本领的人民，组织成强有力的国家，便是列强；没有本领的人民所组织成的国家，便是弱小。弱小都是被列强压迫的。无论那一个国家，不管他是不是强有力，只要号称国家，都是政治团体。有了国家，没有政治，国家便不能运用；有了政治，没有国家，政治便无从实行。政治是运用国家的；国家是实行政治的。可以说国家是体，政治是用。根据这个解释，便知道政治的道理，简而易明，并非是很奥妙的东西。大家结合起来，改革公共的事业，便是革命。所以说革命，就是政治事业。中国近来何以要革命呢？就是因为从前的政治团体不好，国家处在贫弱的地位，爱国之士，总想要改良不好的旧团体，变成富强的地位。这种改良，要在短时间或者是一朝一夕之内成功，便是革命。我们发生了革命，为什么又被平等、自由的思想打破呢？因为做人的事，在普通社会中有平等、自由，在政治团体中，便不能有平等、自由。政治团体中的分子有平等、自由，便打破政治的力量，分散了政治团体。所以民国十三年来革命不能成功，就是由于平等、自由的思想，冲破了政治团体。就政治团体的范围讲，或者是国家，或者是政党。就平等、自由的界限说，或者是本国与外国相竞争，或者是本党与他党相竞争，都应该有平等、自由。不能说在本国之内，或者是在本党之内，人人都要有平等、自由。我们中国人讲平等、自由，恰恰是相反。无论什么人在那一种团体之中，不管团体先有没有平等、自由，总是要自己个人有平等、自由。这种念头，最初是由学生冲动，一现成事实之初，不知道拿到别的地方去用，先便拿到自己家内用，去发生家庭革命，反对父兄，脱离家庭。再拿到学校内去用，闹起学潮来。这种事实，在大家当然是见得很多，做得也很多。大家要闹学潮，或者自以为很有理由，所持的理由，总不外乎说先生管理不好，侵犯学生的平等、自由，学生要自己的平等、自由不被先生侵犯，要争回来为自己保留，所以才开会演说，通电罢课，驱逐先生。拿这个理由来闹风潮，口口声声总是说革命，实在不知道革命究竟是一回什么事，不过拿学校做自己的试验场，用先生供自己的试验品罢了。我们革命党内的情形，也是这一样。革命的始意，本来是为人民在政治上争平等、自由。殊不知所争的是团体和外界的平等、自由，不是个人自己的平等、自由。中国现在革命，都是争个人的平等、自由，不是争团体的平等、自由。所以每次革命，总是失败。中国革命风潮发生最早的地方，是在日本东京。当时都是以留学生为基础，留学生最盛的时代，有两万多人。那些留学生都是初由中国各县，到日本东京，头脑极新鲜，很容易感受革命的思想，一感受了革命思想之后，便集会结社，要争平等、自由。但是他们那种争平等、自由的目的，都不知道为团体去用，只知道为自己个人来用。所以当时结成的团体，虽然是风起云涌，有百十之多，但是不久，所有的团体，便烟消云散。团结存在最久的，不过是一两年，短时间的，都只有几个月，便无形消灭。那些团体为什么那样容易消灭呢？我以为很奇怪，便过细考查那些团体的内容，始知道那些团体，当初结合，并没有什么特别主张，只知道争个人的平等、自由；甚至于在团体之中，并没有什么详细章程，凡事都是乱杂无章，由各人自己意气用事，想要怎样做，便是怎样去做，所谓人自为战。真是强有力的人，或者能够做成一两件事。大多数都是一事无成，只开一个成立会，大家到会说些争平等、自由的空话，便已了事。因为大家都是为个人争自由、平等，不为团体去争自由、平等；只有个人的行动，没有团体的行动；所以团体便为思想所打破，不久就无形消灭。学生在求学的时代，便是这种行动。到了后来为国家做事，一切行动，不问可知。更有许多无路可走的学生，毫不知道政治社会的道理及中国的国情，又想在社会上出风头，便标奇立异，采欧美没有根据的新学说，主张革命，要无政府，自称为无政府党。殊不知道革命的目的，就是要造成一个好政府。他们这种主张，在政治原理上自相矛盾，真是可笑已极。推到无政府的学说之来源，是发生于俄国。俄国学者之所以要主张无政府，就是因为从前俄国的旧政府太专制，为万恶之源，人民痛苦难堪，所以社会上便发生无政府学说的反抗。俄国创造无政府学说的祖宗，就是大家所知道的巴枯宁。其后又有一个王子，叫做克鲁泡特金，用科学的道理，把无政府的学说，推到极端。这种无政府的学说，在俄国可算是极发达。从前俄国应用这种学说来革命，许久都不能成功。俄国发生这种革命，是继法国革命之后，有了一百多年，都不能成功。到七年之前，再发生一种革命，一经发动，便大功告成。我们中国革命，以前的不讲，只说最近的到今日也有了十三年。这十三年的革命，还是不成功。推到俄国从前一百多年的革命，不能成功，我们中国，近十三年的革命，也是不成功。俄国七年前的革命，便彻底成功，这个原因，是在什么地方呢？简而言之，俄国近来革命之所以成功的道理，就是由于打消无政府的主张，把极端平等、自由的学说完全消灭。因为俄国有这种好主张，所以他们近来革命的效力，比较美国、法国一百多年以前的革命之效力还要宏大，成绩还要圆满。他们之所以能够有这种美满成绩的原因，就是由于俄国出了一个革命圣人，这个圣人便是大家所知道的列宁，他组织了一个革命党，主张要革命党要有自由，不要革命党员有自由。各位革命党员都赞成他的主张，便把各位个人的自由，都贡献到党内，绝对服从革命党的命令。革命党因为集合许多党员的力量，能够全体一致，自由行动，所以发生的效力便极大，俄国革命的成功便极快。俄国的这种革命方法，就是我们的好模范。中国革命，十三年来都是不成功，你们黄埔的武学生，都是从各省不远数百里或者是数千里而来，到这个革命学校来求学，对于革命都是有很大希望，很大抱负的；广大的文学生，今日也是不远数十里到黄埔来听革命的演说，研究革命的方法，对于革命的前途，也当然是很希望成功的。大家要希望革命成功，便先要牺牲个人的自由，个人的平等。把各人的自由、平等，都贡献到革命党内来。凡是党内的纪律，大家都要遵守；党内的命令，大家都要服从。全党运动，一致进行，只全党有自由，个人不能自由，然后我们的革命，才可以望成功。如果不然，像这次北京发生事变之后，有了好机会，当初我以为少数同志发动，便可以成功。但是他们不知道革命的道理和方法，所以虽得机会，亦恐空白错过了。假若在这次北京事变发生以前，大家早向北方去活动，或者可以做成功，到现在已经成了没有希望。以后要革命成功，还要另外研究方法。从前革命之失败，是由于各位同志讲错了平等、自由。从今而后，要革命成功，便要各位同志改正从前的错误，结成一个大团体，牺牲个人的平等、自由，才能够达到目的。现在想要造成这种团体，便要有好党员。诸位文学生同武学生，都是有知识的阶级，都应该明白这个道理。

中国把社会上的人，分作士、农、工、商四大类，商人居于最末级地位，知识极简单，他们独一无二的欲望，总是惟利是图，想组织大公司，赚多钱。但是股东一投资之后，不能就说要分红利。商人在当初组织公司，参加合股的时候，就想要分红利，要达到赚钱的目的，是决计没有的事。无论甚么愚蠢的商人，先也知道要拿本钱去附股；附股之后，究竟可以赚多少钱，也不能预先决定，不过希望要将来能够赚钱，现在就不能不投资；希望要将来能够赚多钱，现在就不能不多投资。我们革命党都是有知识阶级的，都是聪明过商人，结成一个团体来革命，是不是应该先就要把本钱拿出来呢？这个道理，不必详细讲，诸君当然可以明白。商人做生意的资本是钱，我们革命的资本是什么东西呢？商人附股是拿出钱来，我们参加革命党，要贡献甚么东西呢？我们参加革命党，要贡献的东西，就是自己的平等、自由。把自己所有的平等、自由，都贡献到党内，让党中有全权处理，然后全党革命，才有成功的希望。全党革命成功之后，自己便可以享自由、平等的权利。中国发大财的实业，有汉冶萍公司，有开滦公司，有招商局。他们那些公司，在组织之初，各股东都是有很大的牺牲，投了很大资本的。好像革命党要先拿出个人的平等、自由一样。假若那些资本家不先拿出多本钱，现在何以能够多分红利呢？他们因为想到了要现在多分红利，所以从前便多投资本，牺牲一切。革命的道理，不管大家知道不知道，只要能够学商人，便能够成功。商人本是多财善贾，根本上还是要有本钱才成。没有本钱，什么生意都不能做。许多革命党不肯牺牲个人的平等、自由，就是没有本钱。他们以为一参加革命，就是为争自己眼前的平等、自由。商人要分红利，必须有时间问题。以商人的思想简单，尚知道有时间问题，尚知道要等候，难道我们有知识的阶级，尚且不如商人吗？党员在党内不能任意平等、自由，好像股东在公司之内，不能任意收回本钱一样。大家要来参加革命，头一步的方法，就是要学商人拿出大本钱来。我今天到此地讲话，是要离开广东北上，临别赠言。没有别的话，就是要大家拿出本钱来，牺牲自己的平等、自由，更把自己的聪明才力，都贡献到党内来革命，来为全党奋斗。大家能够不负我的希望，革命便可以指日成功。

一九二四年十一月三日

入京宣言

中华民国主人诸君:

兄弟此来,承诸君欢迎,实在感谢!

兄弟此来,不是为争地位,不是为争权利,是为特来与诸君救国的。十三年前,兄弟与诸君推翻满洲政府,为的是求中国人的自由平等。然而,中国人的自由平等已被满洲政府从不平等条约里卖与各国了,以致我们仍然处于次殖民地之地位。所以我们必要救国。

关于救国的道理很长,方法亦很多,成功也很容易,兄弟本想和诸君详细的说,如今因为抱病,只好留待病好再说。如今先谢诸君的盛意。

中华民国十三年十二月三十一日

孙 文

一九二四年十二月三十一日

国事遗嘱[①]

余致力国民革命凡四十年，其目的在求中国之自由平等。积四十年之经验，深知欲达到此目的，必须唤起民众及联合世界上以平等待我之民族，共同奋斗。

现在革命尚未成功，凡我同志，务须依照余所著《建国方略》、《建国大纲》、《三民主义》及《第一次全国代表大会宣言》，继续努力，以求贯彻。最近主张开国民会议及废除不平等条约，尤须于最短期间促其实现。是所至嘱！

中华民国十四年二月二十四日

　　　　　　　孙　文　　　　　三月十一日补签

笔记者　汪精卫

证明者　宋子文　邵元冲　戴恩赛

　　　　孙　科　吴敬恒　何香凝

　　　　孔祥熙　戴季陶　邹　鲁

　　　　　　（一九二五年三月十一日）

---

① 孙中山于三月十二日在北京逝世。此遗嘱及下件家嘱，"孙文"系三月十一夜九时由孙中山亲笔签署。

家事遗嘱

　　余因尽瘁国事，不治家产。其所遗之书籍、衣物、住宅等，一均付吾妻宋庆龄，以为纪念。余之儿女已长成，能自立，望各自爱，以继余志。此嘱。

中华民国十四年二月二十四日

　　　　　　　　　　孙　文　　　　　三月十一日补签

　　　　　　笔记者　汪精卫

　　　　　　证明者　宋子文　邹　鲁　邵元冲

　　　　　　　　　　孔祥熙　吴敬恒　何香凝

　　　　　　　　　　孙　科　戴季陶　戴恩赛

　　　　　　　　　　　　　　一九二五年三月十一日

致苏俄遗书^①

苏维埃社会主义共和国大联合中央执行委员会亲爱的同志：

我在此身患不治之症，我的心念此时转向于你们，转向于我党及我国的将来。

你们是自由的共和国大联合之首领。此自由的共和国大联合，是不朽的列宁遗与被压迫民族的世界之真遗产。帝国主义下的难民，将藉此以保卫其自由，从以古代奴役战争偏私为基础之国际制度中谋解放。

我遗下的是国民党。我希望国民党在完成其由帝国主义制度解放中国及其他被侵略国之历史的工作中，与你们合力共作。命运使我必须放下我未竟之业，移交与彼谨守国民党主义与教训而组织我真正同志之人。故我已嘱咐国民党进行民族革命运动之工作，俾中国可免帝国主义加诸中国的半殖民地状况之羁缚。为达到此项目的起见，我已命国民党长此继续与你们提携。我深信，你们政府亦必继续前此予我国之援助。

---

① 原稿为英文，孙中山于三月十一日签字。

　　亲爱的同志，当此与你们诀别之际，我愿表示我热烈的希望，希望不久即将破晓，斯时苏联以良友及盟国而欣迎强盛独立之中国，两国在争世界被压迫民族自由之大战中，携手并进，以取得胜利。

　　谨以兄弟之谊，祝你们平安！

孙逸仙（签字）

一九二五年三月十一日